第四十二屆
時報文學獎得獎作品集

溫柔靠岸

盧美杏 主編

目錄

決審會議紀錄

附錄

序

大疫年代的心靈書寫

王銘義（中國時報總編輯）

最近兩年來，全球正在經歷前所未見、難以想像的大疫年代。人間反復上演著疫病痛苦與死亡悲劇，人們對生命無常有著更深刻的體會，在疫病蔓延的歷史時刻，文學是療癒心靈的一帖良藥，適時反映了特殊年代的真情書寫。

時報文學獎自一九七八年舉辦以來，迄今四十二屆，當初設立時報文學獎的初衷在鼓勵青年作家，並提供新世代作家發表創作的文學平台。歷年來我們挖掘並發現不少傑出的文學創作者，其中，小說、散文、新詩係常設項目，今年，我們重啟報導文學擂台，項目恢復就是期待報導文學的創作者，分享他們在大疫歲月的真實體驗和歷史見證。

第四十二屆時報文學獎透過網路報名及郵件報名，收到海內外作者一千六百四十三件作品，其中包含影視小說組五百二十二篇、散文組四百四十三篇、新詩組六百零四首、報導文學組七十四篇，作品展現多元樣貌，不管是呈現醫護人員的辛酸、青年人面對疫情的無奈感，或眾多外食族仰賴 Uber Eats、foodpanda 外送的新生活等，都被寫入文章之中。

無論任何年代，新詩或散文類親情的描寫，總是令人動容，影視小說作品年輕且創意十足，讓評審讚賞好看，而不論是長期的在地觀察，或者對人事物的田野調查，報導文學都展現了作者對社會、對族群、對生活環境的深層關懷。四十二年來，時報文學獎始終陪伴著一代又一代的文學創作者，我們更歡喜地看到文學新世代的成長與茁壯。

時報文學獎一直以來廣受關注，我們採嚴謹的初、複、決審保密作業，期許精挑出最佳作品，誠如散文決審簡媜所言，新世代的寫手既能承續傳統，又能以新世代的體驗和閱讀，展現不一樣的形式，而且社會關懷面極廣，例如書寫女性邊緣人、天災、旅行、飲食、同志、親情、人際、唯物等等，放諸任何文學獎，都是一個了不起的觀察重點和成就。

今年時報文學獎還有一個特色，就是讀者們手上拿到的這本《溫柔靠岸：第四十二屆時報文學獎得獎作品集》，取名《溫柔靠岸》係因它是今年報導文學獎的首獎篇名，希望讀者因疫情而騷動的內心都可以找到溫柔靠岸的港灣。得獎作品集的出版計畫，承蒙許多讀者殷殷垂詢，今年終能付諸實現，並且附上歷屆時報文學獎的得獎名單。相信這些精彩的得獎作品將陪伴讀者一同感動一同深思，期許來年的文學獎有更多朋友共同參與。

報導文學類

首獎

張薈茗

長期影像文字追蹤大城、芳苑極限村落孤苦無依老人。曾獲第二十一屆彰化磺溪文學獎報導文學類組磺溪獎、第二十二屆彰化磺溪美展攝影類組全興獎

●得獎感言

感謝評審看見我，困陷泥淖，嘗試當一名討海小漁女。有幸跟隨報導文學作家李展平老師，傾聽、田野口述、臨界點觀察見習。

終於沿大城、芳苑海域，循落日錶盤親自下海，與百年傳統接軌。許多漁民不為繁華脂粉所困，在污泥裡挖貝類抓海蟹，撈取生活無盡藏，既搏海又賭命。

如今凜冽海風呼嘯而過，風強悍，浪很碎，遙望藍灰海域萬波推湧，依稀可聞海的鹹味。生活回到往昔清貧素樸，卻被一股暖流圍繞。

溫柔靠岸

挖赤嘴踏查

芳苑海域因季節不同，水生物具多樣性，我與素昧謀面的秋岳漁人，約在芳苑鄉新街海堤見面；中午時分，緩緩沿著泥淖移步，淺淺浪潮抹去腳印。他豪爽說：「帶你去看一群整日在泥灘上打滾的阿桑，她們撿野生蚵、挖赤嘴，連眠夢也在趕路，這款工作都市人難承擔。」

像神祕啟蒙者在召喚他的學徒，而海洋與豐富的水生物，在一片沙塵中等待著。他終年在海域上奔波，以漁撈為業，皮膚古銅色粗糙，胸肌健壯，腰身高挺，兩眼炯炯有神；面對海域有豐富記憶力，舉凡潮汐風雨或風神魔音穿透，都從容孤獨面對，展現海上男兒的包容力。自荒野沼澤望去，孤零的身影如一株冷杉，縱使生命

如浮蟻卑微，他沒有驚恐，只有鎮定，浪潮拍打身體，仍夢想與悠然煙波永存。

彼此簡短寒暄，望向一片大海，今天的海很灰色，潮水退去後留下一條S型淺灰線條水路，腳架還不及架好，已被強勁海風吹掠而東倒西歪。秋岳無懼指著遠方，螞蟻般小黑點說：「她們回來了。」隨著水路慢慢往前晃動，如蟻群結隊身形越來越清晰可見。潮水再起，挖赤嘴的阿桑肩膀沉甸甸的拉著，隨著S形水路簡直步履維艱，泥灘地穿著止滑膠鞋趕路，仍然不時摔倒在地，偶爾趁勢爬起來坐在泥灘上歇息，喘口氣。

如同沙漠中跋涉，舉步維艱，可她們找到生命中一片寬闊水域，撿拾、翻挖任何海產都不貪多，能力可以負荷就好。當春風拂面，赤嘴蛤躺在柔軟的潮間帶，進行一季生養，臥藏軟泥中擁抱月光，吞吐潮水，成為大地精靈。挖赤嘴（原名野生環文蛤）的婦女們已備好體力，展開長達半年與海洋搏浪，炙熱陽光卻如白蟻，啃食她們白皙肌膚。

站在堤岸細細觀察，時間無疑是我們垂釣的海洋，漁婦們生活在深不可測的海灣裡，柔軟身段彎腰、跪爬、挖掘，自黎明到黃昏。走在最前面的夥伴回頭示意，

放慢腳步，拿起礦泉水仰頭暢飲，說幾句笑虧的話彼此消遣。如同戰場上的軍人處於恐怖邊緣，也掏出威士忌仰頭飲酒，緩解自己緊繃情緒。

讓後面趕路的人不因脫隊太遠，產生心理壓力。離隊伍最後方，兩位身形佝僂，動作緩慢，一前一後使力拖著赤嘴。站在前方的阿伯總會停下來等候。「牽手啊款款來，海風真透，我做前，妳隨後，翁某仝心行，較遠都會到，免驚哦。」老漁人輕聲安慰。

妻子纖纖玉手早已磨成繭，由於赤嘴性喜躲在泥團裡，需靠鐵耙不斷掏挖，偶而碰到尖銳貝殼刺傷，隨手拿起綿衫包紮，止住鮮血，仍然繼續耙梳。這時，兩個獨立的影子重疊起來，共同抵禦一切風雨與苦厄，這樣的舉動真是體貼入微。他們全身包裹著花巾，因為挖掘泥灘赤嘴，濺起泥水如墨汁噴花了臉，分不清衣服底色，長年與海洋潮汐對決，與泥灘搏鬥，多少風雨歲月仍然攜手向前。

八十歲阿桑們躬著背，在強風襲擊下左右搖擺。雙唇開始龜裂，眼睛也倍覺乾澀，跋涉S型淺灰水路，蒼茫間別有一番蕭索。近身一看，黑衣與臉上重重污泥如同泥人，在滄海泥路奔行，眼睛所看到的都是寶，誠如阿桑告訴我：「惦海邊仔若

骨力，親裁嘛有錢趁，免望政府福利啦。」芳苑鄉沒幾間工廠，工作機會僧多粥少，環境練就她們以海維生本事，舉凡生活開銷、孩子註冊、娶媳嫁女，只要走向泥灘地打滾，點滴積累就能應付。討海營生雖辛苦，每日拖回的赤嘴盤商到家收購，馬上有現金收入。說大海是她們的提款機也不誇張。

大城、芳苑鄉廣闊的潮間帶，也是孕育野生蚵、赤嘴等水生貝類的重大海場，讓他們世代取之不盡。她們靠岸後就著一灘海水，收成的赤嘴裝在綠色塑膠網，用力提起左右搖晃抖甩，利用海水洗滌赤嘴污泥，隨著力道濺起污濁水花。赤嘴相互碰撞發出喀喀聲，之後她們坐臥泥灘水，像孩子一樣朝自己身上潑水戲水，清洗一身污泥，海水雖鹹鹹總比黏稠稠的泥灘土輕盈。

他們大部分時間由互相靠攏，分開、交錯、永遠互不干擾，打滾在海灘迷陣裡，相信勤奮讓生活變得安定，透早就在一望無際海域挖掘，循著落日的錶盤時針，判斷潮汐起落，就能找到安全回家的路。許多漁婦不和夢交易，不被繁華和脂粉所困，只能在污泥裡映照夕陽餘暉，及偏僻遙遠的海平面。在上帝和時間面前，撈取生活無限蘊藏。

秋岳指著第一個上岸的人說：「黃粮富，外號『赤嘴達人』。」他自承：「早上五點走向外海，上岸時已是下午兩點，我因年輕腳程快，回程也需走一個半小時。今天收穫不錯，回家後先將赤嘴沖洗乾淨，再以海水餵赤嘴吐沙，真厚工。」

阿富說：「今天收穫約八十斤，一斤收購價四十元。」「挖赤嘴是軟土深掘耗費體力，阿桑們體力較差動作慢」，可挖到五十斤上下，從年輕到老已習慣海洋作息，隨著潮汐上下班，想多打拚努力也不行。阿富算是中生代專業漁民，大海就是他的耕地，整年在海上輪作，冬季捕鰻魚苗。本來挖赤嘴在自家新寶海域隨手可挖，如今隨著環境衝擊變遷，必須跨區到芳苑、漢寶海域到處尋找挖掘。

失落的背影

阿伯夫妻緩慢靠近，看他們一身泥濘內心感到無比的尊敬，阿伯仔講：「食老無路用，阮某行路較慢愛等伊，今仔日風真透，滑倒幾次所以拖著卡吃力。」

「今仔日收成按怎？」伊講：「袂穤啦，五、六十斤，阮牽仔的體力退化。挖

差不多三、四十斤，伊就骨力講欲陪我來挖。」

「阿伯您歲數有多大？」伊應講：「阮兩个喔加起來快兩百歲，有勇無？」說話幽默。

他們靠岸後，力道帶勁者一手將赤嘴扛起，匍匐上下攀爬肉粽角（海岸線滿佈消波塊，外型酷似肉粽），動作俐落，跨越長長的防波堤上岸。年長者先上岸丟下繩索，下方夥伴接著繩索，相互協助靠繩索將赤嘴拉上岸，年長者居多，這也是另類生命共同體。多數人只在沙灘、堤防觀望海洋，而下海漁民用波浪、鹽沫、烈日風霜，熬過台灣海峽四季，自熱帶風浪到嚴冬黑水。

忽然間有人喚我大姐，實在認不出對方，只能傻笑點頭。她說：「我是夜市賣甜甜圈的文萱。您常光顧我的攤位。」一花巾覆蓋下，海女只剩一條視線兩隻眼睛，一身污泥每個人看起來都一樣。

「文萱？多年未見了？怎會在此遇見妳，太驚喜了。」文萱說：「大姐稍等，我把赤嘴扛上去後，我們在岸上聊一聊。」一坐在堤岸邊聽她娓娓道來人生坎坷，她說：「甜甜圈是與新婚夫共同經營，第二段婚姻格外珍惜，與前夫生的女兒已唸國一，三人共組小家庭。小生意火旺，小本營生需靠自己張羅，體力、工時付出長。認真經營生意和家庭，珍惜得之不易的第二段婚姻。如夢的婚姻卻只維持一年多離婚收場，花掉所有積蓄，帶著女兒和受創的身心，回到小漁村療傷止痛，重新回到海域討生活。

一個憧憬婚姻的堅強海女，卻被現實生活折磨得疲累不堪，靠著跪爬挖赤嘴，只要彎得下腰，一天掙個一兩千元，生活暫時安穩無虞，她真切感受到大海包容，提供生活資源的感恩。回想她在彰化夜市擺攤，打扮多麼亮眼青春、甜美，如今一臉滄桑仍難掩風華，但願一切苦難隨風而逝，即使雙腳深陷泥淖裡，仍然仰望遠方彩雲。

一週後，為採訪海女如何在泥灘地挖赤嘴，捲起褲管與婆媽們擠在秋岳的鐵牛車上，隨著兩邊旗竿記號，迎面展開水路引道奔向外海，拍攝挖赤嘴紀錄。她們人手一疊「經衣冥紙」溫和誦唸阿彌陀佛，一路隨風揚起灑下大海。

台灣四面環海，在茫茫大海中獨自作業險象環生，信仰是唯一靠岸的港灣，芳苑鄉漁民習慣出海作業時，除了拜媽祖外，還向大海灑上「經衣冥紙」，海難亡魂落水全身濕透，祭經衣冥紙是給海上冤魂溫暖，希望他們能換上乾爽的衣服保暖，祈求亡魂慈悲，保護他們平安上岸並能滿載而歸。

六輕巨大煙囪群就在前方，鐵牛車停靠站到了。第一次踏上離岸六公里的遼闊外海，她們魚貫而出，準備好隨身工具，腰間繫上一罐瓶裝水，還綁上綠色尼龍網袋，一個鋁製大水盆。各自拉著大水盆朝前方快速散開。婆媽們的背影就定位，或蹲或爬一鏟一鏟舉起落下，挖掘海上黑金赤嘴。

不懂海象的我，只顧拍照愈走愈靠近泥灘地，當我停滯不動專注涉獵鏡頭時，已經深陷泥沼全然不知，準備起身抽腿，用盡全身力氣仍無法自拔。已陷到膝蓋動彈不得，只能向秋岳求救，秋岳見狀將他的大臉盆推過來，「趴在臉盆上，增加浮力面積，然後用力慢慢脫困。」說著扇狀海水緩緩流去。

秋岳叮嚀：「阿姊，走泥灘地停下時間不能超過一秒，不然就會越陷越深，要閃過沒有踩過的腳印，才能輕鬆自在行走，如達摩一葦渡江海。」原來婆媽們走路如跳舞精靈，如蜻蜓點水輕盈，幾十年來海上征戰，練就一身海上輕功。她們大腿肌肉有力，身陷泥沼也能輕鬆來去，用爬的挖赤嘴，可減少接觸泥地面積。如果不慎陷入泥沼，身體趴上鋁製大臉盆即可脫困，大臉盆是裝赤嘴拖上岸的容器，也是保命工具。

秋岳說：「二十年前，我上班的工廠接單不穩，常常無預警停工，為了生活跟著父親下海撈捕，退潮後泥灘地文蛤貝類到處都是，好奇撿了一大布袋回家，村內的人都懷疑這貝類能吃嗎？」即使要送人也不敢食用。後來經漁會的專家鑑定，這是野生「環文蛤」可食用，竟然還奇貨可居。於是帶動這群婆媽們，長年在海上撿拾養家。夏日炎曬，冬日寒風逆襲，終年與海搏鬥向大海求索。

每日潮退之後，站在防波堤高處往下看芳苑海域，中間較高地勢浮出，串連蚵田，隨著美麗線形綿延至天邊，無數蚵棚如絲瓜架，一匹匹垂掛整齊，每串蚵架以粗硬黑膠繩串起，盪在海水中。秋岳自豪說：「廣闊潮間帶泥灘地就是我的練功場，赤手捕捉紅蟳，是獨門絕活，這樣的技能我願免費傳授，沒人願意學。」秋岳愈說愈嘆氣，初學者定會被紅蟳螯夾到，痛得哇哇大叫，半天就打退堂鼓。他已練就一身輕功，以自傲的口氣說：「全村唯一能在泥灘地奔跑的人，只有我洪秋岳沒臭彈。」

他繼續說：「愈是爛泥水生物貝類愈是豐富，然而爛泥深藏危機四伏，不明究

理的人一腳踩入，如入死亡漩渦。」彰化海域地勢平坦，遇大潮海水瞬間由四面八方洶湧而至，對於潮汐沒有精準掌握，切記不可隨意下海，每年總有幾件海難事件發生。

尋找野生蚵

大城鄉濕地，曾是國光石化預定地，因全國人民及環保人士極力擋下，目前全台最完整、面積最大的濕地潮間帶，寬度達五公里以上，更是世界罕見，生物量豐富度堪稱國寶級濕地，也是世界級濕地。

農曆立夏後，大城鄉三豐菇寮海域，野生地攤蚵漸漸熟成，像福壽螺似的盤據整個海灘，感覺很誇張，為了這些個傳説想一探究竟，秋岳幫我推薦當地漁撈達人洪富宏先生（人稱小洪）帶路。

第一次踏上三豐村菇寮海域，聞著混雜的魚腥臭味，頂著日曬風吹，一起踏浪前進外海探尋。跟著小洪的腳步走入裡海，傳説中的野生蚵就在水泥引道路旁兩側

躺著。密密麻麻的野生蚵，正練著吐納功法，看似沒有生命的蚵殼，不斷的吐水，交纏舞動，夕照之下閃著晶瑩剔透水珠，驚覺它們是大海裡的小精靈，灰綠的外殼夾雜著斑點，幾乎像岩石。

當我們走動時，許多螃蟹透過聲音和震動，覺察我們的腳步迅速躲到沙穴，以求安全。人尋找夢或夢尋找人，一旦成真皆令人感動，這樣的情境愈來愈熟悉，彷彿曾遭遇過，我似乎感染一個夢境即將完成的喜悅，「請輕輕走，你正踩住我的夢」。靠近膠筏簡易卸貨平台，排列整齊小蚵仔還沒長大，趁著潮水尚未退乾，黑黑的殼一張一合努力呼吸，僅能聆聽牠們細碎的脣

作者遞點心給撿拾白玉文蛤婦女，相互體貼。（張薈茗提供）

語，月光靜靜流過牠們背脊，什麼也沒留下？生命可以逍遙在泥灘上。

趁潮水未退，觸鬚交纏舞動，聆聽牠們細碎脣語。野生蚵在遠古太初就躺在泥灘協奏嗎？懷孕的野生蚵擠滿了平台，讓陸地與海洋有美好交融，它們使我感受生命的雋永，一轉一瞬間無不充滿著變化。

五十來歲的小洪說：「大城鄉三豐村村民仍然維持半漁半農為生。我們除了小農耕作，於三豐菇寮海域針對四季漁場，捕撈或撿野生貝類維生。」整個三豐村人口不到二百人。他回憶海口往事，讓會做夢的記憶說話，雖遙遠卻很清晰。童年與同伴在菇寮海域白色沙灘上奔跑嬉鬧，潔淨的沙灘長滿馬鞍藤。牛車路兩旁是四方形的文蛤養殖場，往外海望去，就是大片的蚵田，蚵農駛著牛車，牛鈴聲伴著夕陽餘暉返家，如同塞外駝鈴聲在耳邊響起。

「退潮之際我們這群快樂囝仔兄，只要在牛車路上用力踩踏，文蛤就會浮出，不一會撿到半個水桶，用腳攪一攪，撿拾貝類輕而易舉。海邊撿拾貝類，增加蛋白質來源，是我們這群囝仔為家庭貢獻之責。」

濁水溪出海口的泥沙，因為六輕設廠後，產生凸堤效應，濁水溪該往南流出的

污泥，卻往北回流，當颱風或大雨過後，濁黃的河水更帶著山裡的泥沙，和澄淨的沙灘每日對決。潔淨沙灘被呑沒，養殖文蛤的澄淨沙灘變成泥灘地，牛車無法通行，蚵田也不見了，因長期淤積、陸化，除不利船筏進出，惡劣環境難以餬口維生。

受六輕建廠空氣污染影響，土地種不出好品質的西瓜，全省聞名的大城西瓜沒落了，只能種一期水稻，其餘是地瓜和花生，都是低價的雜糧，收入難以餬口，年輕人紛往外地就業，留下父母守住家園。泥灘地人車難以通行，漁會建築魚獲水泥引道便於出入，野生蚵盤踞引道，讓村民循線判斷野生蚵繁衍熟成撿拾的季節，多了這項副業收入。

討海人未來

每年端午節過後，利用農閒時期，三豐海域是村民的海上廟會，熱鬧滾滾，百人下海壯觀場面令人想一探究竟。再度踏上偏僻的小漁村，今日退潮時間為上午十點，提早到現場觀察環境。已有幾位村民陸續抵達在此等候，我一臉笑意問候大家，

簡陋小小碼頭，兩艘破舊竹筏孤單停泊。水泥引道上停滿了機車，有位阿嬤啃著手上一顆大飯糰，正與村民閒話家常。

離潮水退乾時間還有兩小時，我與村民互動打探，聽她們說今年野生白文蛤多到撿不完，讓大家發了一筆小財。多位婦人腰上綁著小尼龍袋，手上拉著藍色塑膠桶，已走上泥濘水路，往外海方向走去，阿桑熱情邀我跟著她們下海體驗。

海水深及腰部，撿蚵人三五成群推著重要工具「浮板」，先後陸續下海，浮板上重疊的空簍，及海上作業一整天需補給食物的小冰箱，浮板很重需借助海水張力，趁海水未退乾前，走水路推向外海。

阿桑說：「小姐，我帶妳去體驗，用腳在沙攤上攪一攪、用力踩踏，文蛤即會自動浮上來，且是野生的喔，隨妳挑撿不完，只要妳能扛得動。」聽阿桑一番分享，心動不如馬上行動，捲起褲管走上泥灘水路。阿桑一直給我信心打氣，這裡是最低窪海溝處，難走的泥灘水路只有短短一百五十公尺而已，過了就好走，然而水路底下坑坑洞洞，一腳踩下身體失去重心難以平衡，全身已濕漉汙泥沾滿一身。擔心身上的攝影器材泡到海水，損失可是慘重，走了幾步路想放棄，阿伯看我如此狼狽，

一手拄著拐杖，一手護送他的妻子走過水深處的險灘，再回頭牽我涉水，看我安全無慮之後，將他手上的拐杖借我，讓我維持平衡，鼓勵我繼續向前走，感謝阿伯的鼎力相助，讓我有勇氣往前走。

我跟在人群後面，走一步陷一步，抽腿往前再走一步，大腿肌肉過於緊繃發抖，小腿不斷抽筋，只能步步小心前進，走了艱困四十分鐘泥濘水路之路，浮出一片美麗潔淨的沙洲，潮水尚未退乾，沙灘上有部分的人先挖野生白文蛤，不分男女老幼，穿著不同顏色衣服，跪爬蹲走，各種姿勢都有，超過百人以上，將遼闊海域，點綴成色彩美麗的海洋世界，他們跪爬的樣子，像極了農家挲草的畫面，眼前美麗的「海上拾穗」畫面，令人驚喜震撼！淺淺海浪前呼後湧，跪爬沙洲的村婦，鐵耙不斷自海浪裡挖掘，當鐵耙碰觸文蛤的聲音，雙手自海浪裡捧出泥沙，再挑揀去年留下已長大的白文蛤，小文蛤繼續留在海裡餵養，如此循環每年都有挖不完的野生白文蛤。隨著海水退乾，隨處可見小小白點（白文蛤），覆蓋著潔淨沙洲，我認真用腳踩踏、攪動沙洲，文蛤即浮出水面，這樣的體驗既驚又喜。

很多年長婦女背影佝僂跪爬耙挖文蛤，海水滲著汗水濕漉一身，她們不以為苦，

賣出所得除了貼補家用，母親節快到了，子女們回家團聚，這快炒白玉文蛤是孩子們想念海洋的味道，也是想念家鄉阿母拿手的好滋味。全天下的母親都一樣，母愛沒有貴賤，用自己最擅長的方式，愛護澆灌她的子女。

作者淺灘涉險就近體會，泥淖舉步驚心。（張薈茗提供）

撿野生蚵人繞過潔淨沙灘，各自拖上浮板再走一段泥濘水路，我跟著他們往外海一方散去。潮水尚未退乾，伸出雙手在海水中摸蚵，這感覺有如小時候在河中摸蜆一樣，浮板隨著海浪不斷移動，撿蚵人直接將浮板繩索套在脖子上，隨著撿蚵人的身體移動相互牽絆。雙手雖套著手套，在海中摸蚵無礙，憑手感挑選如手掌大的野生蚵。

海水漸漸退去，密麻的野生蚵插在泥灘地上，愈是爛泥野生蚵愈是碩大肥美，伸手可及隨你挑撿，一個上午後，每人的浮板都是滿滿的野生蚵，少說三四百斤，大家放下手邊的工作，聚集在浮板上午餐休息。

他們閒談中，提到前幾天發生在阿慶身上的靈異「海茫」事件。討海人口中的「海茫」是什麼？中潮回程已是晚上九點多，循天上月光和頭燈照路，相互照應結伴返回，阿慶排在最後壓陣，他已是老手，這水路如自家廚房走了多少年，靠著頭燈於月光下，海路泥濘一步步困難行走，走一步陷一步，抽腿再走一步，討海人生，拖著疲憊身軀，在未知的海象中求生存。頭燈發出微光照著海域，在黑暗世界走向海岸無畏無懼。

中途休息清點人數少了一人，漆黑的海上如何尋人，一陣驚慌呼叫海巡署三豐安檢所支援，在每次攸關海難事故裡，面對燈影海浪的穿流，這時恐懼開始襲來，弟兄火速趕到，強燈打在海上來回探照。大家齊聲呼喊「阿慶」名字，他的瞳孔被刺眼探照燈刺到，頓時清醒

收穫滿滿，與挖赤嘴鄉民開心合影。（張薈茗提供）

回神，已脫隊往反方向外海走去，事後阿慶說不出為何往外海走，真是邪門，總算有驚無險，這幾天家人不讓他出海工作，還要到廟堂驅邪避煞，不要被魔神仔拉走。

歷經五小時辛苦撿拾挖掘，海風夾雜鹹味，海水經烈日曝曬，高溫反射更加炙熱難耐，有人累了，就著浮板上打盹，竟然呼呼進入甜蜜夢鄉，惡劣環境練就適應本事，好夢何須昂貴席夢思床助眠？原地等待潮水慢慢上漲，一天出海作業總要六小時以上。適逢假日年輕人返鄉加入撿蚵行列，大家滿載而歸，經濟上不無小補。

潮水終於流入彎彎水路可以通行，已步入更年，身形略微發福的阿娟，第一個將浮板推上水路，使力的一腳抬起一腳落下，她的肩膀像牛一樣，拉著笨重的浮板，水流的漩渦不斷滑過她的雙腿往前走，離開水路上岸，有一段泥灘地正考驗著她，泥濘爛泥寸步難行，她獨自一人靠著腰上的護夾，以半蹲的姿勢使盡全身力氣，漲紅的臉發出氣喘聲，在花巾包裹之下，汗珠自眉間不斷滑落，她用手臂擦去汗水，碎步艱難前進，終將三百斤重的野生蚵拖上岸，再逐一扛到岸上的農機車。

大地的母性，柔肩發出巨大的力量，擔負著養家任務，回去伸港路程還有五十分鐘，摩托車小心翼翼閃過不平的引道，家人等著開蚵，趁鮮賣給熟識的饕客。肉身的肩頭永遠有一副沉重的軛，不管是空間上的故鄉或時間上故鄉，漁婦們有驚人的氣量和耐性，可承受最難堪的困阨啊！

母親與子女們歡樂慶祝佳節後，不過短短幾天，新冠疫情席捲全台，外出打拚的子女以擺攤小生意或服務業居多，三級警戒讓營生起了大變化，因為囚禁自處，有形無形的城牆阻擋，人們害怕彼此的溫度及飛沫，地表上處處陰影，終於體悟荊棘之路，哀傷之路，

在海上耕地討生活的人們。（張薈茗提供）

原來天闊任鳥飛，海浩任魚遊，而病毒飛沫佈下天網，阻卻彼此閒散腳步，只能斗室徘徊復徘徊。

幸好有這一畝海灘，外地就業子女頓失生活依靠，紛紛回鄉避難。讓受挫兒女，回到大海，海洋不會讓他們餓著，都能溫柔靠岸。四個月的海洋資源，只要勤快些，野生白文蛤市場一斤賣價五十元，野生蚵一斤一百五十元，不景氣的時局，這片海域豐富的貝類，多少幫助頓失依據家庭度過難關。只要護好海洋，這一畝海將世代滋養鄉民。

全台最大的濕地在彰化海域，這樣的生態系，經過千百年的演替堆積，大自然洗禮，保留下來這麼珍貴濕地，如果我們因為不了解她，不尊重她，只因為她很平坦，很溫馴，適合做風力發電，可是卻忘記生態的核心價值，若水路交界的演化舞台，被風車群、種電場、破壞殆盡，等於扼殺了生命空間。

季季

泥淖，泥灘，軟泥，泥團……，謝謝作者以這些「海中泥」在彰化海域這處全台最大的濕地進行書寫並近身攝影。

每天凌晨到午後，有許多大城、芳苑一帶的老者「隨著潮汐上下班」，甚至有近百歲的夫妻同行撈取潮間帶海生物；作者形容他們的形影是「海上拾穗」，笑稱「大海是她們的提款機」。

新冠疫情來襲後，在外地失業的兒女返鄉避難，也加入「海上拾穗」的行列：「只要護好海洋，這一畝海將世代滋養鄉民。……」

〈溫柔靠岸〉不僅是生動的報導文學，也是堅毅感人的海洋文學。

二獎

郭昱沂

台北人。中文系畢業，留學法國學習視覺人類學。出過書，拍過片，教著書，目前專事文字與影像創作。

●得獎感言

二〇一三年初訪，正當緬甸逐步開放，見識到了新舊交替的一片生氣盎然。卻不想，二〇二一年軍政府再度掌權，民主垂危。以此文作為祈福，但願這個佛教國度早日恢復安樂淨土。

心好小姐的音樂田野

故事從一條街說起

心好在新北市中和區一條叫「緬甸」的街長大，這街官方定名為「華新街」，夾道兩邊開了各式商店，從頭到尾不要幾分鐘就走完了，巷弄裡還住了密密麻麻的人。一九六〇年代開始，出於政治與經濟原因，許多華僑陸續自緬甸遷移到台灣，多年下來，已然形成了非常特殊的聚落，不論在風俗習慣、飲食、宗教與文化上，皆雜揉出一種獨特的「緬華」混成風格。這個特殊聚落以中和南勢角地區的「華新街」為中心，順理成章的，大家都叫它「緬甸街」。

每家小吃，每個商鋪，鄰長里長辦事處，心好在這條街穿梭來去就如自家前廳後院，「不誇張，閉上眼睛，聽到媽媽在罵小孩，我都能知道是哪一家在罵。」因

為一切都太熟悉到理所當然，她以為這只是眾多中和街道的其中一條，那些鄰居講緬甸話就好比客家話、閩南語，也不過是台灣方言的一種。「真的後知後覺，我讀景美女中時，同學說要去緬甸街吃烤餅、喝奶茶，我楞了幾秒才明白她們說的就是我家。」

當南勢角——淡水線捷運通車，當時正在念大學的她，看到捷運出口指示標注著「緬甸街」，彷彿這條街被驗明正身似的，由「小名」喊成了正式名字，她身在其中，對於那種官方隆重感，「就很像小三扶正，挺不真實，但就真的發生了。」

鄰居向來喊她為「土豆女孩」（myei-bei ma），其實這是個普遍的暱稱，不獨她有，土豆是形容台灣島的形狀，土豆女孩就是指「台灣姑娘」。

我笑問：「妳怎麼熬出頭的，從『土豆』變成了『心好』？」

她撥撥長髮：「沒熬很久，很多事都發生在我的一九九八。」

心好小姐的一九九八

除了學科，還憑著長年學習的鋼琴與長笛，心好考上了第一屆台大音樂研究所，繼續半工半讀，卻比從前更辛勤忙碌。父親是一般的工薪階級，母親家庭主婦，唯一的哥哥很早就進入職場，在工地扛磚鋪路，家裡對她繼續唸書其實有點意見，所以她從來得靠自己當家教、四處打點雜工來維持生計。

報章媒體開始宣傳著「第一屆緬甸潑水節」，她以為大概就是類似於泰國的潑水節。晚上她騎摩托車回家時特別當心，長笛可經不起打水仗。但哪裡有什麼「潑水」，這條街道張燈結彩，俗麗絢爛，所有的街坊鄰居、商家店鋪都一躍成為觀光主角，媒體、記者、政治人物鬧騰騰穿梭其間，觀光人潮紛至沓來，她第一次見識緬甸街並不緬甸街的模樣。

趕緊躲回家趕報告的她，不經意聽見了一段緬甸古典音樂，趕緊換下睡衣睡褲，趿雙拖鞋就擠到人群中，站在舞台前的她，深受那個悠揚、古樸而又絢麗麗的樂音所吸引，一直看到節目終了人潮散去。

「聽到那個音樂，我就心跳得好快，當下就決定要以緬甸音樂當碩士論文主題。」

初臨緬甸之國境

她認真思考起緬華移民社群在台灣的形成、發展等課題，刻意去結識緬文學者、緬甸舞者、緬甸樂師，認真開始學習緬語。「老師給我一個正式的緬甸名字了，Ma Seik Gaung，意思是『心好小姐』，用我中文名字去對照翻出來的。」

卻不想，對緬甸人來說，這名字很「聳」，除了老一輩的鄉下人，不會有人取這麼不時髦的名字，逐漸的，緬甸街上的鄰居們不再喊心好「土豆」，因為「心好」更令他們發笑。心好一直沿用至今這個菜市場名與緬甸人交流，希望自己在田野所遇到的男女老少都感到親切自在，如果將她視為高高在上的「學者」，反而會跟他們隔了一層。

我說：「這不能怪緬甸人，「Ma Seik Gaung——馬賽糕」聽起來像某種異國甜點。」不是緬甸人的我都可以找到發揮的點：「糕糕」、「阿糕」、「神力女超人糕」

亂喊一通。

被稱為心好小姐的一九九八這年，她花光了用打工存到的幾萬塊，還特別請一家眼鏡行鄰居幫忙「斡旋」；因為當時緬甸是由軍政府壟斷，社會除了非常封閉而且瀰漫著一股嚴峻氣氛，並不歡迎外國人到訪，費了一番周折，心好才順利來到了仰光。

與既有對緬甸的印象相比，實景當前……殖民色彩蜜裡調油似的簡直分不出什麼是原貌：政府行政區的歐洲風格建築；印度區斑斕多彩，一股宗教氣息既殊異又融合；仰光大金塔金碧輝煌到讓人睜不開眼睛。直到她走到了佔地遼闊的中國城，才又聞見緬甸街的氣息，莫名感到他鄉遇故知，但明明這裡才是緬華的故鄉。她被安排住在中國城內一間老式公寓三樓，周圍市場喧囂熱鬧，散

心好小姐 2000 年赴緬甸習樂登上了緬甸的報紙。（郭昱沂提供）

發著一種緬甸線香特殊的氣味。

心好密集安排了兩星期的樂理、嗩吶、緬甸豎琴與傳統舞蹈課程。除了上課，她也四處打聽表演訊息，當地人說：「要見識最正統的歌舞表演，一定得到龍馬雷餐廳！」

那裡是由聲名赫赫的緬甸國家樂團團長所領軍——圍鼓手玖玖迺（Kyaw Kyaw Naing）。不論是純器樂序曲、開場祭祀舞、絲竹合奏、傳統器樂獨奏、絲弦傀儡、宮廷舞與藤球雜戲等，這是她第一次親眼觀賞到正統的宮廷樂舞，哭著看完這些受過嚴格師承訓練的表演。

她告訴自己幸好沒錯過也不能再蹉跎了。這夜歌舞之後，緬甸音樂再也沒有離開過她的生命。

「緬甸的女兒」上報了！

心好出示了幾份緬文的報紙雜誌，日期分別是從二〇〇〇年到二〇〇二年。

「哇！阿糕，妳紅得這麼早，上國際媒體耶！」

照片裡的她留著一頭短髮，雙手合十正在向一位老者致敬，其他多半是她正在演奏樂器，吹嗩吶、彈豎琴、拉緬甸小提琴。

「都寫些什麼啊？」

她拿起其中一張報紙：「由於仰慕緬甸博大精深的文化，受到緬甸古典音樂的吸引，這位女學生特地遠從台灣一個人來到仰光學習，隆重的拜師儀式之後，她謙卑的以徒弟之禮敬奉老師。緬甸社會的開放包容，讓原本只收男徒弟的老師們，也願意接納這位『緬甸的女兒』。」

唸畢她嘆口氣：「我不過是他們的政治宣傳品啦！」

原來只要心好前腳一踏上仰光，情報單位後腳隨即跟上，除了中國城橫跨黑白兩道的地頭蛇要回報給當局她的行蹤，她這個外國人不時也會接到電話，或者未經事先告知的「查訪」。等到情治單位確定心好沒有其他意圖，單純就是來學習音樂，他們反倒很聰明的察覺這位土名字姑娘可是一個絕佳的樣版廣告。

「當時一個人在異國碰到這些事情，會不會感到害怕？」同樣身為女性的我好奇著。

「這些都還好，華僑很講究兄弟人情，我是中和緬甸街這邊的親友介紹過去的，他們很仗義，有事情都會幫忙解決，一回生兩回熟，我又是華人，不會眼睜睜看著我被緬甸人如何的。」嘆了一口氣，她接著說起在田野最讓她感傷的事，眼眶漸漸泛紅……

「叩叩叩」，外面是三位年紀大約十二三歲的緬甸小女孩，濃眉大眼，皮膚黝黑，臉龐透著天真。一開門，她們只是呵呵的傻笑，顯得手足無措，以為小女孩是不小心找錯人了，心好就也回以和善微笑。不過這種事隔三岔五又發生，她才意會過來，這些未成年的少女是被送來這間便宜旅店賣淫，這裡很少有單獨入住的女客，所以小女孩們見到她總會不知所措。她給了小女孩們一些錢，讓她們回去好交代：「別再敲我的門，最好也別再來這間旅館，這裡很危險。」

「我不知道自己還能做什麼，罵她們？趕走她們？還是通知警察抓出背後的賣淫集團？其實我什麼都不能做！那些緬甸知識份子面對軍政府專權、社會腐敗，一旦發表言論就會被關到監獄裡；我一個外國人，稍微輕舉妄動，肯定被列入黑名單，以後別想再來緬甸。」

原本她只是著迷於緬甸音樂，比音樂更複雜的事件卻不斷接踵而來，不管是情治單位，報章媒體，小女孩賣淫，逐步加深了她對這個國家的認識，進而使她去思考音樂在特殊的社會體制下是如何被「形塑」，以致產生內容的改變。

圍鼓老師

拿到台大音樂研究所的碩士文憑，師承王櫻芬老師，受其影響，心好想到美國繼續深造研究緬甸音樂。好幾年拚命接工作，到處跑場教音樂，當我看到她在潑水節粉墨登場的照片，竟然穿起緬甸傳統衣裙，長髮全部盤上去插朵大紅花。

「阿糕，妳成緬甸婦女了，從沒看過妳這個造型！」

「對啊，我從不穿裙子的，但總不能穿牛仔褲上台表演。」

「原來妳當過歌舞女郎！」

「沒辦法，賺錢去唸書啊，那幾年好辛苦！」

二〇〇三年心好赴美國UCLA攻讀博士，進入民族音樂學系（departments of music and ethnomusicology）。學校主辦了一次亞太音樂會，集結了許多來自亞洲的頂尖音樂家，她沒想到會遇見玖玖迺，更令她感到驚訝的是，此時他已不再是緬甸國家樂團團長，而是一位受到美國政治庇護的流亡音樂家。

當心好秀出自己在一九九八年在仰光龍馬雷餐廳拍攝他的表演畫面，玖玖迺十分驚喜，異鄉遇知音，心好提出要拜他為師，兩人從此展開了一段師生緣分。儘管生活得精扣細省，心好還是努力擠出一些錢，爭取所有打工機會，擔任助教、教大一概論課，才能每個月飛紐約學習打圍鼓。

心好的博士論文主題是寫幾位當代的緬甸古典音樂家，圍鼓老師自然也被納入了主題之一。在緬甸文化裡，徒弟必須要對老師絕對服從，灑掃應對進退，服務老師的一切，這種上下階級關係，讓她難以開口詢問老師的生命故事。

玖玖迺曾在公開場合表示：「我滯留美國的目的，是為了在美國宣揚緬甸古典音樂。」

然而，他對心好的解釋卻又次次不同，比如他痛恨緬甸軍政府；比如他在國家樂團只能演出官方指定的曲目，根本不可能創作；比如他的小提琴家朋友被送去勞改之後自殺，日記中有寫到他批評軍政府，他擔心被連累。

「作為一個研究者，追根究底找答案是很重要的事，但做為緬甸音樂家的弟子，這簡直就是離經叛道了。老師願意說什麼，徒弟就聽什麼，老師不願意提的，徒弟就當作不存在，即使我知道老師不斷在逃避，為自己選擇流亡找到合理、漂亮的解釋，但他始終沒辦法面對自己離音樂越來越遠的事實。有時候我自己也會在學者與徒弟兩個身分之間感到錯亂，所有這些思考的過程都寫在我的音樂民族誌裡面，有一天我會把博士論文翻成中文，分享給中文讀者。」

不管跳機的原因是什麼，這種「叛國」行為在緬甸音樂界引起軒然大波，也一併斬斷了他與家鄉的所有連結。不諳英語的玖玖迺飽嚐了艱難，數年後，他悄然移居紐約，與數人合租一棟高樓中密麻隔間的八樓之二，整套圍鼓和木琴全堆疊在狹窄幽暗的房間角落，金碧裝飾的樂器已然霸氣不再。他在族群雜處的皇后區為了謀生，學習做日本壽司，認真賣力工作，按月寄錢給留在緬甸的妻小與恩師。

心好是他在美國唯一的徒弟，每當心好從洛杉磯飛到紐約習藝，總能帶給他很

大的快樂，因為可以名正言順的打鼓、彈琴，暫時忘卻經濟窘迫的現實，他自我解嘲：「那套樂器終於光榮登場了。」他將一身技藝都教給了心好，因為不如此，他幾乎沒有機會展現他的音樂專長。

他過去用來拍響二十一個鼓面的細長雙手，那曾經彈奏出時而動人婉約、時而雷動震天的「神奇圍鼓樂」，現在只能用來裹覆醋飯與鮮魚。

遲遲無法在美國覓得正職，無力施展音樂才能，無法回歸故鄉緬甸，這些都讓他鬱鬱寡歡。心好非常努力的幫忙老師找到演出機會，經濟窘迫加上離國之苦，這些不也正是自己的寫照？只不過她還有個故鄉可以回去，一拿到博士學位，她完全不考慮在美國找教職，飛快的回到了朝思暮想的台灣。

未竟之夢

二〇〇八年心好返台，同年進入中研院民族學研究所，她是第一位以民族音樂學專業進入中研院的學者。其後仍然沒有中斷她對緬甸的研究、習藝之路，每年往

返在新北中和與緬甸仰光兩地之間，貼近觀察雙城的政經遞變與音樂發展。

二〇一一年三月軍政府下台，緬甸開始了最劇烈的變化，大量政治犯被釋放，翁山蘇姬所帶領的反對黨在國會議員席次獲得壓倒性成功，再加上急起直追的進出口貿易，一個有限度邁向民主自由的新局勢，逐漸在仰光的常民生活中展開。

社會的改變直接影響到音樂內涵與演出形式，有的音樂家發表新作品；有的奔走在國家媒體與名人婚宴場合之間；也有音樂大師來不及體驗這個新世界，悄然驟逝。

心好的眾多老師中，最受歡迎就是圍鼓手窖甚（Kyauk Sein），他也最受當今緬甸媒體青睞。這位音樂明星在二〇一二年獲得緬版的奧斯卡獎，一臉神氣驕傲，手握著緬甸半神半鳥金納拉像的小金人，透過電視媒體傳送，幾乎家喻戶曉。

事實上，這位明星和玖玖迺師出同門，當後者領導國家樂團時，窖甚只是一位小樂手。前團員曾私下傳訊息，如果當初玖玖迺不離開緬甸，這座小金人獎應該是頒給他的。這反映了仰光音樂界的普遍看法，窖甚取代了玖玖迺，成為地位最崇高的圍鼓大師！

紐約邊城的緬甸流亡之音

二〇一三年九月中旬，台灣國家音樂廳邀請緬甸音樂家玖玖迺來到台北，策劃者心好小姐定名為：「紐約邊城的緬甸流亡之音」，她想藉著老師的生命故事來呈現游移經驗對於音樂家的影響，同時也向台灣介紹緬甸古典音樂。

心好覺得：「遷移與流亡同樣發生在許多台灣人身上，但音樂超越了國界、語言、種族。」

過去受軍政府長期鎖國之致，緬甸甚少與外界交流，緬甸音樂更處於世界音樂版圖的邊陲，幾乎不為外界所知悉。玖玖迺這樣一位聲名顯赫的音樂家，離鄉背井十六年，終於能夠在台灣擁有屬於自己的音樂會。

幾經心好努力爭取與不斷奔走，國家音樂廳最終打破合約規定——「演出樂手三個月內不得於台灣演出」，同意讓玖玖迺可以在中和緬甸街上演出，他的流亡故事與緬僑移民經歷，得以用音樂來訴說，有了一場溫暖的交會。

返鄉之路

為了台北國家音樂廳的演出，玖玖迺決定隻身返回祖國，重新找回過去的國家樂團成員，一齊參與這場音樂會。闊別十四年，「前」團長即將「回歸」的消息便在仰光音樂圈傳開來，夾雜著紛紛擾擾的人言耳語，這一切似乎遠比一場音樂會來得更令人不安。

二〇一三年夏天，他終於重新踏上了緬甸的國土，仰光市中心到處可見販賣翁山蘇姬與父親翁山將軍照片的小攤，手機商店與大型購物中心四處林立，連過去少見的西方觀光客面孔也川流不息；這些都讓城市景觀在短短一兩年間有了極大的轉變。三月官方已經宣布報禁解除了，民意似乎正要大鳴大放起來，但卻又隱藏著一股不安的騷動，比如美國擔憂代表民主力量的翁山蘇姬會被政府聰明地「招降」，比如緬甸學者擔憂資本主義太快在緬甸生根發芽會招致「罪惡」的果實。

心好陪著老師走街穿巷、買禮物，然後會見親人、朋友、師長，每天充滿著眼淚與歡欣交織、絮絮叨叨話從前的場面。玖玖迺近鄉情怯，團員們更湧現許多複雜

的情緒，當年的團員一半已經凋零，團長私自「出走」，害他們受到牽連，日常起居一舉一動都被暗地監視，玖玖迺當面致歉並且誠心邀請大家一起演出，音樂與台灣已然變成了最美好的理由。

再怎麼輝煌過的父親／老師，能夠訴說真心的也只有身旁的女兒／學生了，老師不斷在修改演出內容，「我要把這趟回鄉的心情，充分表現在台灣的音樂會上。」

八九月份是雨季，停電在仰光更屢見不鮮，這些都增加了集結團員們一起練習的難度，他們常常得涉水而來，然後在忽明忽暗的燈光或者燭光中練習，老師們相互打氣：「我們的音樂要到台灣了！要讓台灣朋友聽到最好的緬甸音樂！」

心好在當中扮演了一個溫柔的「女

老師在停電中練習樂器。（郭昱沂提供）

兒」、「徒弟」雙重角色，她為老師們張羅了練習場地、飲食、交通，當我跟心好一起共處在緬甸田野時，很不習慣她伏低做小的「女兒」身分，她必須事事「聽命」與「服務」老師們的一切。

「老師們都是大人了，不會自己去查資料嗎？要吃什麼不會自己從家裡買過來？我們練團又不是在市中心，這樣挺麻煩的。」

「這是他們的傳統，就是這樣子的，學生要張羅所有的一切，不能等老師開口。」

「所有學生都這樣嗎？還是因為妳是女的，又是外國人。」

「所有人都這樣，不管男女老少，這是緬甸一種傳統的習藝方式，前兩天妳沒看見玖玖迺對他的老師從門口開始一路行跪拜大禮，跟老師說話頭要比老師的位置低，他在美國收入不多，但一直寄錢奉養老師。」

尊重別人的傳統是一回事，但她也真不辜負「心好」之名，總是發自內心體貼著每一位老師，我想最初幫她「定名」的那位緬語老師，應該早就確認過她的人如其名，整個就是心好！

忙碌了一天，晚上回旅館她對我感嘆著：「差多了！」「玖玖迺的鼓技退步了！」

「當年他在龍馬雷餐廳表演多厲害啊……」

「那怎麼辦……他表演得不好那怎麼應付兩場音樂會？」

「緬甸音樂跟爵士樂一樣都是即興的，很講究臨場的發揮，他現在還有些生疏，等他們多團練幾次技巧就會改善。不過我今天發現他跟老師們在討論新的曲目，就是他新創作的曲子，還沒完成，聽起來很有感覺，跟一般聽到的不一樣。」

「阿糕，我是聽不懂啦，不過我看到玖玖迺練習時又笑又哭的。」

「這就是我做為學生最開心的事，能夠創造一個機會讓老師重新站在舞台上，如果他不重新開始，那就等於宣告跟音樂說再見。即使手鈍了，不過以前的他也不會創作，只是依照官方要求的曲目去表演，技巧再好都只是個匠，這十四年畢竟沒有白過，又哭又笑是因為他有太多心情想說了。」

從緬甸來到了緬甸街

國家音樂廳的表演之前，音樂家們終於來到台灣，我好奇的問他們是否聽過緬甸街？

大家都說知道在台灣有一個地方住了很多緬甸華僑，「緬甸街！」我重複說一次「緬甸街！」這應該是他們最想認識的一條街。

果不其然，當他們來到這條街，有如回到老家，根本不需要心好擔任翻譯。他們各自找喜歡的餐廳，點喜歡的菜色，滿滿的一桌吃得不亦樂乎，不管是緬甸來的老師，隔桌用餐的客人，餐廳老闆打雜的，誰跟誰都可以聊上幾句。飯後再點杯拉茶，一塊甜死人的椰香鬆餅，整個氛圍就是仰光中國城某個閒適

音樂教室拜的佛。（郭昱沂提供）

發懶的下午。

最後大家到「和尚廟」上香祈福，遵循緬甸的宗教傳統，見廟必拜，尤其來到異地，那更是非拜不可，大概就是拜碼頭的意思。這間和尚廟位在一幢公寓的二樓，從外觀絕對看不出來裡面有如此大的規模，其實這裡是緬甸街移民的信仰中心，長年香火不滅，頌佛聲不斷，給予他們莫大的心靈慰藉。

心好心裡一直盼望著能夠辦一場「正統」的緬甸古典音樂會，讓優美的樂聲打破地理疆界及雅俗之別，傳送在這條街上。瞧她奔走在龍蛇混雜、各派勢力、各種顏色政治立場之間，也不過就希望大家能在緬甸街上聽一場音樂會，就像在許多年前，她曾被那悠揚、古樸而又絢麗的樂音所感動一樣。

我笑她：「從土豆喊到心好，他們可真沒白疼妳！」

「國家音樂廳我都能說服他們打破合約慣例，這些鄰居OK啦，到時候一定很熱鬧。」

兩場音樂會

九月中玖玖迺率領全團在國家音樂廳的音樂會不僅滿座，還吸引了不少台灣藝文界知名人士前來聆聽。心好先行導聆、解說，中間擔任穿場主持人。由於緬甸音樂講求即興，玖玖迺不按牌理出牌，把「難忘的初戀情人」、「榕樹下」、「酒後的心聲」都編進去了，這可逗樂了台灣觀眾。

至於他們在中和緬甸街的音樂會那更掀起了一陣旋風，心好的宣傳果然效果顯著。因為地點是在中和國中，沒有劃位售票，大家從下午三四點就排隊入場，整間大禮堂好不熱鬧，全家大小攜老扶幼，沒有音樂廳觀眾的拘束，他們更像是在進行農曆春節團康活動。

除了本來的曲目，玖玖迺中間還跟緬華社群的歌舞愛好者合作，也由於緬甸音樂家們皆具有高知名度，現場獻紅包（緬甸習俗）、要簽名、爭相合照者絡繹不絕，簡直台上台下一家親，就跟我在仰光下鄉時看到的地方樂團演出一樣，完全跟觀眾打成一片，殿堂級的古典音樂竟也可以如此親切，充滿在地人情味。

我看著心好小姐，她眼睛笑得彎彎的，嘴咧得像一條小船似的，顯然內心悸動不已，畢竟這是她從小生長的緬甸街，這街上從未有過如此的音樂會呢！

夢一直做，一直完成

一頭標幟性的長髮，一雙靈動大眼睛，她仍是從前那個充滿夢想的女子，在音樂會上忙進忙出，就跟最早我所認識的呂心純一樣，沒錯，心純就是「心好小姐」！長達二十年的緬甸在地田野經驗，訪談、研究、拍攝、習藝，包括每年寄居在緬甸家庭，識得緬文、說得一口流利緬語，與緬人建立起如同家人般的情感。特別是她以外國人的身分擔任「學徒」，在以男性大師為主導的緬甸音樂圈，被冠以「女兒」（thamee）的稱號，打破了通常以世襲為主的音樂教育常規，藉此，這個音樂田野紀事也擁有了一個獨特而珍貴的視角。

每年回到仰光，永遠睡大通鋪，幫忙灑掃庭除做飯，一起在克難環境中下鄉巡演，在過去，還必須時時留意被盯梢，注意自己的言行不要觸犯軍政府的政治禁忌；

現在則是介入到更深的社會層面裡，在中國城誰不知道每年來研究、做善事的「心好小姐」。

這幾年結婚生子之後，她仍然沒有停下腳步，將觸角伸向了台灣其他地方的緬華移民，桃園中壢、清境農場、高屏滇緬村，甚至還將田野拉到了澳門、日本。

「妳不是升了副研究員、長聘也過了，連書都出了。」（《未褪色的金碧輝煌》）「跟這些無關，我不想待在象牙塔裡，我希望一般人也可以對這個主題有興趣，其實裡面都是人的故事，很有意思的，希望可以觸動台灣讀者，讓他們有共鳴。」

她來自中和緬甸街，繞了世界一圈，實現她的音樂夢，並且繼續付出著她對人、對土地的感情。「如果沒有人，沒有音樂，我就不做學術了。」

楊樹清

〈心好小姐的音樂田野〉，我們宛如看到報導者扛著攝影機，鏡頭從一個人、一條街拍攝起，場景從台灣延伸至緬甸、美國及「紐約邊城流亡之音」的音樂會現場；段落分明，剪輯緊湊，跳接出緬華的愛恨移民曲，旁白出原鄉、異鄉之間的政治、文化間糾結，譜奏兩地共通的「遷移與流亡」經驗，用音樂超越國界、語言、種族的藩籬。

報導情節、文學情境交融，人物刻繪鮮活，〈心好小姐的音樂家田野〉開拓了報導文學的跨境視野；惟文字的表現較缺飽滿感，田野調查亦乏縱深度，致影響了整體報導張力。但其題材具開創性，問題意識鮮明，仍形成一部動人的文字紀錄片。

佳作

睦澔平

考美術落榜讀歷史系竟獲台大校徽設計、演辯冠軍，持續寫作投稿出版三十本文集，十座金鐘金曲獎皆來自文學創作延伸。從艱苦災難新聞採訪報導到中美英碩博士學術田調歷練，完成全球二五八國與台灣三一九鄉鎮自助旅行實地攝影寫作記錄，積累四十年豐厚人文藝術底蘊，透過台科大教授與文創分享傳承。

●得獎感言

感念母親一九五九年生我難產癱瘓，父親叮囑我讀書寫作以爭千秋，困頓封閉生活，淬鍊寫字畫圖照顧母親二十二年。深入長駐龍發堂與六四七名患者生活十四年，服務病友考到首席心理師與中醫博士，期望大眾藉此關注社會底層精障邊緣人，也明瞭龍發堂存在的意義。

來去龍發堂

夜深了，一盞聚光燈打在中堂的玻璃櫥窗上把肉身菩薩金身點亮，黯黑的龍發堂大殿顯得格外淒涼。

上完香，我回頭向開闊明亮的磨石子地板望去，屋外皎潔的月光鋪滿在三十一張臨時打地鋪的簡陋床墊上，裡面也有我的一席之地。走過去再看一次這些堂裡所稱呼的「孩子」，一個個睡姿扭曲、肢體橫陳，還有的流著口水、咕噥叨絮著夢話。他們和我的年歲相仿卻都是被社會家庭遺棄的精神病患，珍惜滿足於龍發堂給予了自己一方小小的容身之處。

毫無睡意，我把床位上的被子又隨手推開了起身，繼續再向殿外廣場走去。面對左側另一棟燈火通明的大樓，那裡原來應該是他們最後六百四十七名男女精障堂友們入住的七層室內生活起居、教學製衣和休閒活動空間；卻在三年前還來不及關電清理，就被貼上兩張交叉白紙封條嚴令禁止進入而閒置至今。貼在門側些許斑剝的衛生局公告上冠冕堂皇寫著：

「龍發堂為法定肺結核與阿米巴痢疾疫區，為免群聚感染依法強制撤離清空，任何人等均不得進入此建築物內活動。」

今晚高雄路竹的月光出奇明媚鮮亮，龍發堂大殿屋頂矗立的開豐師父巨型銅像連慈祥的笑臉都清晰可辨，七十三歲圓寂堅持三年坐缸成為金剛不壞全身舍利的開豐老和尚，一九七〇年代創建了正邁入四十八年歷史之久的龍發堂。我不知道他老人家面對這片當年他力排眾議為收容一群社會精障邊緣人所打下的江山，此時此刻目睹此情此景，將會如何怡然莞爾又慨歎以對？畢竟曾經轟動歐美特別是德國精神醫療業界，連中國精神醫療學術年會都移駕龍發堂開國際研討會，其靈魂人物開山祖師釋開豐和尚拓展出了一個全世界最大型結合宗教文化、多元民俗醫療、音樂舞蹈武術縫紉職能教育、農產畜牧養殖、製造加工業的民間精障大家庭團隊，既不領政府補助也不全靠家屬繳費，僅以二十餘人管理配合堂友互助自治的營運模式，平順安穩地維續了近半個世紀的大型精神病院杜鵑窩收容長照中心。

過往十四年間我來去台北高雄持續追蹤採訪報導龍發堂，根據檔案紀錄早年黃金鼎盛時期這裡曾經慈善收容過高達上千名台灣各縣市鄉鎮送來的精神病患，同時也幫我們解決了寶島鄉親上千個家庭難以啟齒又無法負擔的隱憂。因為有的要縱火、有的要殺人，沒有一個普通家庭能夠承擔照顧之責，甚至好幾位家屬偷偷跟我說，別人來家裡提親一看到有個精障的親友立刻頭也不回的退婚逃走了，老死不相往來。但是二〇一七年一紙高雄市府的行政命令起源於兩個 TB 肺結核和痢疾的流行病例，接著衛生局結合社會局、建管處和警政單位多次全面強制監控入駐普篩病毒檢驗查核，高雄市衛生局並沒有依法公布流行病檢疫最終明確統計數據報告的結果，便逕行決定龍發堂「人員只出不進」，一直到最後議處必須「全數清空移置」。

龍發堂開豐和尚肉身未腐通體舍利坐鎮堂中。（眭澔平提供）

首先衛生局執行多次的流行病毒篩測檢驗行動，

採取的是世界罕見的突擊式限制行動的全面囚徒封鎖，就在耗時費工要求全體堂友個別站在自己床邊長時間定位等待監控下，驚嚇到許多原本情緒不穩定尤其是嚴重思覺失調的精障病患。就因為高雄衛生局下公文必須趕在一個下午將數百人全部做完肺結核病的X光檢查，全體堂友們必須被限制行動到晚上七點都還不得做飯進餐。但這些精障堂友們早已習慣規律作息卻得餓著肚子聽命等待，於是陸續引發有的躁鬱失控打破玻璃、有的被害妄想自己脫掉褲子、有的直接忍不住把臭屎大便拉在地上、還有的情緒失控要自戕必須由臨床堂友當機立斷自行決定用鐵鍊暫時將之拴綁……。凡此種種現象又被隨行主管官員與專業社福社工人士哀戚長嘆唯「悲慘不人道」。

從二〇一七年十月底到十一月初，少少幾位精神專科醫師進駐龍發堂，持續九個工作日但每次僅僅兩個多小時的時間診斷全部堂友，甚至包括堂裡的出家師父也被給當成病患無禮訊問。按照「精神病患性質評估表」精障分為六類障別：其中第一、二類的精神病症狀最為嚴重，無法維持個人衛生及生活行為者，必須優先立刻被強制移出安置。就這樣兩位精神科醫師大約兩小時竟可訪談六十餘人，也就是說輪流訪視審問極為草率決定了六百多人精障級別分類，每人的談話時間才一到兩分鐘而已。多位堂友和家屬跟我嚴正反應並質疑鑑定結果；忿忿不平的是不單是醫師常無端偏於重判，有時還不斷刺激詢問病患說：「你在龍發堂裡會不會想自殺？」「你常會想死嗎？」「你覺得你是不是神經病？」……等命題荒謬問卷。

後來很多堂友和家屬們當然發動陳情自救，都不願讓這群已經習慣安住的「孩子」遷離龍發堂，於是當局一方面祭出重金開罰龍發堂趕不走人，另一方面還曾要求龍發堂應支付堂友遷至公家院所未來的費用。其中最不可思議的事乃是政府單位多次調派出動如出勤重大刑案特偵組的大批優勢警力，將這棟生活大樓裡手無寸鐵的堂友們團團圍住，任憑極度驚惶失措哀鴻遍野，全面強制拉扯拖離屋內，全部以專車送回原本戶籍所屬之各縣市。

凡是原高雄縣市區域的堂眾則強迫住到高雄凱旋醫院和市立民生醫院等，堂友輾轉託家人帶話給我，跟我訴苦他們是被用來填滿那邊入住的病床數量，同時原來不服用西藥的龍發堂眾在那裡必須開始消化健保精神疾病藥品。有的家屬付不起每個月的費用，有的堂友被交回給原生家庭卻意外走失陳屍街頭，有的被之前的拖來趕去又改變環境以致精障病情加劇，也有的失去每天堂裡各種自在的團體活動苦於成為被監控桎梏行動的囚徒。

我無法忘卻那天在這棟生活大樓裡堂友們淒厲哀求的哭喊和抗拒嘶吼的尖叫聲，最後一刻趕回來的我直接衝到三樓，卻連一個堂友也救不下來！警察還飭令我承認是被強制撤離名單裡的哪個人？又是被判定在一至六級精障裡的哪個級別？霎時我百口莫辯，這才警覺到原來龍發堂身陷於一種訴諸合法專業威權霸凌中的邏輯扭曲謬誤！既然在堂友、記者、警察的臉上都沒人刻著「神經病」三個字，而是掌握主控權的人他說你是，你就是「瘋子」。

我反問警察：難道在紅燈戶裡出現的每個女人就一定是賣淫的妓女嗎？那你們此時此刻都是出現在龍發堂裡的警察，我怎麼確定你是不是「瘋子神經病」扮演的？包括那些跟我一樣讀到博士碩士高高在上位的大人長官們，誰敢說他們通過得了也有執業證照的我也來對他們進行普篩，同樣限制他們行動繼之強制使用專業的「精神病患性質評估表」，外加國際權威的「漢彌爾頓情志評量表」雙管其下對之進行精障歸類定級。

我還是被當成名冊裡漏掉的瘋子給推擠到了一旁，手上準備當歷史紀錄拍攝的手機更被嚴厲禁止使用，於是眼睜睜目睹龍發堂生活大樓裡面的日曆永遠停留在二〇一八年二月二十五日，就好像南投集集火車站的老時鐘永遠停留在九二一大地震爆發時的一點四十七分。龍發堂師父口中所稱的那些「孩子們」而不是「瘋子們」在混亂中現已人去樓空，所有盥洗物品、棉被寢具以及置物櫃裡的衣褲用具等都還依序規律整齊的排放著。走下來到了一樓，我看到當天連早上煮給大家吃的早餐稀飯、菜脯蛋、地瓜葉、花生麵筋、旗魚肉鬆都還擺在圓圓的飯桌上，整個龍發堂生活大樓轉瞬間幻變成為一艘黑夜大海上風雨飄搖的幽靈船。三天後市府正式來現場貼上封條。

心情百感交集，凌晨三點空蕩蕩的大廣場上現在只剩下我一個人，耳畔響起了喧鬧的鑼鼓聲，那是十四年前二〇〇七年八月四日的那個同樣半夜三點整與我出生同樣的寅時，龍發堂開山祖師開豐和尚出缸大典的儀式把大殿前這片廣場擠的水洩不通，萬頭鑽動。只見大型吊車升高到大殿頂樓上師父巨大的銅像後方，在鋒利的電鋸切割出封藏的氬焊小門，取出開豐師父坐化的大陶缸，高一六〇公分、直徑一二〇公分，就罩著金黃色綢布的帷幔緩緩從高空降下。我被簇擁推擠在層層的信徒和採訪記者之間向陶缸靠近，心裡慶幸從台北照著高雄路竹甲南里環球路465號的地址一路南下找來，沒錯過這歷史性的一刻，這也是我生平第一次踏進這個傳奇盛地。雖然我們從年少時候就經常跟同學們拿著「龍發堂」三個字互相在大開玩笑：像是「你是不是龍發堂來的啊？」「再吵就把你送去龍發堂哦！」畢竟台灣社會早已經約定俗成把「龍發堂」跟「瘋子」、「神經病」畫上等號。

沒想到前面的記者群體突然鼓譟起來，似乎越吵越兇。我好不容易擠進去，才聽說龍發堂廟方宣布禁止記者拍攝開豐師父出缸的那一幕，於是有人批評堂裡擔心缸內會是一灘又臭又髒的屍水所以要用模型來做假。十分鐘後，又有人出來宣布說師父來託夢了，一樣堅持不在大庭廣眾下出缸，同時只准許給某一名記者代表進去看，還把這個人的特徵外型和衣著詳述了一番。這時有點打瞌睡的我忽然被嚇醒，因為眾人好奇的眼光全部向我投來，旁邊的同業跟我說：「好像是在講你耶！」我連忙否決，因為我真的沒來過這裡；真要那樣也沒有人會服氣，終於眾人決定以擲筊的方式來判定，最後擲出最多一正一反次數的還是我。我這就被特准進屋安排站到法醫的旁邊。

鑼鼓聲還在耳邊震天價響，掀開陶缸頂蓋，只見抬出來的遺體狀況非常完好，還是盤腿打坐的模樣，由於毫無腐敗石灰粉飛灑得室內滿天都是，眾人嘖嘖稱奇。我貼近一摸整個消瘦的身體都是柔軟的，不但可以扶著站起來連關節都還可以活動、肌膚有彈性，每一個毛細孔清晰可見、體毛鬍鬚皺紋也非常完整。特別讓人震驚的是二〇〇四年五月十三日釋開豐圓寂，等到九十七天以後，也就是八月十七日坐缸時，師父的眼睛和嘴巴都是張開的，現在三年不到他的眼烏珠還在，唯有收乾了水晶體變成乾扁扁的薄膜。我終於理解為何廟方一再說師父託夢不給眾人看出缸的當下，正因為肉身菩薩成為全身金剛舍利不腐不爛，但身上絲綢麻質的衣褲全部分解殆盡，幾乎是全裸的形體抬出缸外，確實有礙觀瞻。

法醫讚嘆大叫：「血管還可以注射！」

我看她以針筒真的將天然漆樹液體注入師父呈現淡灰色的皮膚裡。接著總監心賢師和住持心善師宣布師父再次託夢指示其將以右臂壓猛虎、左腳踏白蛇的觀自在姿態，透過一千三百年前唐朝以降傳承的肉身菩薩脫胎漆器工法，永久在龍發堂裡普照眾生、庇祐堂眾。接著，堂友們口中親切喊的「阿瑪」心賢師父以釋開豐大弟子的身分告訴我，接下來我可以繼續特許參與見證採訪紀錄八月到十二月即將歷經四個月的全部製作肉身菩薩的古法程序——從定型、抹上三道生漆，再運用日本金粉結合正統暈金塗法為開豐和尚完成金身，並預計於二〇〇七年底舉行安座大典。

於是在接下來的四個月裡我真的「來去龍發堂」，在台北三重和高雄路竹之間往返奔波十餘趟。對於自己原本設定的新聞報導主題「肉身菩薩」深入採訪紀錄，畢竟由於因緣巧合方能得到這個自盛唐至今千載難逢的機會；可是當我每次住宿在堂裡逐漸發現更吸引我的是堂裡收容的六百四十七名精神病患。每天清晨六點和傍晚五點堂眾都會從那棟七層的生活大樓整隊依序步行進到大殿做早課與晚課的誦經禮拜。我躲在殿旁的紗窗後面看著他們，男眾與女眾分別從不同的入口進入坐在各自分配的蒲墊上，就在向著如父親般的開豐師父照片請安問訊之後，隨著電吉他、薩克斯風和爵士鼓組成的「龍發堂大樂隊」演奏起《爐香讚開經偈》的旋律，堂友合唱吟誦出佛經「爐香乍爇，法界蒙熏。諸佛海內悉遙聞，隨處結祥雲……」的詞句。早晚的暮鼓晨鐘中，我看看他們、想想自己，對照比較人與人的命運相差實在迥異，目睹有人呆滯的神情、有的人畏縮的舉止、有人路都不太會走話也不會說、還有的人過去在外面精障治療機構服用太多副作用的西藥一直流著口水前後踏著步……，而我卻何德何能，就這樣耳聰目明的跑來跑去任意出入他們生命唯一賴以維繫的城堡？他們來到龍發堂安頓之前，每個人都有一個悲慘世界的故事，都是我們絕對不願意跟他們交換的人生。於是就在阿瑪心賢師又一次跟我說：開豐和尚又託夢問我年底的金身圓滿安座大典之後有何特別的要求？她說堂裡聽說過記者採訪寺院宮廟報導都有市場索價行情。我聽了很生氣，頗有微詞反駁了師父對新聞界陋習的印象；於是提出我的另類要求，沒想到這次輪到阿瑪非常生氣。

阿瑪針對我想住進去生活大樓，跟這群精神有障礙的堂友們一起生活一段時間的要求極其不悅。她說一九八二年高雄醫學院附屬醫院精神科的文榮光醫師和社工人馬陸續進駐龍發堂，都是在保護他們自己的安全前提下，處處隔著安全的距離圍籬觀察紀錄，沒有人提出過要自己進到危險區域去一起生活，這樣萬一發生被重傷害的攻擊怎麼辦？何況這些堂裡的「孩子」有滅門血案的瘋狂殺人魔、街頭隨機砍人的劊子手、小偷強盜強姦傷害縱火犯……簡直應有盡有。他們正是其中那種爆裂攻擊型的強勢精障人，相對於另一種被害恐懼退縮型的弱勢精障人。她跟堂裡管理團隊的心善、心秋、心涼、天愛等人每天就在不依賴西醫之下，純粹透過團隊的互助生活模式，不讓這兩種人繼續他們不見容於外面社會的加害人與受害人角色。所以阿瑪不准我進入堂友的生活大樓，一步也不准，否則我遭受到傷害或是我無心傷害到了別人，他們又將受到社會大眾和主管官員的責難。

最後我想實地融入龍發堂孩子們日常生活的採訪構想就在二〇〇七年十二月三十日的安座大典當天實現了。爭相來廟裡瞻仰朝拜開豐師父金剛不壞之身的進香信眾和家屬把龍發堂大殿內外擠得水洩不通。阿瑪第一次用家人的稱謂對我說：「弟弟啊！師父託夢說答應你的要求了。」我聽了喜出望外，儘管我一直搞不懂又沒有人睡覺啊為什麼師父一直在託夢？原來那是一種靈動的感應，反正能進去神祕的生活大樓就好了。當晚不放心讓我直接入住的阿瑪，指派最熟練於管教的心秋師陪同我先進去試一下水溫，只能憑我的造化。沒想到，一開頭就被我給搞砸了，在三樓當我看見一名堂友突然手舞足蹈興奮朝我跑來，我直覺那是熱情的擁抱接納的肢體語言，因此也正想向前跨步相迎；不料心秋師一個手臂就把我擋下，另一名協助我的心柱師兄則立刻把那個堂友大力的架開。我被趕了出來，一樓大鐵門在我身後重重鎖起，我退回到香客的房間哭了一夜。

隔天是陽曆除夕，清晨早課和早餐後，我一直提心吊膽因為昨夜的事件必定傳到阿瑪耳裡，不免會被她罵一頓而且永不錄用毫無翻身的機會。正當我已經在打包行李準備打道回府，聽到阿瑪竟在門外又叫我：

「弟弟啊！今天年尾加菜和團體卡拉OK，師父託夢說你今天就可以順利住進去了。」我知道自己不能再錯失這次機會，一定要成功。聽到阿瑪再講：

「你這個孩子真奇怪！人家千方百計想逃離瘋人院，你卻要擠進來？真不知道開豐師父喜歡你哪一點？從出缸到入住對你皆是每求必應！還要我給你八個字：你就是我，我就是你。」

對啊！我想想自己趕不及在開豐師父生前見過他本人，於是想去從頭了解本名李焜泰一九三一年出生的他到底是怎樣開始收容和幫助精神病患的？那又為什麼他那樣說我是他、他又是我？難道他在說：他和我都在做同一件事嗎？如此我就更渴望熱搜所有關於他的訊息，不只能更了解他，也更了解自己。

聽阿瑪說，開豐和尚一九七〇年出家，在路竹自己家產上蓋起草屋寮房當佛堂，而他收第一個徒弟就是被附近村民欺騙的。那對夫妻誇讚開豐和尚修行的道行高，希望送自己的寶貝兒子給他做徒弟。結果沒想到去接人的時候才知道是一個被關在厝後破磚房裡的精神病患，用鑰匙打開沉重的大鎖裡面又是發臭的食物又是糞便污水，讓師父即使非常氣憤自己上當被丟來一個燙手山芋；但是看到這些被隱藏在台灣窮鄉僻壤的角落裡的一個個卑微苦難的眾生，實在不捨只有帶在身邊。偏偏這個孩子不但會亂跑還會縱火，只有用麻繩把他跟自己綁在一起，不但可以就近看管照顧，還能當種菜養雞餵豬的小幫手。聽著雞母碎唸亂叫竟然

龍發堂友歡樂出國旅遊創下世界紀錄。（眭澔平提供）

不再幻聽，孩子的病情不久完全好轉，情緒穩定也不會再搗亂縱火攻擊別人。如此神奇事蹟傳開，於是全台灣家裡有精神異常的人紛紛送到龍發堂，在一九八〇年代開豐和尚甚至率隊可以帶堂友環島旅行，並出國觀光跑了泰國、新加坡、菲律賓等地，轟動世界。

釋開豐留下金剛不壞的全身舍利給他的堂眾孩子看師父一直都在，而他選擇了一條最辛苦最受爭議的路，難道他所謂託夢給心賢總監傳來的話：「我就是你，你就是我」，就是在鼓勵我效法他一樣，對於已經輕鬆採訪完的報導，就應該繼續選擇更辛苦更受爭議的道路去探索真相，而不是甘於現況，把人生都當成只是一件件交差了事的應付。

想通這一點，我在這歲末年尾住到龍發堂裡，破天荒地把自己融入這群原本完全沒有交集的人生裡，我竟然超越陰陽時空得到了釋開豐奇妙感應的鼓勵。早上我穿上堂裡深綠色的制服，鼓足勇氣一個人拿著塑料椅悄悄地登上三樓加入他們的卡拉OK伴唱活動。

我故意挑了一個不太起眼的空位輕輕放下椅子，盡量不致突兀打擾大家。沒想到我才坐下來聽到有人點了閩南語歌「阮要給你牽牢牢」唱了兩句，四周沒人發現我的出現有任何違和感，無奈緊鄰我身邊的男子卻忽然把頭扭向了我目不轉睛盯著看。這次我想完蛋了，一樓出口被大鋼鍊鐵鎖同樣「給我牽牢牢」也栓牢牢插翅難飛逃不出去，我感覺臉頰一陣腥紅，不敢看他，直到他開口跟我說了第一句話：

「你是新來的哦？」

我遲疑了一下立刻稱是。這句問話聽得我真是一則以喜、一則以憂；喜的是我喬裝精神病患勝出終將得以安住於斯、憂的是我可能根本就是個瘋子，外面舒服的好日子不過，還真的發神經病來去過一段不一樣的人生。緊接著他又跟我說了第二句話：

「你最近比較累齁？」

「是啊對對對！最近台灣南北跑來跑去實在真是累死我了！」我驚訝與他素昧平生，如果我們真的同為天涯淪落人，即使相逢也從未曾相識，然而他卻在關心我耶！聽完最後他對我說的這段話我已像歌詞唱到「淚千行」了！

「那你要多多休息哦！我是阿牛！你在這裡有什麼事我都可以幫忙。」

眼淚噴了滿臉，開關都停不掉，我怎會想到自以為很會採訪很厲害的我，其實潛在心態是自以為是高高在上來探討報導他們；竟然發現四個月來我卻在這與世隔絕的杜鵑窩裡剛聽到了融化心靈最溫暖的一句話。我也忽然全盤搞懂，早年開豐和尚從第一個精障徒弟的治療經驗開始，曾為堂友兩兩以輕度配中重度級別混和編組，並拴上麻繩後改用鑰匙鐵圈的所謂「感情鍊」引爆社會各界大加撻伐而廢止；但是龍發堂以生命共同體的團隊互相照顧的方式，一直是堂裡喚起精障人士認知自我存在價值的重要實踐模式。莫怪我踏入的第一步就產生歸屬感，這是一條隱形的「感情鍊」至今依然牢牢牽繫、深深託付。

特別是到了夜裡，我們都是睡在完全開放式的

龍發堂現在風雨飄搖空空蕩蕩。（眭澔平提供）

通鋪上，班長像部隊裡的安全士官一樣每晚輪流排班守夜照顧寢居大廳唯一那個半封閉式的重症精障堂友區。需要安撫情緒、抱去上廁所、換尿布到餵食倒水鉅細靡遺無微不至。所以每晚我們睡在床上都做著同樣的夢：一起唱歌、一起玩樂器、一起拍籃球、一起跳電音三太子舞、一起打宋江陣——原來這些規律的自由活動充滿身心靈的自然療癒，給了這群人如大家庭一樣的歸屬，所以他們不必吃精神科強迫開的西藥、所以他們在團體裡互相照顧各司其職，不必長照機構後來最新立法的管理人數。

「來去龍發堂」原來不是在做一則社會新聞事件的獨家報導。

龍發堂讓我回到了心靈的原鄉，傾聽到自己莫忘進入新聞傳播界的初心。

楊渡

這是一篇實際進入現場採訪，經過長時間的觀察紀錄，所留下的見證。報導文學要求親眼目睹、親身經歷，乃是因為第一手的觀察，可以看見許多外界所忽略的細節，而這些細節方足以呈現人性、心性的複雜面向，而不是像新聞報導那樣，只是平面的敘述了發生的經過。

作者用了十幾年時間，甚至深入到患者相處的限制性空間裡，看較輕微的人如何帶領重症的人，建立信任關係，從而一起走過苦難。這些都遠超出醫生、社會學者的深度，而反諷的是，最後是醫生用極短的時間，在決定著這些患者的命運。

我特別推薦這一篇有一個原因：這是時間與生命時間換來的作品。記者做短時的採訪容易，但達到十幾年的長期關注，卻需要更深厚的耐心和功力。更重要的是，作者以他的愛心，去看見外界所未曾看見的龍發堂的內在世界。報導文學，需要這樣的精神。

佳作

邱曉玲

高雄美濃人，國立成功大學台灣文學系博士候選人，榮獲科技部獎勵人文與社會科學領域博士候選人撰寫博士論文獎。曾任中央研究院民族所專案助理。著有《臺灣高屏六堆客家傳統婚禮之研究》。

●得獎感言

凝視一個被遺忘的田野，尋找一群開路者的身影。

「含淚播種，必歡呼收割！」這個獎的掌聲屬於台灣《客語聖經》翻譯者。我謹代表受獎。

謝謝成大台文系鍾秀梅教授指引我進入田調現場，曾昌發牧師牽動我與翻譯群像產生連結。

報導文學重返擂台，感謝時報文學獎的評審們，讓〈曠野的聲音〉被聽見。

曠野的聲音——台灣《客語聖經》開路者

序曲：一個被遺忘的田野現場

最早受派到中國宣教的馬禮遜，是首位把《聖經》翻譯成華文的人，一八一九年底完成新舊約翻譯，從旁協助翻譯工作的米憐（William Milne）曾如此描述學習中文的困難，「一人要學會中文，身體需銅造，肺腑需鐵製，槲木為頭，鋼簧為手，有鷹兒的眼，使徒的心，瑪土撒拉的長壽。」

一場漫長的《聖經》翻譯馬拉松賽事。時隔二百多年了，語言與文化，政治與信仰，台灣一群《客語聖經》的翻譯者們，也面臨馬禮遜年代同樣的處境和心境。雖然，他們是會說客語的客家人，但沒有可依循的客語版本；換句話說，會講客語不等同就能夠翻譯客語聖經。翻譯條件，不只有健康，還需要神學、語言學、社會學、客家文學等能力，以及家人的支持與陪伴，才能熬過。

荒漠中的翻譯過程，他們曾經為了譯本要根據哪一種客語腔調、選哪一個客家文字而起衝突、爭執不休，甚至為了譯本不是個人母語的腔調，導致研讀聖經過程的內心情感無法接受，因而有人中途放棄賽事，選擇離開翻譯團隊。

翻譯工作，出版目標，夾雜太多個人與現實因素，又面臨時代環境下的國家語言政策壓力、聖經公會翻譯原則變動，也遭遇出版後，聖經銷路不佳而遭受聖經公會停止資助翻譯團隊繼續翻譯等困境。

一群不同的個體，不同的認知，不同的成長背景，不同的客語腔調，不同的生活經驗，卻要做同一件翻譯的工作，背後到底有什麼力量在支撐他們？可以讓他們堅定一生的守候、投入。

走過一甲子，故事未了。

尋找翻譯群像，進入台灣《客語聖經》的田野調查現場，每當問及，「當初怎麼會加入翻譯？」「是如何翻譯出來的？」他們回答的，多不是技術面的翻譯工程，更多是在追述自己與其他同工在合作之間的磨合歷程。

他們，一群默默在台灣客家教會裡，長年累月埋首翻譯客語聖經的開路者。

客語羅馬字聖經翻譯工作開拓者

「他在一九六八年十月十五日前後北上台北 YMCA 翻譯聖經，洗澡時轉開蓮蓬頭一出來是冷水，往身上淋下，就暈倒下去了。林彼得與陳蘭奇牧師在外警覺不對就叫：『方 ê，洗身軀，哪會猶未出來咧？（台語）』，才發現他已不醒人事倒在浴室。送去馬偕醫院急救，前三個月昏迷，驚醒過來後再繼續留院治療三個月。醒過來後，記憶完全恢復。喔！非常感謝上帝，雖然右手跟右腳不自如，但是頭腦清醒，完全正常。」來自方仰榮的一段記憶描述，浮現出了一位客語聖經譯者的身影，他的父親方廣生。

「方 ê，洗身軀，哪會猶未出來咧？」

方廣生，一九〇一年出生於屏東縣內埔鄉富田村，致力於高屏客家地區傳教工作，牧會同時極力傳授客語羅馬字，一九六〇年起南北奔坡為了翻譯客語聖經，在台北YMCA的客語聖經翻譯小組中意外事故發生後回屏東內埔老家住在自己搭的草屋調養，休養期間結束他為主僕牧養的生涯，一九七五年一月五日蒙主恩召，享年七十四歲。

戰後台灣長老教會，人手拿著台語羅馬字聖經《巴克禮譯本》，此譯本是由英國宣教師巴克禮牧師，採廈門口音以羅馬字所整理翻譯寫成，與台灣本土口音不同。第一線的客家牧師們看著台語聖經讀出客語給會友們聽，也有些客家信徒遷就地用華語《和合本》聖經，逐字翻譯，各唸各話，光是讀聖經的聲音就已讓會堂內變成混聲大雜院了。

一九五〇年代的方廣生覺得一定要翻譯客語聖經，使客家人能夠用母語讀上帝的話，知道聖經在對他們說什麼，這是他堅持的構想。他心中認為唯有透過羅馬字才能完全將客語發音及語調、語氣的情感保存下來，於是他從台語羅馬字字母創改為客語羅馬字，寫成一本小冊子，在美濃、高樹、萬巒與內埔等客家教會內傳授客語羅馬字，除了鼓勵青年學習，尤其教老年人看、讀與書寫。

方仰榮繼續記憶父親：「我國民學校一畢業就去台南長榮中學，後來一直不在家，但是我知道他非常非常的強硬說，『一定要有客語聖經』。那時候我們使用漢文《和合本》聖經就能讀出客語，一般的基督徒也認為沒有必要翻譯客語聖經，但是他非常非常的主張『一定要有客語聖經』，所以我不知道他花了多長的時間去遊說、鼓勵，那段時間也不曉得通過什麼管道來表達他的聲音。」

「一定要有客語聖經！」方廣生心中非常強烈的篤定，他更清楚勢必要得到聖經公會的認定、接納，才能進行翻譯工作與出版聖經。

一九五五年，台灣基督長老教會在北部成立「客庄宣道會」，陳蘭奇為首任會長，其他與會客家牧師有感於宣教師都以台語為宣教語言傳福音，造成客家人信主後都以台語讀聖經、唱聖詩，他們也期盼有客語聖經出版，讓客家人能以母語來讀聖經。客庄宣道會為了克服羅馬拚音書寫系統與南北客語腔調的差異問題，於一九五九年五月請方廣生編纂客語白話字課本《台灣南北統一客家白話字進教須知》（客家白話字是一種用以書寫客語的羅馬字母寫法）。

終於有了志同道合的牧者們認同翻譯客語聖經的事工，然而方廣生內心明白需要得到聖經公會的認同與支持，才能出版。一九五九年十月二十一日第六回客庄宣道會董事會開會，邀請香港聖經公會秘書藍克實先生和香港聖經公會台灣辦事處駐台主任賴炳炯牧師出席，方廣生在大會中報告翻譯客語羅馬字聖經的迫切性與初步的翻譯情況，會中雙方達成共識，獲香港聖經公會的認同與協助。

一九六〇年，香港聖經公會台灣辦事處定名為「台灣聖經公會」，同時也成立台灣第一個「客語聖經翻譯小組」，成員分別是屏東內埔方廣生、徐育隣、台中東勢陳蘭奇、台北三峽林彼得（雖為閩南族，卻一生貢獻於客家族群，會講苗栗四縣客語），小組成員推派方廣生擔任召集人，於聖經公會的遮蓋下展開翻譯工作，不過徐育隣於一九六二年前往印度洋模里斯島華人教會任駐堂牧師，必須請辭聖經翻譯工作。

此時南部剩下方廣生一位人力，因緣際會下，陳蘭奇對派任到苗栗公館教會一兩年的蔡仁理說：「來啦來啦，來台北 YMCA，我們每兩、三個月一次，為翻譯客語聖經聚集，需要參考日本話聖經，這方面可以補一下你的日本話。」蔡仁理，一九三一年出生於台東池上，雖本家客族，為求學九歲離開池上到苗栗姑姑家，只會說日語、台語的蔡仁理娶公館客家人，太太是他的客語啟蒙師。

方、陳、林三位牧師是蔡仁理的前輩，他們開口提出需要，「你可以作雜事，你來坐在這裡替我們打字，」從此，只要他們來YMCA，蔡仁理就北上三、四天，與他們同住，幫忙打字。

台灣客語腔調按分佈地區大致分為四縣、海陸、大埔、饒平與詔安五種。為了翻譯客語聖經，需要為譯本制定語言原則，客庄宣道會於一九六〇年長老教會總會第七次會議中，報告客語羅馬字使用原則是「以苗栗四縣發音為標準客語」；雖明文制定了使用原則，對方廣生而言，在進行翻譯中，仍會發生南北四縣腔在使用上的情感衝突！回到家中常常提起，一個人要面對三位北部客家同工，遇上南、北腔調的口語總會產生衝突，為了想爭取南部口音，或是語意表達的感情，總是沒辦法。

「南部只有一個方牧師啊！戰也戰不過、拚也拚不過，當時我父親最掙扎、最痛心的就是說：『拚不過他們』。」不過他還是持續北上翻譯客語聖經，在他身上非常奇妙的一點就是，「他一旦有了亮光，覺得可行，應該要做的，是合乎神的心意，任何困難都會突破。」方仰榮說出父親僵持不下的無奈，又敬佩他堅守亮光的精神態度。

翻譯工作內部不但遇上客語腔調齟齬爭議，外在還遭逢一九五五年下令禁止教會使用羅馬字；一九五七年省教育廳通令各縣市取締白話字聖經，禁止以台灣本土語言傳教，國民黨政府以「國語政策」限制台灣各地「方言」發展，各族群母語聖經也被限制出版及「聯合聖經公會翻譯原則改變」等現實環境壓迫，以致於台灣聖經公會無法將天主教、基督教共同審議完成的客語新約聖經付印發行。

政治因素，一再挑戰他們。一路上，還發生一九七〇年實行的「中華文化復興運動」，公布「加強推行國語辦法」後，難免對台灣本土意識有所打壓。二〇一八年仲夏的一個午後，我走進了新北深坑的台灣聖經公會，調閱出《聖經公會在台灣工作及帳務報告》，得知一九七二是台灣客語聖經翻譯工作在聖經公會的最後報告年，日後再也沒有出現提及客語聖經出版事宜與舊約聖經翻譯紀錄。

台灣史上第一代客語聖經翻譯小組辛苦完成的新約聖經譯本，僅於一九六五年由台灣聖經公會出版《客話約翰福音書》（中文客話對照）單行本。那麼，其他完成的譯本呢？

蔡仁理向我透露，「方廣生自己翻譯完，拿那麼厚那麼厚的原稿到聖經公會給我。我放在台灣的聖經公會，好幾年我們都沒有去出版，因為那時候還沒有解嚴，公報社沒有打字的，公報社的羅馬字是一個一個黏在一起，沒有技術可以打字，沒有工人。原稿應該還在聖經公會。不過聖經公會搬來搬去，不知道還在不在？」

我祈願那麼厚那麼厚的原稿還在！

恢復翻譯客語聖經發言者

聖經翻譯工作受迫處於停滯不可預知狀態，客家牧長與信徒，沒有想到一九八三年四月五日在國賓大飯店由台灣神學院基督教社會研究所、聖經公會暨台灣教會公報社共同策劃的「宣教與語言」研討會是一場促使客語聖經翻譯未竟事工得以復燃的關鍵時刻。

《客語聖經》修訂審議，2020 年 6 月 16 日在中壢教會。上左起，黃哲洪、曾政忠、曾昌發、何碧安。下右起，巫義淵、葉美惠、葉美智。（邱曉玲提供）

時任台灣長老教會「客家宣教中心」第二任主任曾政忠牧師接受我採訪時道出：「感謝主，正因當時我與小會議長邱善雄討論要離開教會一事，他就問我『能不能去當全職客家宣教中心主任？』才會代表客家去開那個會。其實他們是要重翻巴克禮台語聖經。最後二十分鐘，主持人鄭兒玉問：『有什麼問題？』我就舉手說……教育幹事洪振輝牧師是閩南人，他居然站起來說：『這個要公平，要讓客家的先翻，我們台語的應該慢一點。』所以我們主張討論了兩次開會，討論台語的，就只好stop。因為經費沒有那麼多，聖經公會的經費，就撥給客家，就這樣開始。」

客語聖經翻譯工作重燃，誰來翻譯呢？聖經公會希望曾政忠擔任新約聖經主譯者（新約聖經原文是希臘文），曾政忠曾榮獲南神、北神聯合授課希臘文第一名畢業頭銜，不過他認為翻譯台灣客語聖經不是那麼簡單的事情，於是他向聖經公會提出「給我讀一年」，結果當時聖經公會說，「我們只是翻譯聖經，沒有培育翻譯員的經費」，此項提議未被接受。

翻譯的門被打開後，時任台灣聖經公會總幹事蔡仁理則大力推動召集客家教會牧長們於一九八四年五月十日、十一日在台北市仁愛路聖經公會參加「客語聖經翻譯委員會」籌備會議，後來在討論誰可以來接任主委？根據曾政忠的記憶，「當時我們都還很年輕，主委最好給四、五十歲的擔任，給大教會的牧師來當會比較好，大家都這麼覺得，那當然是彭德貴，他是雙連長老教會主任牧師又是台北長老教會最大間的教會，不過當時彭德貴對此任務不太有負擔，因為他當時在教會內一直做台語工作，對客家這一環已經很久沒有接觸了。」

經過一年籌備，在台灣基督長老教會與聖經公會的支持下，一九八五年客語聖經翻譯委員會正式成立，彭德貴接下主委職務。受到聖經翻譯原則改變，翻譯工作必須重頭開始，決定從新約聖經 27 卷（260 章，7,957 節）著手。

毛遂自薦翻譯新約初稿者

彭德貴發信給當時在七張教會牧會待了兩年半的弟弟彭德修，邀請他加入客語聖經翻譯委員，彭德修參加三次會議後，未嘗聽過介紹誰在翻譯客語聖經？於是就問起，他們回以「還沒找到」，彭德修內心忽然有一個感動，「我從神學院畢業

十二、三年，不曾在客家教會工作，所以就想，『哎唷！我若是有辦法來翻譯客語聖經，像是還客家人福音的債一樣，心中就這樣想～』所以他就跟委員會提出，『若沒有人要翻譯，不然我來翻譯可以，我有興趣。』」

在眾人的盼望聲中，彭德修提出一個條件，仍必須尋求另一半韓麗華的支持。回到家，韓麗華一口答應了。她對彭德修說：「我不會阻止你，成全你的心願，因為我知道你實在對客家教會有負擔，你也一直講你欠客家人一個福音的債。」新竹湖口海陸腔客家人彭德修獲得家人支持，接受聖經公會兩次聘任，一九八五至一九八九年擔任客家聖經（新約附詩篇初稿）翻譯專員，二〇〇二至二〇〇四再次擔任客家聖經（舊約三校稿）翻譯專員。

二〇一九年三月，我見到自紐西蘭返台的彭德修，他形容自己有如吃了熊心豹子膽，又自信滿滿地認為，從小到大說了幾十年的客語，加上神學院又是研究《新約》，將新約希臘文翻譯成熟悉的母語，沒問題的啦。沒想到接下之後才曉得……「客語比希臘文還難啊！」「你若是讓我知道這樣的艱苦，老實說，我實在不敢做，進去做了，沒做又不可以，事後好多人對我說，好加在是我才做得出來，因為『我坐的住，耐得了每天在家裡坐著，有的人沒辦法。還有我很會聯想，有的字找不到，後來也給我找出來了。』」

訪談中，我問起翻譯客語聖經與客家運動的關聯？彭德修回答，「完全是為了客家人傳福音的方便。」「聖經翻譯以後才遇到『還我客家話母語運動』，若是提早幾年來發動，那不知道該有多好。哈哈哈！我翻譯聖經就更加簡單了。」

一九八五年，彭德修著手進行新約初稿翻譯，手邊雖然有外國宣教師早年所著《英客辭典》、《法客辭典》，但是許多漢字還是找不到，簡直讓他傷透了腦筋，也因對客語有研究的學者，他都不認識、也不知往哪裡找？也不知道誰是內行？

經人引介，一開始彭德修找到羅肇錦博士。他也暗中摸索找資源來幫助自己，參照「台語發音的變音規則」，從已經知道的客語變音裡找到一些規則與用字。

主譯者翻譯完成的初稿，需要打字、印出，交給審稿小組審議，新約階段主要負責打字是曾昌發、麥煜道，舊約是何碧安，兩個階段經歷科技時代變遷，也面臨需要時間、耐性逐字敲打，經常要熬夜處理。

何碧安，一九九五年接任客語聖經委員會書記，又要牧會又要打字，當很困難

1995 年 4 月 24 日客家松年之旅。左起 2、3，徐育隣夫婦。（邱曉玲提供）

的時候，或有時無法趕赴寄給審稿小組，他內心會產生衝擊，「我到底是來打字，還是翻譯聖經，還是來教會牧會？又想起年輕的時候，答應主耶穌要來客家教會傳福音。」

為了一個堅持，甚至牧師娘會抗議，「你打字花了很多的時間，連睡覺都不夠，常常嘴破火氣大。」忠貞的客家特質成了何碧安為主堅持到底的支撐。

一群長期或家庭或工作之餘的客家牧長們，從五〇年代初始萌起翻譯客語聖經，沿路經歷種種困境，攔阻，橫跨大時代變化，仍帶著相同的心思，同一的意志，共同朝著一個方向：「完成現代台灣客語聖經譯本。」

第一個出版品的回聲

已故台灣客家文學大老，鍾老（鍾肇政）帶領的「台灣客家公共事務協會」，一九九三年八月在苗栗公館辦「新客家演講會」，邀請客語聖經譯者曾昌發助講，會後，曾牧師把事先預備的《客語聖經：新約挔詩篇》贈送給基督徒的鍾老，他接到這本客語聖經時，神情異常激動；隔年，特別寫了篇〈一本完美的客語讀本——簡介《客語聖經》〉。推薦文中述及：

「翻遍這麼一本達一千一百幾十頁的厚墩墩的書，居然沒有片言隻字記載是何人所譯，令人為之詫異不已。……以後客家地區的教會，可以用自己的母語來唸聖經，而不必再依賴其他語言，光想到客語在讀經時琅琅上眾人之口的模樣，我就禁不住地又感激又感動了。」

曾擔任聖經翻譯顧問的客語語言學專家羅肇錦以〈第一部客語聖經〉為主題，一九九三年十月刊登在《客家》書評專欄，他感佩客語聖經翻譯委員們的毅力恆心，並讚許此譯本，「在客家話的推廣上，無疑地替客家界提供了極為豐富的客語教材。」

「提醒大家注意這本聖經的翻譯，它除了在聖經翻譯史上占有重要的地位，更是客家文化發展延續的一個里程碑。」

一九九三年第一個出版品《客語聖經：新約搭詩篇》得到鍾肇政與羅肇錦的肯定，然而在客家教會內卻是銷售不佳，使用率低，曾昌發憶起這段辛酸往事，承認自己和麥煜道，當時的心境非常挫折，「我們就覺得馬上要開始翻譯舊約了，怎麼會想到聖經公會告訴我們說：『沒有，我們沒有要翻了。』」兩顆單純又熾熱的心，頓時降了溫，又念及他們一生的心願，就只有一個而已，「就是把客語聖經翻完，大概這輩子就可以跟上帝交代了。」

面臨這種在教會受挫的局面，當時九十多歲的客家長老廖德添也頗感沮喪，「翻譯好了，人家不用，地方教會的牧者很冷淡，怎麼辦呢？」

余哲洪也反映了二十八年翻譯的辛酸、痛苦、挫折、爭鬥，對整個團隊來說，花那麼多的錢，耗那麼多的精神，用那麼多的牧師長老的心血，翻譯出來，「聽到人家不要用的時候，我們的心裡會很痛苦，會很驚訝！」

當遇到瓶頸挫折時，客家硬頸精神又滋生了。

2012年4月22日在交通大學出版感恩禮拜上，台灣聖經公會第四任總幹事蔡鈴真致贈金邊《客語聖經》給彭德修（右1）。（邱曉玲提供）

「雖然沒有聖經公會的支持，仍然要繼續堅持下去，沒有聖經公會的補助，就自己籌措經費。沒錢，沒關係，吃就吃最簡單的炸醬麵，一碗二十元、三十元的麵。自己的母語聖經自己翻，沒有資助就自己籌措，就是要堅持下去，有生之年，一定要完成這部屬於台灣客家的客語聖經。」

二〇一四年十一月，我陪同邱善雄牧師共乘國光號客運回台北士林的車上，回顧參與《客語聖經》翻譯之路，他不時啜泣。二年後，二〇一六年十月，邱牧師留下精彩，人生謝幕。

身為主委的彭德貴不捨同工們，只能拍撫激勵的說，「我們就先翻出來，現在不翻，以後就沒有能力翻了，時間過長，很不容易，但至少有人覺得很好啊！至少讓人們有客語聖經的材料可以使用啊！」

客語聖經《詩篇》126篇5節：「目汁濫泔去委種个人，就會歡呼來收成五穀！」（華語：流淚撒種的，必歡呼收割！）

同心合意完成客語聖經譯本

這一路隱藏在台灣客家教會，從年輕到老的一群客家人與一位自稱加拿大客家人宣教師，憑著愛客家族群的心志與堅守保存客家母語以及秉持客家基督徒一定要擁有客語聖經的信念而存在。

客語聖經在台灣的翻譯工作，超過一甲子的漫長歲月裡頭，不論已經在天上的或還是在地上的翻譯者，他們任勞任怨地從滿頭黑髮到白髮蒼蒼，從台灣東西南北各路聚集在一塊兒翻譯客語聖經，舟車勞頓的奔波，長時間埋首在譯本的翻譯與審稿，經歷手寫翻譯到電腦輸入的科技轉變；漫長翻譯的日子，占了一生三分之一的時間，甚至更長，至今還在延續⋯⋯

翻譯歷程是兩種語言的互相交替，一直思考要怎麼樣將新約希臘文與舊約希伯來文、亞蘭文通過一個好的橋樑，跨譯到現代台灣客語，這對譯者與審稿者是很大的挑戰。尤其一直處在客家文化與聖經背景文化來來去去的中間，當產生內心掙扎之下，能夠找到一個非常適當的客語文字來表達聖經裡面的意思，我認為那是一種講不出來的歡喜，可能只有翻譯者才有辦法體會。

譯者心中只盼望：「不論文學界，政治界，或其它領域，盼望客家人士與其他對客語有心人會看這本書，拿出來看，就會知道它的價值。」

方廣生歸天家四十二年後的二〇一七年十一月十五日，自多倫多返台的方仰榮夫婦約我在高雄大立百貨糖朝餐廳，初見面，方仰榮先昂首，再低頭，深嘆一口氣：「父神，祢終究還是讓客語聖經在台灣誕生了。」

台灣聖經公會贈送譯者金邊《客語聖經》，封面印有譯者姓名惠存。（邱曉玲提供）

跋：曠野開道路，沙漠開江河

台灣客語聖經翻譯過程點點滴滴，留在主譯者、審稿者與家人心頭，外人無法完全窺見、聽到來自曠野的聲音。

他們始終為了讓客家人能夠透過自己的語言了解上帝對他們說的話；當完成這項浩大艱鉅工程之後，客語聖經上不會留下他們的姓名，他們也不會對外倒出艱辛的苦水，因為他們非常清楚，這是從上帝來的呼召。

一生堅持，一頭栽入的翻譯者，抓住神話語應許，投入在台灣翻譯客語聖經的曠野道路上，接納彼此客語腔調，從無到有的過程，應驗了《聖經．以賽亞書》43章19節的話，「我必在曠野開道路，在沙漠開江河」，更印證曾昌發在書內頁親筆留下的一句話：「此生若能譯成客語新舊約聖經，就沒白佔地土了！」

楊樹清

報導與文學的游移間，如何揉合、融和，不可或缺「報導性、文學性、專題性」，也必備「題材開拓」、「田野調查」、「圖像語彙」、「記錄觀點」等要素；學者須文蔚特別強調，「報導文學的任務是『再現』田野」。

國家語言政策壓力及翻譯條件等現實環境糾結下，一群不同個體，不同客語腔調的人，在文化衝突、認知差異下，卻能橫跨二個大時代，以一甲子時間，堅定、堅持做同一件翻譯工程，往同一個方向前進。背後究竟是什麼力量在支撐？

〈曠野的聲音——台灣《客語聖經》開路者〉，報導者長期投入田野，找尋一群苦行者，藉由人物串連來述說他們自己的故事，把學術語言轉化成報導語言，拚出一張翻譯者群像、語言星圖。即使文學性較不足、問題意識也沒那麼突顯，但用心誠懇，田調扎實，結構清晰，文字通暢，加上豐富的圖像語彙，使得題材與格局都有超越一時一地的記錄價值，而能構成報導文學「再現田野」的書寫佳構。

當今，《客家專法》、《國家語言發展法》上路推行了；我們聽見了〈曠野的聲音〉，也看到台灣多語族群融合的可能。

新詩類

首獎

陳盈慧

筆名 Aurora。曾在臺灣師範大學國文所學習古代思想。在哲思的靈機與摘詩的靈犀之間專情創作；交流為懷，終始無改。著有詩集《情書》。

●得獎感言

由衷謝謝每一位閱讀這首作品的你：你付出了一分鐘；另一位你入目三分；以及你，用去的一瞬間，已足以築一座涼亭或暖閣……

這麼好，在歲月披離紛繁裏裡，分給我，專一無缺的半刻和重溫的五十九秒。

荏苒不易；如此難得。

謝謝你。

養動物

鐵籠。鐵鍊。檻柙獸圈
都是徒勞
都非常可笑

我豢養著，一頭快樂，從小到大
牠沒頭沒腦
沒有形體

我不知別人都拿什麼餵食
自己的快樂。有時我餵牠音樂，讓牠有了聽覺
有時餵牠一整卷

仁者和知者所樂的那種山水
讓牠有了視野

我餵牠難言之苦
讓牠生肺腑
餵牠我親身經歷的所有逸事，讓牠得以長出
巨大的秋毫之末

牠飽嚐了外在的世界
消化了我的內在
以此積漸浸漬，形成獨一無二的品貌

然而牠從未
俯首於吃喝，從未馴順服降於項圈上的名牌

讓自己淪落為我的
寵物；也從未
讓自己局限在只是一頭奔獸，一隻想飛上高枝歌唱的鳥
從未以濠梁下的一抹魚影為牢
從未以某一種人
陶然自居

牠脫落了特定的形容和輪廓
稀釋了區別
超越了牠之指稱
它、他、祂，每一種人事物，都可以是牠的現身處
所以我只能放開牠
放開牠回到

既渾化，又充滿瑣碎之細節的生活
且在牠，每一次，徹頭徹尾抿然無跡而
恍若逝去時
不覺莞爾
想像著牠終於在那裡
空身找到自我，從此忘返

陳義芝

這首詩將快樂設想成豢養的動物，構思清奇，意蘊深邃。以令人意想不到的情境，「詮釋」不假外求的生活哲學：快樂沒有形體，快樂是一種自性滿足，我的苦樂即是牠的心靈，我的感受即是牠的形貌。

牠，是逍遙的、恬靜的、因自由自在而無處不在的超脫，牠就在日常生活中。作者表彰的快樂，不在吃喝玩樂、名牌表相，也不因世俗定位而有無；層層剝解，在無詩意處逼生詩意，例如「我餵牠難言之苦／讓牠生肺腑……」這等句法就妙不可言。

二獎

劉金雄

設籍桃園市，元智大學管理碩士，目前服務於桃園市書畫美術人員職業工會。得過一些文學獎，出版個人詩集《不能停止的浪漫》與《回聲》。

●得獎感言

這是首懷念父親的詩，家父在我年少時期因病早逝，他心中一定有些許遺憾，我也是。他一定懊悔沒能把父親與一家之主的責任做好，但他值得我用一首好詩歌頌，一直都是。

對鏡，遇見父親

理髮師的剪刀刈過一片荒蕪的山崗
夕陽下，鬢髮紛飛如坡上逆風的秋芒
鏡中的臉 雨過、風過也滄桑過
一路顛簸，年輪的胎紋已過度磨傷

遺傳自父親的臉，山脈一般粗獷
鄉親們說我的稜線跟你好像
但我沒見過你的白髮，好想看看
你到我這個年紀是否一樣荒涼

是否也一樣健忘

委屈找不到一個肩膀可以躲藏
笑容經常找不到一個酒窩置放

彼此認識後的日子都嫌你太苦
我想像單身時快樂的你
你當時還不知道我的模樣，寫詩、對貓過敏
乃至於現在，你的不在

就像我也不知道兒子在哪一班飛機上
切換飛行模式需不需要一對翅膀
時差、經緯線與換日線如何自我協商

歲月說一切都太快
我尚未想妥如何跟這個年紀的關節共處

就像當初你來不及教會我那些，關於
父子間愛與被愛的摸索
初老的尷尬與簷瓦的滴漏

如果你從時間軸的巷尾走來，走到我這把年紀
兩把舊傘恰巧在街頭相遇
是否會像好友重逢，天空似泣非泣

能否再次輕輕牽我的手，複習
童年時呵護我過街的模樣
你應該有很多好奇跟困惑想問我
畢竟我當父親的資歷比你長

我說自己不是稱職的父親，你低聲說抱歉

記得那天陽光蒼白得像一張訃聞
親友稀少，留下半頁空白
原來骨灰比想像還輕，比雪更冷

斗篷上的芒絮已堆積如殘雪
你抖落一片斜陽緩緩起身，恰巧我也是
才剛離開又猛然回頭
那頭的你讀起來竟有些佝僂
我轉進小巷，不讓一滴淚
灼穿思念的胸膛

羅智成

這是一首懷念父親的詩。作品中的第一人稱在理髮時，透過鏡中映照的影像，想起自己和父親相似的形貌，開啟了一連串的回憶與感懷。在生動鋪陳的理髮場景裡，作者巧妙地將客觀上的「相似」與主觀上的「認同」連結，交錯表現出記憶中父與子之間形貌、性格、心境與命運的相似性，把血緣與親情提升到如同一個靈魂的複製與再現。

除了語法委婉動人、蘊含深情，布局首尾相應、層次分明，作者在意象經營上採取了近似電影鏡頭的象徵、跳接與疊影技巧，展現出繁複、豐富的視覺衝擊，非常深刻而優美的表達出對於父親的思念。

佳作

潘雲貴

九〇後，福建長樂人，現居高雄，中山大學中文系博士生。十四歲開始發表作品，曾獲臺北文學獎現代詩首獎、香港青年文學獎新詩亞軍、揚子江年度青年詩人獎（散文詩）等獎項。已出版十餘部個人圖書作品。

●得獎感言

是到第二天重新看了一遍得獎通知，才確定主辦方沒發錯人。知道「時報文學獎」很多年了，直到今年自己才第一次參加，抱著「重在參與」這種自覺難以得獎的心理參加，結果被這個華文世界極具份量的大獎眷顧了。感謝！

繼承

人影被時疫清掃的早晨，那人是昨天留到今天
一個很明顯的問號，久久站在早餐店前
拿著手機，像拿著一把槍
卻不知道面對 QR Code，該從哪裡按動扳機

他與他過去的身體保持無法再社交的距離
一種遙遠，僅僅在一次零點之後
三級警戒和網路時代進行串聯，他不知道
自己已成為一個提前失去身分的人，僅能
活在手寫的年代，也試圖靠近年輕身影學習
那些面孔看見他，又似乎沒看見

他被留在原地，跟昨天一樣只剩草草的筆跡

很久沒說什麼話了，他，對這個世界
逐漸安靜成一個器物的狀態，這樣好像
比說話愉快，也自然少掉敵意的目光

那人或許是你，在轉角鏡中看到又一個自己
攜帶歲月的遺物——那台黑白屏手機
在註冊 U-bike 的 QR Code 前發呆，清晨，中午，夜晚
時間過去，未曾找到結果與意義

卻深知要強的你，堅固如鑄造廠裡親手澆鑄的鐵器
碰撞什麼，什麼就要碎裂，深鑿什麼，什麼便會貫穿
而現在什麼正碰撞你，什麼正深鑿你

你一次次在碎裂，一次次被貫穿
鐵屑的味道自你身上飄來，我與你站得很近
卻在氣味中離得很遠

三十一歲，是你當上父親的年紀
我卻還一無所獲地坐在街頭，為昨天辭掉的工作懊悔
為生活的權利低頭乞討，眼前開過一輛輛公車
想到多年以後，你的兒子，可能仍在無止盡地徒步
可能也和一位姑娘生下一個孩子
成為父親站在街頭，已經很老很老
拿起手機或是什麼，掃著 QR Code 或是什麼
久久舉起手來，投降，問孩子這是什麼
聞到身上鐵屑的味道，就想起你，一種繼承

率領往日的影子落下，我伸手接住的剎那
掌面被滴穿，徒留一個空洞，並不規則的圓形
看上去是那人，是你，也是我
並不規則的我們，是殘喘的輪子在滾動，滾動
恍惚間偏離了軌道，消失

世界終於狠狠甩開了這樣一群父親
卻又將我們的影子黏到一個個男孩的腳下

須文蔚

比較父親與自己的個性與生涯的差異，寫出父親的要強、孤寂與疏離，以「鑄造廠裡親手澆灌的鐵器」形容，特別精彩。而看見一個老人不懂得掃 QR-CODE 的窘迫狀況，是疫情期間常見的景象，作者藉以幻化成對父親的想念，超現實的筆法也增添了思念的濃度。終究作者長成後，成為父親，漸漸體會到，自己承繼父親一樣的性格，但在更為艱難的世界中生活，讓時代的巨輪帶到無法逆料的人生境遇。

這首詩從繼承的相似與必然開始，到最後世界狠狠摔開了規律，看似親子之間再無關連？但最後收束在「又將我們的影子黏到一個個男孩的腳下」，令人有些毛骨聳然，也展現了詩人不凡的手法。

佳作

漫漁

本名李佩琳，來自台北眷村，曾長居香港，英國伯明罕大學應用語言學碩士，語文教師，台灣詩學及野薑花詩社同仁，台灣詩學散文詩首獎。

●得獎感言

一直想為家鄉城市裡的小人物做個速寫，疫情期間遷回台灣，望著滿街的 foodpanda 和 Uber Eats 送餐騎士，那個形象就活現出來了。感謝時報人間副刊與評審，感謝所有曾經在我的小小魚池划出波紋的你們。

夢的截圖

預報的颱風尚未來臨　他的頭盔裡已下起小雨
台北七月的午後　摩托車如鯽魚
背上包袱　循著衛星地圖過江

雞腿飯　牛肉麵　珍珠奶茶
松山區　內湖區　民生社區
穿梭於餐廳和公寓大廈的門口
他是鮭　在時間的河流力爭　在三餐之間不停重新定位
沒有一個目的地　是他的歸宿
要雨又無雨的城市抖不掉黏在身上的灰濛

但總有人在馬路邊派發未來　一張一張
彩色印刷的夢和掉漆的現實在街頭移動
維持一種良好的默契　有時順流　有時逆向
如規劃又規劃的人生

A4大小的夢中城堡躺在微潮的紅磚道
上面布滿不知去向的腳印
南京東路三房兩廳　近捷運
三個家教和兩分兼差的中間點
夢想對摺再對摺　放進左胸口袋

（再送幾趟 Uber Eats，陽台的磚頭會多幾塊？）

小吃店滷肉飯配午間財經新聞是一種確幸

預售的人生像燙青菜被反覆咀嚼
他的嘴角滴下濃郁醬汁
遮掉廣告單末尾兩個零　房價剛好是
定存戶口的結餘

鄰桌的一家五口常來　孩子們玩起大富翁遊戲
機會命運卡在誰的手裡　骰子甩出　轉動希望的幻影
他用手背抹了抹嘴角　掌心微微發熱
看著一個個綠色小屋　占滿
別人的未來

戴上頭盔　衛星定位了前途
紅燈時　灰濛的天空沉到他的肩頭
微潮的台北捲起一角

時間流布滿摺痕　力爭的鮭魚還未達上游
拍了拍左胸口袋　他彷彿瞧見自己
站在那個陽台　眺望
夢　越遠　越看不清
越有真實感

雨　終於跌了下來

須文蔚

以生活化語言描述外送員的生活，生動活潑，又善於動用雙關語，創造多義的詩句，讓讀者從看似悲戚的情境中，忍不住陪伴詩人「苦中作樂」。讀者很快會發現所謂的「夢的截圖」，其實是折疊在口袋裡的房屋廣告，而多送幾趟外賣可能多賺到幾塊磚頭，乃至於看鄰桌一家人玩大富翁，各種希望與絕望交織，都讓人莞爾，也讓人不忍。

作者描繪生活現場實況，貼切寫出世間的苦樂，幽默而清麗，相當具有特色。唯一可惜的是，全詩到最後三段，意象與意涵頗多重複，感覺招式用老，結尾缺少驚喜與韻味。

散文類

首獎

栩栩

本名吳宣瑩，寫字的人／臨床工作者／花道生徒。
詩、散文和評論散見報刊，著有詩集《忐忑》（雙囍）。現居北海岸。

●得獎感言

為著疫情，過去一年多以來，我時常收到來自人們的致謝與慰勉，我知道，他們眼中的我位居（傳統意義的）第一線。
但不是啊。在這個很小的共同體，我們每個人，都是彼此的第一線。
感謝行醫與寫字路上遇見的所有人。

負壓

鋼板門在我身後關上。

卸下 N95 口罩，洗手，鏡中的臉浮出淺淺一圈凹痕，以鼻樑為中線，向兩側顴骨對稱展開，充血，泛紅，因久壓而隱隱作痛。

穿過走廊，走廊底端就是淋浴間，我脫下工作服，扭開熱水，徹底洗澡，然後拆開一包免洗毛巾擦乾身體，吹乾頭髮，套上另一套工作服。擠出少許乳液草草在臉上抹開，接著重新戴回口罩，新口罩剛好貼合臉上還未消褪的凹陷。最後，將垃圾分別丟入垃圾桶中，離開負壓隔離病室。

五月第二個週末，訂了飯店附設的牛排館，那是城中一間以熟成牛排和景致聞名的餐廳，綠葉迎著天光，浮搖蕩漾，純銀餐具割肉如裁雲，一切細節近乎完美，帶著與過節相稱的莊重。

兩日後，全島防疫層級升至二級警戒。

前一刻世界還運轉如常，忽然之間，一切都失控了，不再是境外移入，不再是家戶感染，每日新增確診病例節節攀升，翻倍又翻倍，到這一步，再遲鈍的人心中都有了打算。行程推延計畫取消，隨之而來的是一波波移動與囤積，或戰或逃，防線破口細微不可察，唯人類本能反應至真。

說世界運轉如常，並不精確，大疫橫行一年餘，全球各國死亡人數逾三百多萬人，怎麼說都稱不上如常。但疫情之初小島僥倖占得先機，而後一路圍堵得宜，邊境管制，居家檢疫隔離，輔以疫調足跡層層包抄，即使落後一兩步也總能很快追上，普通市井小民影響有限，除了戴口罩勤洗手出國旅行遙遙無期，日常沒有太大變化。

一旦進入社區，事態就不一樣了。

三級警戒轉眼而至。醫院緊急召回所有人員，我們擠在門診區等候叫號，疫苗數量不足，即使同為醫療人員，也得按風險高低排序接種，不是人人有份。前後左右皆坐著熟人，有人低頭滑手機，有人呵欠連連，表面上漫不經心，實則難掩憂慮。偶爾有患者路過，湊過來問幾句，知道自己輪不著，又走開了。

門診患者其實只剩小貓兩三隻，大疫當前，小病小痛自動退散，連帶住院患者也紛紛辦理出院，偌大醫院瞬間宛若空城。電梯上樓，電梯下樓，電梯開門時總是一個人也沒有，玻璃鏡面光潔滑溜，隱隱飄散酒精氣味。

醫院趁機修築防禦工事，各出入口前搭起帳棚，數座帳棚連成一排，分別規劃為問診採檢之用，如需求治，得先通過諸多關卡才准放行。發燒、咳嗽、呼吸困難……現有的診斷依據早已不再可靠，但問還是要問的，問過以後，所有患者一律安排入住負壓隔離病室。

人力理所當然也被視為防禦工事的一環，打過疫苗以後，部門裡撥出一組人馬，專司輪值負壓隔離病室，以防交叉感染。

負壓隔離病室占據胸腔科病房一半空間，單獨成室，許是為了管線排布方便，隔離病室多位於角落，如收治床數較多，便劃出一整區加以集中。這裡是胸腔科最險僻緊要的禁地，不見天日，少有人行。出入門扇皆為精鋼所鑄，雙層阻隔，厚沉而堅實，非磁扣感應不可開。病室內設負壓空調系統，空氣自門外流入，再集中由風管抽取過濾排除，利用氣壓差原理使空氣不致洩出。

患者幽閉於此，除了必要的診療以外，患者與外界的聯繫僅剩下對講機、全日監控系統，和一個足以遞物的小箱。人員進出，診治或送餐給藥，需配戴相應的防護裝備。最初幾日，無論是出於病勢嚴重或感激，患者多半盡力配合，然而，終日關在十坪大的房間內不得自由，難免漸感焦灼不耐。每當病況開始有所起色，患者便發問：「何時能轉普通病室？」負壓病室禁止陪病，探病也僅能透過對講機簡略交談，一切消息，皆賴他人轉達，日久便生與世隔絕之感。但這事真不是我能決定，我只得草草敷衍過去：「過幾天吧。」幾天之後又過幾天，患者終於忍無可忍了，這回我無話可辯，趕忙收好東西退出去，門無聲闔上——為了防止患者脫逃，負壓病室都是預先設計了反鎖裝置的。

所謂負壓，其實只是稍微低於正常氣壓，人對於那一點點壓力差幾乎無感，真正難以忍受的，是隔離。隔離才是負壓病室的本質。幾次抗議無效以後，患者也會逐漸認清現實，一日日沉默下來，那沉默與其說是風平浪靜，不如說是一團無形的氣旋，自行凝聚，自行又瓦解。

抱怨畢竟是少數，病來如山倒，患者大半昏睡不醒，只有各種維生儀器運轉時發出的低頻噪響：靜脈輸液滴答滴答，規律如沙漏，不同種類的輸液各按其時，像不同聲部的沙漏各唱各的；如需精密計算，則改以幫浦輸液，幫浦運轉悄無聲息，除了上藥和滴注完畢的喀噠聲，就沒有別的聲音了。然後是呼吸器的送氣聲，一吸一吐，時而急促時而悠長，偶爾觸發警報，鈴聲大作，狹窄病室內迴旋幾圈，而後復歸於寂靜。

除此之外，好像也沒有更多了。沒有日照，沒有黑夜。沒有觸摸或對話。一般重症加護病房常見的梵唄、詩歌或親屬錄製的鼓勵祝禱，因為設備消毒不易，幾乎也都被勸退了。負壓隔離病室是獨立於所有房間以外的房間，在這裡，人剝除紐帶，喪失主權，甚至，為了確保管線不至於在翻動間無意滑脫，手腳會被套上約束帶加以纏繞固定。當患者離開負壓隔離病室（無論是基於什麼原因），按照程序，一切可銷燬的都要盡數銷燬，至於不能銷燬的，淋上大量漂白水和酒精消毒，擦拭，再次消毒，靜置。

直至沙漏停止，呼吸器關閉。

靜也是一種負壓。

重症數隨著疫情升溫而逐日增加，為了消化源源不絕湧入的患者，醫院臨時調用了數層病室提高收治量能。被徵調的病室缺乏正規負壓空調設施，防禦工事再度啟動，安裝排風扇，拉塑膠帆布封住縫隙，如此，微負壓病室就開張了。

人需分流，空間亦需分艙。感染管制依風險級別劃分區域，微負壓病室屬於黃區，中度風險，住在這裡的患者主要有兩類：一類是確診輕症，多半從檢疫所轉送而來；一類與COVID-19無直接相關，只是因為尚未排除染疫可能性，暫時於此留觀，等兩次採檢陰性便可轉綠區。換言之，這裡是緩衝區——重症與輕症，確診與疑似的緩衝區。

聽起來似乎比較輕鬆，然而，因為環境負壓不足，進出得全程穿著連身防護衣確保安全。重裝上陣，呼吸如破蛹，綳緊，斷續，艱難地捕捉裂縫中稀薄的新鮮空氣，蛹殼保護我免於患病，同時擠壓著我所迫切渴求的氧氣。防護衣數量有限，為求撙節，盡量一衣到底，汗液淋漓浸潤，填滿口鼻間最後的空隙，呼吸阻力漸增，天旋地轉。

安全與危險只是一組相對概念，紅區黃區，我們私下一律稱之以髒區，dirty areas。

著裝，卸裝，洗澡除污。只是，污染能夠移除，負壓卻似乎始終如影隨形。

比如喉嚨搔癢，比如揮之不去的倦怠感，疑心總是從非常小的地方開始，落地生根，枝繁葉茂。太平日子裡不經意滑過去的風景，倘若存了疑心，便免不了勾出許多細節，越多細節就越不確定，越不確定就越要犯疑。疑心和瘟疫一樣，一出現破口，就再也無法完全消滅。

坐臥不寧，連帶三餐都受影響。負壓隔離區禁止飲食，好不容易捱到中午，脫掉汗濕而黏在身上的防護衣，梳洗乾淨，只想大量飲水。珍珠奶茶因此而成為廣受歡迎的選擇：補水，高熱量，且能降溫消暑。唯一缺點是放太久珍珠吸飽水份，膨脹糊軟。特殊時期，願意外送醫院的飲料店不多，同事們挑了一間，從此固定下來——倒不是感激，只是每天喝同樣品項，假使嗅覺味覺異常，能立即察覺。我每天喝一杯珍珠奶茶，有時兩杯，值班結束後返宿舍，掛好外衣和提袋，躺倒在涼爽的地板上一動也不動，奇異地不感覺餓，不想說話，不想洗澡。

負壓更早就存在了。

隨著線索日漸浮顯，疫情熱區一塊塊拚湊成形，我反射性記起——爆發前幾日，我不正巧在附近的牛排館用餐嗎？打開 Google map，兩地直線距離僅八百公尺。一陣慄慄感爬上全身，像一個人獨自走在大路上，風光正好，忽然一腳踩空，墜入了深不見底的陰曹。我關掉視窗，細心清除瀏覽記錄，沒向任何人提起這件事。

負壓不是穿過層層門扇才能抵達的走廊底端的房間，負壓能夠隨身攜帶，隨時打開，瀰漫洶湧。它有重量，它甚至會主動靠過來。負壓是一個巨大但肉眼不可見的漩渦，吸附它所能觸及的任何事物——誠實、倫理、信仰——而且只入不出。

下一個會是我嗎？我不止一次猜想，腦海中模擬，交鋒，敗下陣來。院內感染時有所聞，在醫院安排下，輪值負壓隔離區的人員每週接受例行採檢，手上抓著貼有姓名病歷號貼紙的採檢包，拉下口罩，任採檢刷強行塞入鼻腔，感覺幾乎近於溺水。一次過關，還有下一次，下一次會是我嗎？

草木皆兵，憂疾畏死。即使真正的兵與死還不曾降臨。

採檢絲毫無法緩解我的焦慮，我很清楚，在我體內作祟的不是疫病，而是慮病之病。但我不能啟齒。我唯一能做的，只有盡可能自我隔離——這並不難，小至個人居家辦公大至舉國封城，所有人都在進行一場漫長的隔離。隔離是驅逐，是避難，隔離無所不在。當然，隔離無法有效遏止恐懼傳染，但除此之外，似乎也沒有別的辦法了。

有那麼幾次，無意間想起患者們不厭其煩提起的那個問題：「何時能離開負壓病室？」對確診者而言，當 PCR 檢驗結果呈陰性就能轉出負壓隔離病室，但非確診者如我，真有徹底擺脫負壓的一日嗎？

值班空檔，偶爾我抬頭望向護理站牆上的監視器畫面，畫面切分為十數格，一格代表一間病室，其中總有兩三格是清醒的，監視器畫素很差，看不清表情，但能看到患者們在負壓病室中進食，讀報，起身活動筋骨。他們扶著牆在房內來回走動，繞圈，偶爾停下腳步喘息。步態緩慢，宛若困獸。而我置身於此，我雖有肉體活動的自由，卻沒有免於恐懼的自由。

我從座位上站起來，走到通往負壓隔離區的門前，傾身，確認壓力錶上的數字落在正常範圍內，然後抄錄在登記本上。門後，每一扇門都緊閉著，而人心隱密處也同樣有一個昏暗而無法輕易開啟的房間，我們獨自留在那裡，安安靜靜，繞了一圈又一圈。

簡媜

這是一篇令人肅然起敬的作品，讓我們讀到疫病年代堅守醫護崗位的「職業魂」，從醫護人員視角書寫，作者像一個穩健可靠的船長，以簡約精準的文字打造船舶，航行於新冠疫情橫掃下的醫院現場，活生生、血淋淋地寫透負壓隔離病房及其隱喻——生命瞬間被病毒奪取的恐懼。

負壓病房豈僅是醫院用來隔離罹病者的處所，在一般人認知裡，它連結到：PCR、CT值、重症、呼吸器、死亡、焚燒的想像，所有我們用盡氣力爭取、守護的東西，在病毒肆虐下，可能一夕間化為烏有。

作者自N95口罩裝備下筆，依次描寫防疫警戒升級醫院實況、負壓隔離病室所見、因應重症增加而開設微負壓病室，最後收筆於自我隔離與恐懼的蔓延之中。寫作手法層次分明，寫自身也寫病患，負壓病房有裡外，被隔離的患者與醫護者是不同病卻相憐——醫護是高風險，突破性感染的威脅仍在。是以，負壓無所不在，內化成心中的警備系統，扭曲了生活方式、人際關係，生出疏離與冷漠。全文歸結於「人心隱密處也同樣有一個昏暗而無法輕易開啟的房間，我們獨自留在那裡，安安靜靜，繞了一圈又一圈。」心內的負壓病房打造完成，沒有出口。結語沉重，引人深思。

二獎

楊淳心

本名楊淳欣，生於處暑，相信夏末誕生的孩子個性裡都有未褪的熱情與緩生的涼意。唸過醫學院、公衛學院，目前為工程師兼職寫作，無法戒掉對生活種種可能性的好奇心。在喜歡與討厭自己之間徘徊不定，每天都要發起推翻自我的革命。

●得獎感言

在寫作上，我一直是個缺乏工具的人，感謝前輩們的幫助，我終於有了第一塊磨刀石。

對於生活，我總是紙短情長：想說的多，出口的少。敲破手心裡緊握的那顆小石子，費力在碎片上刻出字來 ，我是幸運且幸福的。

積雪的房間

有東西在緩緩地融化著。

從最深的意識裡，從醒不來的夢裡，從眼角慢慢流出，溢滿床畔，蓄成一口湖。所有漂浮的傢俱上，都長出了雪白色的花朵。整個房間就像一座積雪的湖岸花園……

我在濕答答的雨聲裡醒來。天亮了。夢破了。醒來的只有身體，心還瑟縮著，不樂意睜眼，只想躲回夢裡。空氣灰灰的，房間滲滿濕氣。灰白牆壁上有著看不見的孔洞，若有似無地在耳畔嗚嗚啜泣，像有幽魂哀號不散。

我是誰？怎麼會在這裡？我在幹嘛？原始壁畫上哲學家都關心過的問題在我心底低迴起來。

哀怨什麼呢？沒有人回答我的問題。房裡只有與我一同晨起、此刻正據在枕邊望著我的棕色小蟲。

不知道從什麼時候開始，這咖啡渣色的小蟲子忽然出現在我的房間裡。只兩毫米大，裝死的時候還以為是什麼小沙粒。上網查許久還是無法斷定這是什麼蟲子，牠太小了，我也不想看得太清楚。或許是煙甲蟲，某種喜好潮濕、食黴菌而生的害蟲。網路上說，當你連續看到好幾隻的時候，通常已經是一屋子的蟲了。

一屋子的蟲？

連蟲都只能瞇著眼看，習慣物理性把蟲身打馬賽克的我，實在沒有辦法想像這種災難命題。光是在抱枕、玩偶上蠕動的小蟲都能讓我無聲尖叫到內臟不住震動。我到底有沒有尖銳咒罵出聲？戴著耳塞我實在不知道自己究竟對蟲子怒吼些什麼。雖然那似乎也不重要。

瘋狂甩掉枕頭上的蟲，拿三張衛生紙往死裡捏。摘掉耳塞，耳朵接上了音源線，歡迎回到現實世界。而我就快遲到了，今天是禮拜一。

＊
＊
＊

外頭在下雨。天色愁眉苦臉，癟嘴灰著表情，比星期一的上班族更憂鬱的模樣。雖然不是梅雨季，冬日的雨卻更濕更碎，彷彿失禁的眼淚，永遠擦不乾。

街頭，人們形色匆忙，快走或奔跑著，可以從褲管上汙泥沾染的軌跡來分別慌張程度。公車站牌下傘像蕈菇一朵一朵擠在一塊，隨風雨而搖晃著。281號公車從信義101往東北方朝內湖而去，兩分鐘後進站。從左到右橫越整個台北市的212號公車，還要再等五分鐘。往不同方向去的公車一輛一輛從遠方駛來，霧雨迷茫之中，路之盡頭看起來好小。指尖上看起來近的事物，總是難以企及的遙遠。我等的車怎麼還沒來？

提著黑色的手袋，裡頭有水壺、筆記本、原子筆、錢包、手機。還有什麼？與人好好相愛的心意、吐司上烤出來對生活的快樂想像。有一場熱熱烈烈的冒險在等著我。但東西都帶上了，我該搭上哪班車，才能抵達那裡？

281號公車來了。裡面人比氧氣還多，悶得下起雨來。左邊男人筆挺襯衫的腋下，緩緩生成了座散發騷悶味的灰白湖泊。右邊女人的手提包抵著我的腿，沿路斷續地在大腿上撞出肉粉色的凹洞。

一車擠在一起的男女，如此像房間裡堆積如山的日用品，等待著被日子消耗殆盡。外面的景色不斷晃動失色，我們每個人雖然前進著，實際上卻是彼此相困、動彈不得吧？在更高次元生物、在神的眼中——此刻，關於小人物維度世界的所有推擠，是不是都毫無意義？

耳邊似乎有聲音悄悄對我說：「你們之中，無論情願或不情願、在乎與不在乎，都沒有誰能比誰去得了更遠的地方……」

後面座位上的高中男孩眉頭緊皺，盯著筆記上五顏六色的螢光筆跡無聲碎念著。是晨考吧，他在唸的是生物還是歷史呢？一行又一行的黑字隨著馬路顛簸舞動，我抓著吊環搖擺著保持平衡，彷彿自己也是一枚遺落、遊走於城市之中的鉛字，而這枚字好想走回屬於她的詩集裡。

「下一站，南港……」

我閉上眼，想了想辦公室螢幕上緊緊貼著的鮮黃便利貼，今日的待辦事項還有好多空格沒打勾。那裡，才是我要去的地方。

＊＊＊

把公車上逼出來的汗水擦拭乾淨，躲進廁所補好妝，從容地回到位置上。行政助理的工作很單純，每天協助主管們預約會議室、繕打會議紀錄逐字稿與各式報告。

打逐字稿是按部就班的工作，必須反覆聆聽，在段落之間不斷往返、確認無誤，字不能多，也不能少。於是整個工作可以化約成「不要打錯字」這麼簡單的一件事。這完全不是我在任何一堂研究所專題課上，曾經探討過的命題，或鑽研過的技術。上午，我敲打鍵盤，專心的檢查每一個句子；下午，我在影印機前等待機器吐出紙張，剪裁、裝訂它們。

白紙雙面印刷，來來回回之間，緩緩疊落在一起。各種雪白與乳黃色，濃厚地、方正地積在小小的影印間裡。我偷閒地望著窗外發呆，每天同樣的時刻，可以看見同一班公車經過同樣的地方。那是我早上搭來的281號公車吧？公車停在斑馬線前，等待著綠燈，下課了背著書包的孩子們，正快樂地奔跑過馬路。

我好像搭錯車了。

搭上一班反向的捷運、搭上一班往東或往南沒有終點站的列車，搖搖晃晃去一個沒有計劃過的遠方如何？

「你不是之前說想離職了？」忽然有聲音闖了進來。隔壁同事拉著另一個同事躲進影印間裡，沖著即溶咖啡閒聊起來。午後，時鐘指針漸漸無力往下垂的時刻，差不多也是工作疲乏的人們開始串門子話家常的時刻了。

「老狐狸怎麼肯放我走？年底還有大案子。」辦公室裡，要討論主管，肯定需要某種代號。

「也是。至少要撐到領完年終吧。這時候離職，資歷也不是很好看。」

冒險是沒有任何班車可以抵達的。我收理好還微溫的紙張，輕輕離開了影印間。回到桌前，替一本又一本的報告書貼上標籤，分門別類。工作的意義真像灰姑娘的魔法。最初看起來，這些報告是饒富聲響的，後來南瓜馬車一般地變回了字，最終化為蠕動蟲形。這就是我每天晨起出門的真相嗎？字隨著注音符號一節節地，以十二號新細明體的姿態生長出來，宛如一隻隻緩緩伸展開身體的幼蟲。牠們慢慢爬出螢幕，據滿整張桌子，而後爬上我、圍困我，直到我也跟他們融為一體。

這種工作著、活著活著就慢慢變成一隻蟲的故事，好像在哪裡聽過。我暈沉沉地擠著電梯下樓，排隊刷過打卡機，模糊地想起了故事的細節，是卡夫卡的《變形記》：一個男人某天醒來忽然就變成了一隻蟲，自我厭棄、被他人厭棄，後來越來越動彈不得，最後終於死掉了。

大樓外天色非常陰暗。我仰望著塵霾的天際，水珠啪嗒啪嗒地落下，堆了我滿臉。從眼角、鼻翼、頰邊，到下巴。什麼都不落下，什麼都只是積著。

* * *

我想要去別的地方看一看。

按著慣性搭著差不多時間的捷運回到家，買了差不多的晚餐。將餐盒與傘放在玄關鞋櫃上時，這樣的念頭從心底深處湧上。我不想再搭 281 號公車或板南線了。我要搭上別的列車，沿著未曾見過的路線，前往全然不同的目的地。

那裡會是一個不再被方正格子所約束的地方。會是一個沒有迷霧籠罩、所見事物都無比清晰的地方吧？

我將鞋子收進鞋櫃裡，心裡頭忽然有點熱。光是想像那輛前往冒險的班車，我就對明天可能露臉的陽光多了一絲期待。那快樂的渴望，甚至讓我差點忽視了正經過我手指的棕色小蟲。這些該死的、無所不在的棕色小蟲。仔細觀望了一下，還不止一兩隻。我望了望鞋櫃上方很久沒有開啟清理過的置物櫃，若有所思起來。

事情應該要有所改變。或許，就是此刻，我可以出發，即便是清理櫃子這麼一小步。

我打開了置物櫃。

裡頭是一些凌亂的鞋盒雜物，與一雙短靴。被時間與我遺忘的鞋就這樣孤獨地生長灰塵。我將鞋抽了出來——

鞋頭綿綿密密地覆蓋著乳白霜絲，一層一層濃稠堆疊著，毛絨絨的奶蓋茶。在我的手指觸動了它的瞬間，它也吐了氣息。時間遲滯了起來，光線下我看見滿滿抖落的白雪花片。

下雪了。

細雪輕飄飄地灑落，溫柔地輕吻著鼻子。一個屬於亞熱帶盆地的，夢幻雪季。

還沒來得及擦去臉上的搔癢白粉，雪很快就消融而變成濁黑。拖出的靴子，洩漏一地潛藏在置物櫃裡久久不曾向人言說的祕密。棕色小蟲在玄關演化了一場如宇宙生成的大爆炸，無數微縮的黑洞無止盡地炸散開來。櫃子深處，原來有生命在此指數性繁衍，如同物種之起源。

在看見黑洞的瞬間，我失去了言語能力。

一隻又一隻的小蟲是一個又一個的洞，像是一日又一日緊湊著來的明天。它們占據了、爬滿了我的房間。空洞累積空洞，裡頭的虛無也不斷放大。空洞是一個巨大的零，日子再長，相乘起來都是零。

我能夠去哪裡呢？路途再遠，碰上黑洞，全部都會歸零。所有出發的計劃與筆記的熱度，也終將失溫，如積雪總會融化，最後只是一灘髒水。

在那樣的時刻裡，我非常、非常的孤獨。我想起了故事裡死掉的男人，不再能確定自己所厭恨的是霉、是雨、是蟲、是工作、是城市——還是我自己。情緒是多餘的。生氣是徒勞的。一切是沒有意義的。我們都只是房間裡的蟲。奮力屈身爬行，無目四竄，用盡一生也抵達不了小房間的另一端。

我想我所能做的就是出門去買罐便宜的水煙。畢竟，一個房間已經夠小了，真的擠不下更多的蟲了。

焦桐

通過發霉的事物，雨，蟲，工作，敘述上班族的困境和苦悶。雖然苦悶，卻帶著一種輕微感：這種輕微感是精確的，確定的；不是模糊的、偶然性的。這是很實在的敘述手段，劉勰《文心雕龍．詮賦》指出：「情以物興，故義必明雅；物以情觀，故詞必巧麗」。濃厚的感情必須寄託在人、事、物之中；否則感情無所依附，寫出來的文章軟綿綿的，不是只會風花雪月，就是無病呻吟。

本文頗有描寫，有效掌握細節，採用舒緩、內斂、含蓄、沉著的敘事辦法，尤其是打開置物櫃之後那幾段相當精采，不但呼應了開頭的蟲子，思想的景深也幽邃，賦予漂亮的隱喻。

佳作

蕭名翊

淡江大學資管系畢，目前正在努力扮演稱職的資訊工程師與具備良好信仰的人。二〇一六年開始嘗試寫作，嘗試與另一個自己對話，認識另一組文字與情感，期許可能是初衷的夢想真能實現。曾獲金車奇幻小說獎、新北市文學獎、林榮三文學獎、馬祖文學獎。

●得獎感言

感謝神，感謝時報文學獎給我這份榮耀，這份公開面對自己的機會。這篇散文代表的是過去自以為了解愛與被愛的自己，像不願長大的孩子，單純任性得讓我無比懷念又感慨。其實有說不完的感謝，也有與此相等的虧欠。

一箱過去

婚後某天整理儲藏室翻出一箱過去的事物，意外之餘有點忐忑浮躁，側耳傾聽主臥室裡妻整理衣服的窸窣聲。再三猶豫後，還是沒辦法把紙箱闔上放回角落，假裝什麼都沒發生過。

一打開，最上面是畢業證書與退伍令，摺痕深的像刀劃在上面。幾年前找工作時沒找到這兩張，還特地回學校與後備司令部補辦。拿近看，一股潮濕的灰塵味，紙張與塑膠的表面黏著不可見的細砂顆粒，從鼻腔裡覆蓋記憶的觸感。

底下沒有預警的出現我與她的過去。各色大小的信封卡片與大頭貼，手作物與小巧的裝飾品，琳瑯滿目，雜亂的塞滿整箱可見的範圍。

我勉強繞過那些，拿起半埋住的一疊活頁紙，上頭是當年一個字一個字用自動鉛筆寫下的作品，都這麼多年了，字跡模糊得難以辨識。我記得都是當兵時寫的。

當時排上的弟兄們知道，每次輪到我留守營區或陣地，或者午餐晚餐後的休息時間，會從墨綠色的軍用袋拿出 A4 大小的塑膠文件盒與紙筆，低頭坐著墊在大腿上寫著永遠沒有結局的小說。

塑膠文件盒不知道跑哪去了，紙張在箱子裡散落成扇形，我撫摸上頭平滑抽象的灰，把這疊潮濕疲軟的未完成作品丟到一旁的垃圾袋裡。

然後是幾張與她無關的照片，有大學時染金髮的我，有社團學長姊學弟妹在後台準備上場的幕後花絮，也有外面場地表演或出遊的足跡。他們大多已經成家立業有了孩子，各自走向相似卻不同的生活，現在還偶有聯絡。

箱子裡的時光超乎想像的多，持續朝過去倒退，再緬懷下去太做作，我暫時停手。妻子那邊持續發出令人安心的窸窣聲模糊穿過隔板，我懷疑可能是自我滿足的幻聽，但目光忍不住盯著眼前最大篇幅的時光，關於她，關於我。

我動手翻開。

占據大片面積的是信。大部分是平信信封裝，有寫地址的是她透過郵局寄來的，收件地址有我家，也有我當兵時的外島營區；沒寫地址的通常是當面交付，或她在假日穿過清晨的霧氣騎腳踏車親自投遞。有沒信封的裸裝信紙，上頭有跟退伍令一樣的摺痕；有附照片或小型貼紙的短籤，還有各個節日或生日的手作卡片。

文字多的像海，合照卻沒幾張，占空間的手作物十分精緻，雜七雜八的拼湊出最後一次見到她的樣貌。這麼多年，各種彩色填滿每一塊我沒注意到的空白，而那些應該烙印存在的痕跡卻處處殘缺。

我跟她差不多十年前分手。分手前有一次例行性的睡前通話，那時我跟她已經交往差不多十年，對每晚固定幾乎沒有例外的通話感到疲乏，嘗試委婉的暗示她說：「我們有必要這樣每天晚上都講電話嗎？」

她沉默下來，像經過一番認真的思考後，說：「我覺得每次掛完電話你就不見了。好像從那裡憑空消失，再也見不到你了。」那時我聽不懂這段話的涵義。

後來想想，那其實是我和她的情感無法再維持表面和諧的分水嶺。不久後像為了應驗什麼無聲的啟示，我向她提出分手。

分手後她一度失聯，又在某個時間點用電話聯繫，維持幾年一年一次的通話。

我曾經在網路上看過，這種淡然分手或聯繫的關係不是「感情」，而是可化約為「習慣」的存在。

但不是那樣，我確定不是。沒有一段感情會因為其中一方想擺脫十年養成的習慣就選擇分離，然後又為了那分不具意義的習慣保持淡淡的聯繫。

這些或者那些五花八門的名詞語句，說穿了只是對感情的耐性問題。有的人深，有的人淺，我只是碰巧屬於深的那一類，耐得住煩，耐得住十年後提出分手，耐得住沒有感情成分的聯繫。

我到現在還是感到愧疚，這分耐性把我和她最精華的時光都浪費掉了。

最後一次通話是三年多前。她因為一些因素搬到了外縣市，我不敢問她的感情或生活，不敢提起任何關於過去的細碎時光，任由她講，像以前一樣。她輕快的話語或許有刻意填滿什麼的空白，我不是很確定。像透過對講機，只是她始終按著說話的開關不放。

當年也這樣，我到最後都沒有機會說出分手的真正原因。

我慎重的留下一封最厚的信，不需拆封就知道是高中畢業前，我和她互相寫給對方的萬字情書。換作現在，換作妻，我也很難絞盡腦汁擠出或長或短的字詞詩句，只為了填滿幾十張信紙上的空白。

時間不由分說拽著我前進，我用文字工作，也用文字寫作，說來說去，只是再次證明我不再具備對感情的耐性。

剩下的那些信，一張或是一封，我隨手扔進環保袋。我向著空氣默念請原諒我這麼做，這些理當是丟環保袋沒錯。回憶可以回收，可以截取美好或不好的片段再利用，但永遠不會送進腦海深處的焚化爐，徹底銷毀。

清掉那堆信紙後看到一只手作燈籠，立體的三角形，四個面上用紙雕的方式在硬紙板刻下關於我和她的關聯。內側黏上墨綠色的玻璃紙，圖案有當時她搭來找我的公車號碼，有代表我的星座的符號，有我的暱稱，有數字一萬。她不知道去哪買了開關、電線與燈泡，做成只有我和她看得懂的記號。

我第一次點亮那盞燈籠是在晚上，房間關上燈。記憶中我是獨自在房間看著綠色的光，轉動每一面的意義。我不自覺的在手中轉動翻看，被壓扁的硬紙板邊角凹陷，被濕氣浸染成歪斜的模樣。

某一個角度，無意間，玻璃紙上映出門口閃過的人影，當我抬起頭卻沒看到人。我停下手邊的動作，直到隔壁的窸窣聲又如常響起，才把那盞燈放到環保袋裡頭，墊著那些信紙沒發出聲響。

一個精巧的沙漏滾動兩下，高中時在精品店買的，沙漏邊緣是壓克力做成的方塊，原本兩個一組，一藍一紅，側邊一凹一凸，可以組合成一個完整的長方體一起落沙。藍的在我這裡多年，沒機會再和紅的組合成完整的模樣，裡頭的沙也不再落下，結塊在某一側，宛如失衡的葫蘆。

被沙漏壓住的是水藍色的L夾，我拿出裡頭的A4紙，認出上頭的圖案是大學時她印給我的布袋戲人物劇照。那個年代數位相機還屬罕見，修圖軟體是少數人的專業技術，也沒有智慧型手機。這種劇照從布袋戲官網下載之後只能當電腦桌布，除了印出來，沒有其他更方便觀賞的方式。

就如同當年還不流行視訊，不管再怎麼增加情感的強度也不過就是文字和聲音兩種方式。

我拿起那張彩圖貼近看，對上頭的色彩沒有褪色多少感到意外，但仍可以看出那底下原本濕潤的什麼已經乾涸，曾經散發睿智神采的人物表情不免黯淡許多。

我憑著記憶在箱子裡翻找一陣，才想起蛋殼雞不在這裡。那是一個跟電影裡的恐龍蛋差不多大，用大量衛生紙加水捏成中空的蛋殼，側邊開一個洞放進一隻黃色小雞娃娃的手做品。還沒認識妻之前放在床頭，沾滿灰塵。我一度想拿去洗，但想到它的原料不能碰水只好作罷，後來應該在結婚前準備搬家時丟了。

其實我不是很確定，或很想確定。

這一整箱都是婚前打包時順手包進去的事物，從那時就被關在儲藏室的角落。說起來，我為什麼非得在今天這種並不特別的日子，像個小偷似的整理儲藏室呢？我側耳傾聽妻整理衣服發出的聲音，突然疑惑她手上的衣服到底有多少呢？

我想像她把東邊的衣服一件一件往西邊丟，丟完後又從西邊丟回東邊的忙碌模樣。

就剩一點點，再加點油吧。我對自己和不在這裡的妻說。

箱子見底，剩下的不用考慮環保了。國小到退伍的個人收藏，全新的圓規與文具、護貝卡收藏本、顏真卿書法帖與墨條、退伍時買的紀念品……林林總總好像暗示我有某種收藏癖。

書法帖下面有一隻滑蓋式的墨綠色手機，巴掌大，很輕，我試著滑動，感覺好像戰車的履帶輾過碎石路那樣發出喀拉喀拉的聲音。大學時為了解決居高不下的電話費，我和她各辦了一個門號綁手機，搭配當時正流行的指定門號熱線免通話費方案。

講到這裡，我到現在還是很訝異那十年裡幾乎每天晚上，我和她會撥出半小時到一個小時半的時間通話，講一些事後不太有印象的對話。那樣虛擲時光的富有此刻想來真是羨慕不已。

有個朋友說過時間金錢和我們的關係，大意是在某個年紀以前，我們願意拿很多的時間去換少少的錢，但只要跨過某個年紀，我們更願意拿很多的錢去買少少的時間。

不難想像退伍出社會後，這樣用信紙、卡片與手作物堆疊起來的回憶就陷入漫長的空窗。工作占據了我和她大部分的時間，唯一留下的只有睡前那通電話，那漸漸變成唯一的出口。她宣洩工作上無以名狀挫折的出口，我工作一整天相信這一切連同這通例行電話終會結束的出口。

不同的出口，我不知道我和她在堅持什麼。

或許她對感情的耐性比我更深。

有一天下班後的晚上我實在太累，躺在床上聽她叨叨絮絮的述說那天上班前中後早中晚遇到哪些日常大小事，突然就睡著了。在那短暫溫暖而無比寧靜的時刻，我留意著句與句的斷點發出嗯嗯嗯的聲音，最後可能連聲音都停止斷了訊號，純粹沉默的聽。

「你覺得呢？」她問，我猛然睜開眼睛，把手機拿到面前。那支墨綠色滑蓋手機窄小螢幕的左上角，時間仍在流動，十分鐘在剛剛消失了。

我可能說：剛剛收訊不太清楚，最後一兩句話斷斷續續的。

也可能是：我不太確定耶，妳覺得呢？

過了這麼多年，我甚至覺得那時候我什麼都沒說，其實她並不想要知道答案。

我到最後都沒告訴她這就是原因。可能無足輕重，日常的像每天早上上班的固定路線，但我確定，就是這個原因。

一切都是耐性的問題。

我找出比較小的箱子裝稀稀落落的零碎，畢業證書、退伍令，也沒忘記那封沉甸甸的萬字情書。我背對那些拎起塑膠袋，關上儲藏室門的瞬間有種大夢初醒的虛浮感。

那時候夕陽從走廊的一側灑進來，白色磁磚的地板泛黃一片。我突然想打電話給她問是否介意我這麼做，畢竟幾乎是她親手寫下或製作的事物，而且很久以前就不屬於我。

退一萬步說，就算是當年，似乎也不能專行獨斷的說那些完全屬於我。總得要顧及著作權或智慧財產權之類的法規或範疇。我知道自己正在離題，稍早勉強能清晰描述的情感漸漸失焦，但我很難不去想這些有的沒的，不然還能用什麼來填補那些空白殘缺的時光？

我用空的那隻手擦去眼角蓄積的水，十年下來沒多少量，任由它流下未免矯情。

經過臥室，裡頭不知道安靜多久了。妻子像算好時間，在兩堆衣服的中間回頭問：「確定不留一些嗎？」

我像正好注意到手上的重量，那一整箱事物大概八成都在袋子裡，既不重要也不輕鬆，很多說不清楚的原因與結果。想了想，還是沒什麼長進。

「都過去多久了，還是丟了吧。」我說。

說完的當下有種意識到自己正在說謊的內疚，只好讓對話留白，故作鎮定的走過去。那些東西被輕輕放在大門口，跟其他準備丟棄的東西放在一堆。

我看了最後一眼，轉過頭假裝什麼都沒發生過。

焦桐

本文的敘事高度壓縮，屬「集中型」敘事。事件單一而簡單，敘述者在整理舊物；文本時間壓縮得很短，僅整理一箱舊物的時間；空間也限制在儲藏室內。

事件在確定與不確定之間游移，通過整理舊物，主要追憶一段男女間的故事，一段不知因何竟淡漠了的愛情，和內疚。敘事者不見得等同於作者，吾人不必在敘事文本中尋找道德尺度。

難能可貴的是，敘述冷靜，流暢，內省性強；文字準確，飽和，罕見多餘的文字，並透露意在言外的暗示和象徵。

一面檢視舊感情，一面傾聽妻在主臥室的動作，張力強。且能適度地展現悟境，實為不可多得的佳構，乃我心目中的首選。

佳作

薛好薰

高雄人。國立臺灣師範大學國文研究所畢業，現任新北市明德高中教師。

●得獎感言

想起這些年相繼遠行的雙親和朋友，收到得獎通知時，原本的喜悅，便如一罐糖蜜傾倒入海，感覺被稀釋了，只剩感謝。

謹以此文紀念先父　薛泰山先生

老漁人的寫字桌

高雄老家的玻璃門後擺了張寫字桌。不到兩手臂伸開的長度，上頭放著電腦、檯燈、電話、待處理的信件帳單，玻璃墊底下壓著幾張名片和手抄電話的小紙片。這是桌上恆常的風景了，像父親固定不變的生活及作息。

他個人的物件幾乎集中在此，需要時，便從各個抽屜中取出，一絲不亂。若有額外的物品，多半是母親隨意堆置的。每當她的心情濕潮，家中一些非必要的用品便像蕈菇般不斷孳生，屢屢擴張版圖，蔓延到寫字桌。父親便將越界的東西挪走，始終勤快地保持那一方天地的潔淨。他周圍環繞著母親的情緒性購買物，甚至我們姊弟各自成家多年後，還把老家當成擺放年少時舊物的另一窟，任何人所積貯的東西都比父親多。他長年累月在海上討生活，生活將他錘鍊成一位修行者，所有的物慾已削減到極致，一張桌子便綽綽有餘。

不管冬夏，當一天拉開序幕時，南台灣的太陽便亮晃晃斜照進來，像舞台燈光聚焦在寫字桌上，彼時父親已經就定位。門前是鄉裡的二條主要道路交會點，父親以深茶色的玻璃門作為屏蔽，外頭看不見他。白日裡，父親看著電腦螢幕不斷更換的紅綠數字與跳動曲線圖，臉上平靜、眼中精光。偶而才撥個電話，出門辦理買賣手續。儘管他出入股市已不像二十幾年前剛從職場退休時那麼熱衷與頻繁，但每天看盤已成了習慣，在我們沒有回家的尋常日子，數字的起落是他生活中唯一的漣漪。

他不看螢幕的時候便看著老太陽一分一寸緩慢走出騎樓，然後等待它隔天再次熱情造訪。或者，望著停在門前等紅綠燈的人車，往往他凝固的身影會被呼嘯而過的車子震得微微晃動。幾十年的船員生涯，讓他習慣獨處，即使回到岸上後也極少出門，鎮日窩在寫字桌前，像守著窄仄的駕駛艙，而門外則是一跨足便會掉落的人海。

到了夜裡，看者與被看者的角色便完全翻轉。經過的人車若無意間往我家一瞥，便可以看到一位戴著老花眼鏡或拿著放大鏡的長者，仔細在檯燈下研究著甚麼資料。如果仍盯著電腦螢幕的話，便是他和母親吃過冷清的晚餐後，回到寫字桌前等待我們姊弟的視訊，像飯後固定的一道親情甜點。多年下來，二位姪子陸續出生，從在地上匍匐留下逶迤豐沛的口水，到就讀小學自行開電腦問候：「阿公阿嬤好。呷飽袂？」話題總在尋常的溫飽上打轉也無所謂，飯後甜點從來就不是為了果腹，為的是一點心理滿足。父母親就坐在桌前，以這種方式遠距「含飴弄孫」。

而我和父親的視訊有時話長，有時話短。他不擅長聊天，多半由我開啟話題，談他的股票買賣、身體狀況、親友的婚喪喜慶等等。只要父親感受到我的眼神飄移，顯然一邊視訊一邊又另開網頁瀏覽時，便主動以隔天我還得上班、要早點休息為由，結束通話。其實他知道我晚睡，但基於自尊，在敏感察覺彼此對話出現尷尬空隙之前，他便會立即畫上句點。

仔細回想，過去父親短暫在家期間，即使曾留下行住坐臥的痕跡，每次離家經年，所有痕跡便又被覆蓋、抹去。這張寫字桌是父親退休之後，在定型已久的家屋中，所闢墾的屬於自己的角落。結束過去的海漂，就此像個生根植物般安居。但同時，卻輪到我們陸續就學、就業、婚娶而離家，父親安安靜靜地在這角落，像守候隨季節洄游的魚汛般，守候著趁連假才能返鄉的孩子。

雖知道寫字桌是父親的專屬位置，偶爾回家的日子，覷著他一起座，我便悄然占據著，盤著腿深深縮進大辦公椅中，有種倚靠在溫暖的胸膛，並且被擁護著，輕輕搖晃的錯覺。我又一一打開抽屜東翻西檢。這一切他都看在眼裡。不同於以往脾氣暴躁，年老後的父親像被波浪刷磨去了稜角，已能容忍我這看似不禮貌的舉動。要過了很久以後，我才意識到自己的行為或許潛藏著對他的好奇，試圖從中窺看一二。但抽屜也沒有吐露更多，除了證件、帳單、收據與文具筆記本，並無任何個人收藏。後來，偶然讀到加斯東．巴拉舍的一句話：「每一個靈魂層次裡的隱匿，都有藏身處的外在形象。」這才恍然，父親的桌子就像一張空白的臉，抹去可供辨識的五官。

父親隱匿得極深極深。

饒是如此，我還是喜歡翻檢，後來不得不懷疑自己是否基於某種補償性的心理，故意在父親的地盤撒野，隱隱地索討他年輕時不曾給我們的縱容。昔時的他如此嚴厲不可親近，而我們之間如此疏離。

當我在椅子左右前後搖晃，彷如搭乘一艘波濤中的船，不自覺地生出種種疑問：父親大半輩子在海上顛簸，遠洋漁船駕駛室的椅子有這樣氣派舒適嗎？門前的車流像不像駕駛艙窗口望出去的洋流？抑或像亂竄的魚群？當他回到陸地，會不會偶而產生錯覺，以致恍惚了眼前和過去，像電影中的蒙太奇那樣剪接，彼此錯置？

過去，大風大浪對他而言從來不是生活的隱喻，而是關係著現實安危。避不開時，便要調轉船頭，抓緊猛爆襲來的浪峰節奏，迎面攀上一座又一座，才不至於被掀翻。如今，最大的顛簸不過是起身落座的時候，辦公椅的微微彈動。他走路時仍習慣撐開雙腳，彷彿踩踏在搖搖晃晃的甲板上。而過慣了搖晃的年歲，陸居的日子對他會不會過於平靜無波？過去一望無際的蔚藍，如今退縮成眼前一張寫字桌，老漁人的晚年如何重新適應乾涸、只有車聲隆隆而沒有潮聲的日子？

我一直沒拿這些不要緊的問題去煩擾他，儘管這些不著邊際的疑惑在在都令我好奇。

父親以往應該會為一些難以回答的問題苦惱過吧？親友來家裡見到父親時，總是驚訝地問：何時上岸的？海路好走無？這趟賺多少？休息多久？何時出海……

忙不迭一句接一句，明明是熱絡的問話，仔細分辨，幾乎每一句都隱藏著數據。

或許是想藉以表達他們的關心，但聽著不像是歡迎漂泊的人返鄉，卻像要把他趕回海上似的，彷彿那才是他真正的歸屬。

也許如此，他才需要一張寫字桌，像某種宣告。

即使如此，卻又表現得如此輕淡，顯不出存在感。

直到父親退休多年，這類問話終歸於沉寂，但也因著彼此疏遠已久，變得無話可說。父親長久習慣於對著大海沉默，而今也漸漸地把自己活成一座海洋，隨著日昇月沉，潮汐漲退，一逕的靜謐，無法打探深淺。

就在習慣的沉默中，我後知後覺地發現，父親坐在寫字桌前的身影不知何時變得佝僂，原本挺拔的身體在偌大的辦公椅中越來越顯得單薄，起身、落座都像慢動作，一次比一次遲緩。

我返家的次數變多了，抵達的時間常在夜裡。一進騎樓，還來不及拉開玻璃門，父親多半已經察覺，眼睛比嘴角先笑咧開了。但有時候他等待過久，遂忘記正在等待，而專注起眼前原為打發時間所做的事。我往往不去打斷，站在門外，看著他聚精會神時，不自覺地瞇皺著眉眼、嘟起嘴。那神情，讓父親看起來不再是嚴肅的父親，也不是年近八旬的老者，而是一個認真地要把出了甚麼岔的玩具擰正的孩子。

有一陣子，父親因白內障手術過後極畏光，連電腦螢幕都嫌刺眼，視訊時需要戴上墨鏡。看著鏡片擋去他大半老皺的臉，我腦中浮起一張父親年輕時的舊照，和螢幕中的他互相疊合。相片裡，他西裝筆挺，不知是剛登上泊在異國港口的漁船，還是即將束裝返國？拍攝的人採取仰角，他的身材顯得更加頎長，鮮明輪廓，高挺鼻子上架著時髦墨鏡，看著比任何影星都帥氣。我不禁想像，如果有另一個和現實世界平行的多重宇宙，他也許不會被家庭重擔框架住、也許不需要忍受如此久的漂泊，也不需要在晚年獨守著一張寫字桌，繼續孤寂。

父親的孤寂終於畫下句點。

那一天，元旦過後不久，殷勤陽光依約來造訪，父親一早便載母親出門就醫。才出門不久，莫名地自撞電線桿，母親在後座傷勢較輕微，但父親出入加護病房，住院二十幾日，溘然長逝。

我們白天去殯儀館守靈，晚上回家，草草以外賣食物果腹後，大家圍在飯桌旁，繼續摺紙蓮花、金元寶。平日闔家團聚的歡快言語似乎也被一朵朵、一錠錠地折進去。燈光下，寂靜是慘白色的。

我不知不覺便呆望起懸宕的辦公椅。幾乎可以想見，返家的父親魂魄，一定還是坐在他的寫字桌前，默默地看著我們，像之前看著我們攜兒帶眷回家時那樣。或許還會因為不同意我們摺蓮花、元寶，眉頭微蹙著。身為漁人，長久面對莫測的海象，他卻一向不拜神佛、不屑這些民間習俗。只是，我們明知道正違拗著父親的意願，卻還是不能免俗地期望為他累積功德，期待他能離苦得樂、往生淨土。

治喪期間，一邊填寫各種表格，到戶政事務所辦理除戶登記、到各個機關申請文件、結清銷戶、移轉、繼承等等，依規定必須在期限之內完成的一道道繁瑣手續，那似乎都是被迫著抹去父親在世的一切痕跡。

母親完全亂了主意。但我們並不需要詢問她，逕自從寫字桌底層抽屜找出戶口名簿、身分證、存簿、印章等等需要的文件，分頭辦理。父親的文件物品一直存放在固定的位置。

除了他自己的身影。

陳銘磻

藉由老家一張不到兩手臂長度的寫字桌，敘述與漁人父親相處的日常；老人透過寫字桌上的電腦螢幕凝神觀看股市起落、等待與子女視訊，或坐在寫字桌旁守候返鄉的孩子。

全文以不再上船作業的退休漁人的晚年生活，鎮日圍繞在一張彷彿隱藏什麼祕密的寫字桌，揭開漁人存在世間的孤寂感受，而那張被緊密守護的神祕寫字桌，究竟隱藏哪些使人好奇的物件或什麼象徵性的情懷？

以沉寂的文字，描繪親子關係的樸實情節，淡中有味，緩慢卻生動地以老人守護寫字桌，一如看守窄仄的駕駛艙為主軸，講述漁人與親情、生死，似有若無的疏離或聚合，沉靜表述中，流露一股淡然哀愁。

影視小說類

首獎

呂創

生於一九八九年，河北。自由寫作者，獨立電影製作人。

●得獎感言

有一天，人類消失了……每個人留下各自的未完待續……而我只有文字……待續。

感謝評審青睞，謝謝時報文學獎工作小組所有成員。

混吃等死

1

假如我在今夜死去，那麼知道我死因的只有兩隻小燕子。

現在它們相距約二十釐米，停在樓道上空錯落交織的一根裏滿油漬的網線上。房間的門開著，我們能看見彼此。我便把心事告訴了它們。再抬頭，其中一隻已經睡去。我便向醒著的那只多說了兩句。

我對醒著的燕子說，不要搭窩了，這一片就要拆，去找新的棲息地吧。

它說，請你再考慮考慮。

它聽懂了我的話。

它知道我也聽懂了它的話。

我點點頭，輕輕關上門，躺回床，便靜靜死去了。

第二天，像往常一樣最先闖入意識的是窗外的鳥鳴聲。睜開眼，側臥的姿勢讓我首先看到的是右手，上面沒有光，今天沒有陽光直射進來？是因為我死了的緣故吧。我伸手即觸摸到從未改變過位置的手機，上面的時間表明臨近中午。像往常一樣，父親就要來了。也像往常一樣，我沒有立即起床，而是躺著思考我的許多未完待續。多年的醒來臥床嗜好，讓我還沒習慣自己已經死去。

有腳步聲越來越近，我還不能確信那就是父親。直到樓道裡的燈，距離我房間最近的那盞亮了一夜的燈被咔嚓的一聲關掉。我確定是父親。

因日上三竿，而我還未起床，父親發出一聲從未改變過的代表性長歎，同時輕輕地敲了兩下我的房門，接著拿出藏在鞋架內的鑰匙打開我對面房間的門，開始做飯。

今天父親沒有用手機播放重複聽了無數遍的評書——《岳飛傳》。

很快，父親發出低沉的聲音：吃飯。

我無法做出回應，只好坐起來，佇立窗邊。

父親重複了一遍「吃飯」二字。由於我的無動於衷，父親生氣地叫起我的大名。

這是多麼悲傷的一天，任何呼喚不會得到任何回應。

終於父親敲響了門，最初還是溫柔的客氣，充滿父愛的氣息。很快，門被推了一下，像極了父親的性格，沒有過度的脾氣。我沒有鎖門，因為屋內的一切與我再無關係。

門被推開了。我看見父親，他正目光犀利，眉頭緊鎖，額頭上的紋路還是皺褶的。我想我的離去，會為父親的緊鎖與褶皺增加更深的歲月洗禮。

父親又喊了我一聲，腳下略微一顫，感性的父親或許感知到了什麼。我看了一眼躺在床上的自己，無情地令我心碎一地。房間很小，只有六七平米，父親在狹小的空間增添了活力，一個箭步的同時，手已觸摸到我的身體。

一具我的屍體。

父親搖晃著我，判斷我是否還有呼吸。當然這是在四肢自然虛軟後跪倒在床邊努力完成的動作。我看著本就血壓偏高的父親差點昏厥過去。我也猛然記起，這是第二次見流淚的父親。第一次是奶奶去世時。

父親永遠緊緊地抓著我，他不能接受我的突然離去。他撥通急救電話，扭曲的嗓音是我從未聽過的離奇。在電話那頭的幫助下，我被確定確實死去。

終於，父親再也無法控制情緒，身體也出現了異樣，嘔吐出了胃液。

父親趴在我的屍體上，撫摸著我，只有泣不成聲。

我不忍心目睹父親的悲傷，轉身向窗外望去。昨夜的兩隻燕子正在房簷處嬉戲。我想靠近它們，便一躍而起。原來，人死後可以隨意而起。我輕輕落在燕子旁，並沒有影響它們的歡笑繼續。

我哼起誰也聽不見的小曲，身邊的燕子跳來跳去，真奇妙啊。

我透過窗戶看到癱坐在地的父親，他正打著電話，想必是把這悲傷的消息告訴在老家的母親吧。

很快，警車和救護車來了。這即將拆除的落寞社區又熱鬧起來。員警封鎖了我的住處，尋找我如何死亡的蛛絲馬跡。陌生的人們圍攏不散，鐵了心要目送我的屍體離去。

我沒有留下任何死亡原因，就是躺在床上想死而死去的。但活著的人要尋求一個解釋，只有訴諸醫學。員警和醫護人員配合著尋找答案。父親一把鼻涕一把淚，也只能加入其中。他們試圖解開我的手機。刷臉解鎖的模式看似方便了些，但閉著眼睛的我怎麼也刷不開。為了讓我死也瞑目，醫護人員憑藉精湛的技術打開我閉合的雙眼，或許他們從未練習過這門技藝。幾番努力，輕微地驗證了事在人為，終於解開了。員警翻動著已不屬於我的隱私，渴望獲得線索。我湊了過來，像看故人的過去，還想看看朋友圈有什麼新鮮事。

您兒子是做什麼的。查看手機紀錄的員警問蹲靠在床邊的父親。

父親愣住了。的確，我是做什麼的呢？人們詢問這個問題，其實就是在問以何謀生。只是我已經五年沒有工作了。

父親無法回答這個問題，但還是說了事實，他說我在拍電影。

員警點點頭。當然是對上號了，因為微信裡幾乎全是與電影有關的資訊。我看著未讀的群聊信息，它們並沒有因我的離開而停止活躍。

他是什麼職務。員警看著最近一段我與朋友關於劇本備案的聊天紀錄。

導演吧。父親很是無力，但牙齒咬得緊緊。像是這個身分殺死了我。

員警與父親的對話，對真相無疑毫無意義。

就在這時，另一名員警拿來一張被揉捏過的紙。我看到上面是自己的字體。是一首詩。

你兒子還寫詩。

我不知道父親有沒有看過我寫的詩。但肯定的是我們從來沒有交流過關於我寫的詩。活著的時候，偶爾我會在朋友圈分享一首。父親從來不看朋友圈。不過這與看沒看過我的詩毫無關係，因為父親根本不相信我有寫作的能力。當然，也不相信我有拍電影的能力。如今我的離去，不知在父親心中是否證明了自己是對的。

他喜歡寫東西。父親還是發出了肯定的語氣。

員警意味深長地點點頭，彷彿找到了我的死因。是啊，在這貧民窟般的小出租屋裡，一名鬱鬱不得志的理想主義青年有足夠的理由死去。尤其是桌子底下鐵盆裡的灰燼，那是我燃燒殆盡的手稿。我竟然遺漏了一首詩於世。我為自己的不細心搖頭歎息。

電腦硬碟都毀掉了，燒掉的應該是他自己的作品。正在拍照的一名員警自言自語。

是的，硬碟在被格式化後，又被我進行了力所能及的物理破壞。
我湊近蹲在牆角的父親，想知道自己遺留的是哪一首詩。

廢墟

在自我追逐中，
越過自己白色的軀體，
空氣匆匆地趕路！
很快，月亮就似乎是
一匹馬的顱骨
而空氣是暗淡的蘋果。

在窗子後面
光和鞭子，讓人感覺到

沙子和水的搏鬥。

我看見青草湧來
我扔出一頭小羔羊
砸向它們的乳牙和柳葉刀。

身披塑膠和羽刺
那第一隻鴿子
飛在一滴裡。

青草湧來了，孩子：
它們的口涎之劍
鳴響在空洞的天空。

這青草，愛！我的手
穿過窗戶的破玻璃
獻血鬆開一綹長髮。

只有你和我留下：
為空氣準備好骨架吧，
只有你和我留下。

準備好你的骨架吧。
哦我的愛，快去找
我們睡眠的側面。

這首詩在顫抖，因為被父親攥得很緊。而我卻產生了疑問，這是我寫的嗎？如果是，為什麼沒有修改的痕跡？字體確實是我的字體，但我更確定的是沒有一首詩是一氣呵成。難道是在手機上寫成，然後抄錄下來的？我的最後一首詩還要追溯到三年前，早已忘記都寫過些什麼。我又讀了一遍，只感覺它確實像遺言。

我的屍體要被運走了。父親小心翼翼地把紙疊好，放進手機皮套的內層裡。父親用那裡存放最重要的東西。現在那首詩緊挨著父親的身分證。

父親想知道我到底是如何死去的。只是員警和醫生也想知道。在我的屍體被抬上擔架的時候，一首歌的前奏突然響起。哦，原來是我的手機鈴聲。除了陌生人，現在很少有人會打電話了。員警重新戴上手套從塑膠袋裡拿出手機。而來電人卻是我一個做電影的好友。

員警與其通了話。

好友來電是告訴我說我們的電影終於備案通過了，資金已籌到百分之三十，下個禮拜準備先去上海選景。

聽到這個消息我很開心。好友聽到我死去的消息萬分悲傷。

前幾天通話還好好的，好友說我為什麼會突然離去，因為一切都在向前推進，雖然道路是異常崎嶇。

員警問好友為什麼認定我是自殺。好友反問又有誰會想殺死我呢。

我卻很好奇，他為什麼沒有用網路語音通話，而選擇了打電話。

員警通過好友瞭解我的過去，得到的資訊自然比父親多。好友向員警介紹了我們準備拍的電影：一名青年選擇主動死亡，尋找生命的完整性。現場的觀察與好友的介紹，員警的神態表明心中有了答案：我是自殺，只是死得太離奇。

員警詢問了房東一些問題，只得出一個我和任何鄰居都沒有矛盾的結論。當然是了，因為要拆了，鄰居們都已搬走，這一層僅剩我一戶。

員警對父親說初步判斷自殺的可能性極大。

父親說我一直一個人住在這裡。

他的經濟來源是什麼。

父親想了想說前年孩子把老家結婚用的房子賣了，拍了個電影，還剩下些。

員警若有所思，不再問。

父親陪伴我的屍體上了救護車。我知道心情沉重的父親還有很多事要配合員警。

人群散去。在門上多了封條的房間裡，我像往常一樣獨坐。

手機沒有了，電腦也沒有了，手稿也已燒毀。我一下子靜了下來，從未有過的靜。做點什麼呢？不知為何，已經死去的我，竟然還是被書籍吸引。於是我在用鞋架改裝成書架的書架上翻找著，最終選了一本詩集：《死於黎明：洛爾迦詩選》。

啊哦！在我津津有味閱讀的時候柳暗花明。於是我翻看目錄，果然找到那張白紙上抄錄的，被父親視作珍寶的我的遺言詩〈廢墟〉。原來出自這本詩集，洛爾迦寫的。

哦，真相實則令人難以接受，從來沒有讀過我一首詩的父親未來將拿著一首他人的作品用來念我。

眼前的世界與我已沒有關係，它們還是以前的樣子。衣架上的衣服、杯子裡的牙刷、沒有吃完的維生素C、戴了一次還未扔掉的一次性口罩、菸灰缸裡已熄滅的菸頭……我拿起生前買來戴著玩的一枚銀質戒指，想戴在手上。

還戴得上去？

雖然我已經死了，但聽到人聲還是嚇了一跳。

我環視房間一圈無人。

在上面。

我抬頭，看見房頂上一個人，啊，是我已去世的奶奶。

奶奶?!

我抑制不住自己的喜悅。我驚奇地感歎：死了的人真能相見？

奶奶說事實勝於雄辯。

我激動地不知從何說起，竟然問奶奶，那能不能見到那些逝去的偉人，比如比如。我一時想不起心中敬仰的人的名字。

奶奶笑著說，想見誰都可以。

奶奶從房頂落下來，湊到我身旁。奶奶是九十五歲離開時的樣子。奶奶又說想見誰都可以。

我點點頭。見到你真好，奶奶。

奶奶也笑著點點頭，又說想見誰都可以。

然後奶奶就不見了。

我呼喚著奶奶，無人回應。

是夢嗎?死人如何做夢。奶奶為什麼重複著說想見誰都可以。

想見誰都可以,我重複著這句,思考著這句,太陽升起又落下,直到聽見樓道裡傳來眾多的腳步聲。我聽出了抽泣聲,是母親。

是母親來收拾我的遺物了。

門被推開的剎那,我趕緊從窗戶飛了出去。

2

並不禮貌地敲門聲有些刺耳。「在沒?」

我疑問地啊了一聲。

「一會兒房東查房,你別在這屋了,看見了不好!」

是負責公寓樓保潔的中年人羅大叔,他運用一口極具特色的晉京腔調普通話。

我確定地啊了一聲。

「現在查到二樓了,給你說一聲噢!」

「他天天查?」

「每個禮拜一查噢！」

「哦！」剛被叫醒的我腦袋還有些沉，但沒有忘記道一聲謝謝。

羅大叔的標配之聲：哈哈哈。接著是他走路而不喜歡抬腳的摩擦聲漸行漸遠。與此同時，他的另一標配，走到哪兒抽到那兒的香菸燃燒後的味兒從門縫兒溜了進來。

我橫過食指堵住鼻子。雖然我也吸菸，但一聞菸味兒就呼吸不暢，尤其是剛醒來的時候，躺在床上聞這個味道是最痛苦的。我迅速坐了起來，看了一眼手機，已經下午四點。我看向窗外，燕兒還在房簷上跳來跳去。今天睡得時間這麼長？我問自己。在我下床的時候，腦袋向後一仰，一陣絕對無法表述的痛從頸椎傳來。

我落枕了。

「哈……啊！」只有面對無能為力的疼痛時才會發出的無力之吼。

我鎖上房間的門。進入正對面一米處的房間，這間才是我花錢租的，它只有對著樓道的一扇小窗。裡面的人白天也需要借助電燈獲取光明。我坐在床邊，只能坐在床上，因為房間只有六平米。開燈後的一分鐘裡，我想閉上耳朵，但它不是眼睛。

所以我只能閉上眼睛，果然蟑螂們那碎碎的小步伐開始一陣騷亂。根據它們的步伐，我能清晰地判斷它們此時是在何處並將向何處去。鋪桌子的光面報紙、塑膠袋裡未吃完的乾粉條、角落處細碎且乾癟了的各式菜渣、沒有蓋子的刷牙杯、怎麼蓋也蓋不嚴實的鍋碗瓢盆……是我為它們創造了天堂。

我點燃一根菸，睜開眼睛，肚子有些餓了。我還萌生了一絲屎意，但還是忍住了。我想去解決，但我不想立即去解決。我總是盡最大努力推遲或不參與有關樓內廁所的任何活動。雖然現在住在這裡的人少了很多，但廁所依然還是熟悉的面貌與味道。我打開手機，習慣性地左滑一下查看最新的疫情統計數字。現在是二零二零年四月六號，新型冠狀病毒的災難已經持續了幾個月。我前幾天從老家回京，現在是在這裡隔離的第二天。很多事被迫暫停，這是我出社會後在老家待的時間最長的「假期」：近四個月。這場災難，全國人心惶惶，但對於遠離重災現場的人們來說，只有數字帶來的恐慌。每天只是感傷：又漲了！

據新聞報導，現在國內逐漸好轉，國外卻開始一片紅。進京人員一律隔離十五天，據說很快就不用了。相對於封閉的老家，開放的北京並不安全。社區只進不出，吃喝可以由外賣解決。每天在小程式裡打卡上報體溫，然而我並沒有體溫計。我只能推測自己的溫度，不知為何，我永遠只猜三十六度三。規定不許出房間，但我這裡只有公共衛生間。整個社區內可以自由走動，據說有巡邏人員查，但我從來沒遇見過。或許還是整個環境惡勢已去，人們都開始放鬆下來。這個社區緊挨M大學，距離曾經紅紅火火的中關村只有三四站地，距離宇宙中心五道口也只有三四站地。所以很多人選擇住在這裡。這裡有五環內最便宜的房間：六平米的單間卻要一千塊錢。而我剛才睡的那間屋子，雖也是六平米，但它價值一千三百元，因為它有一扇對外的窗。窗戶雖朝東但早上也有陽光，且閒來無事坐在窗邊還能看見隔壁屋簷上歡樂的飛鳥。之所以我能睡上那間房，是這裡從去年就確定下來要拆了，若不是疫情，這裡早已是廢墟。疫情前社區周邊已被綠網圍了起來，社區內外的商鋪飯店也早人去樓空。我所住的公寓，所在的第四層，是房間數最少的，卻也有五十間。據我這兩天的觀察，大概只剩七八戶在此居住。而我這條通道裡有十四間，現在就我一戶了。我的房間在最盡頭，整條通道只有我房間對面的那間有對外的窗戶。

近水樓臺先得月，我喜歡待在那裡。

我在這裡居住已近六年，比羅大叔來這裡工作還早一年。由於我的行為絲毫不與羅大叔的個人利益產生衝突且每次見面他還能得到我敬贈的香菸，所以他沒有理由妨礙我住在還沒租出去的那間可見陽光的屋子裡。我只做到一件事即可，就是像他說的別讓房東發現。其實羅大叔不知，二房東我也認識，他見過我在那個房間休息。大家都知道，此地大勢已去，何必得罪人呢。至於大房東，我想他相信自己似三權分立般的安排：起監察作用的印有左青龍與右白虎的青年二房東，負責收租查電費兼門衛的兩對精明中年夫妻以及四處流動的質樸保潔員羅大叔。

不知為何，我突然躺了下去，然後就聽見了開門聲。

3

是眼睛紅腫的母親。

我是死了，此刻站在隔壁房簷上。

緊跟母親進來的是大我兩歲的姐姐。沒看見父親。羅大叔站在門口抽著菸。母親說話時的聲帶還在顫抖，也啞了。她們小心翼翼地收拾著我的遺物並小聲商討什麼最需要拿走。突然不知是什麼觸動了母親，開始痛哭起來。姐姐把母親攙扶到床邊坐下，淌著淚水努力安慰。母親擦了眼淚，抬眼望向窗外，目光正好與我相撞。我心一驚，急忙扭過頭，這才意識到自己現在是一隻燕子的模樣。姐姐也向窗外看來。她們如此悲傷的眼睛，我也是第一次清楚地看見。幸好身旁的同伴嘰嘰喳喳地叫著，慌亂中的我急忙隨聲附和。母親發現我生前放在桌角下的鳥食。她拿了出來，依照窗臺上還存在的痕跡撒了上去。很快它們都去吃了。我只是站在房簷上看著。姐姐向我招手並努力發出以為動物能聽懂的聲音。我知道那個聲音的意思，因為我也曾向鳥兒發出過：啾啾，啾啾啾……

面對悲傷，我只能努力無動於衷。

「我要去南方了！」

當我面對夕陽，躲避憂傷的時候，一隻燕子如此對我說。

「為什麼是現在？」我問。

「這裡已經結束了！」那隻燕子說。

我偷偷瞥向房間，恰巧是母親離去的背影。

「你要和我一起嗎？」那隻燕子問。

我想了想，說想再等幾天。

「好吧，那到時再見！」那隻燕子與我告別。

「你怎麼去？」接著我又說你多久到，我們在哪裡見面。不知為何，我一下子說出好幾個問題。

「你忘啦？」那隻燕子湊到我的耳旁，輕聲地，「我們現在有了翅膀！」

然後，那隻燕子就飛了起來。

「我現在是死了嗎？」我面向已沒有那隻燕子身影的天空，如此大聲喊道。

一個聲音回應：還要等幾天！

我聽出來還是那隻燕子，便追問：

「等什麼？」

「幾天！」

天空沒有下雨，是我的眼睛濕潤了。

4

右胳膊的痠痳使我醒來。在大腦耗費大量精力之後，我還是習慣地趴在書桌上睡覺。現在剛剛凌晨一點鐘。樓道外唯一的燈依舊亮著，網線上的兩隻燕子也還睡著。我用力掐著痳木的胳膊。腦袋輕輕晃動著，還有些痠疼。這時我聽見本空無一人的樓道裡有人為的響動。我悄悄走到門口，探頭望。原來是我的一個鄰居回來了。

他在中間位置，我們隔著三個房間。他雖是三年前搬過來的，但我們沒有過多的交際。有的只是我日復一日地拿著洗漱用品去廁所時經過他的房間。

我說嗨，他回應嗨。

我說做飯呢，他回應是。

……

……

有時他會先開口。

他說嗨，我回應嗨。

他說剛起啊，我回應嗯。

……

……

這種情景全發生在中午及中午以後，因為我只在那時起床。

記得他剛搬來沒多久的一天晚上來找我借打火機，我便把多餘的打火機送給了他。那次我們算是「認識」彼此，互相加了好友，他網名叫飛翔，長我一歲的他那年二十九歲，內蒙人。得到這些資訊用了一根菸的功夫。於是便有了後來每次相見時的互相招呼。

之後關於他的斷斷續續的資訊都是白天的我在睡夢中聽他打電話得知的。起初我對他的事也沒有什麼興趣，反而對他大聲打電話打擾我的美夢而生氣。後來聽得多了，得知他在打官司，像極了無處可去而逃離至此的維權者。而且他也沒有工作，幾年來終日待在那間不見天日的小房間裡。這讓我對他產生極大的興趣，我一直在尋找創作素材。有幾次曾在他的房間門口停留，試探他的資訊，但他的自我保護意識很強，述說自己的事時取捨有度。我也不便詳細詢問。

「什麼情況？」我還是忍不住走出房間，距離他三四米。

他戴著口罩。看見我他也很驚訝：你什麼時候回來的？

「前幾天，正在隔離期！你這大包小包的？」

他從房間裡拿出一個裝有八四消毒液的噴壺開始噴灑，接著說：我過完年就回來了，已經隔離完。

我哦了一聲，像是瞭解地點點頭。

他問我要不要噴點。我說不用。這時我發現他戴著兩副口罩。

「我想起來了，年前你搬過一次家，說是找了個工作要去公司宿舍住，這些東西是從宿舍拿回來的！」我因自己解答了一個疑惑而滿臉喜色。

他點點頭。

等我從廁所回來，他坐在門口抽著菸，像以前一樣，他給了我一根。他說：你父親是在M大學工作嗎？

「是，過年都沒有回家，從疫情開始到現在，你應該經常看到他來這裡！」

他點頭稱是。接著他說：我有一自行車在學校裡，想弄出來。

「進不去！學校可嚴了，進門要掃身分證的！」

他不甘心，他說：讓你父親帶著我進去不行嗎？

「我都進不去！」

他說是嗎？

他不相信我的話。

他又說要不試試。

「明天我爸會過來，回去的時候叫上你！」

第二天，在睡夢中，聽見父親的呼喚：吃飯！

夜裡四點多睡的，我看了一眼時間現在是十二點多一點。像往常一樣，第一件事是刷牙。

洗手池就在便池外面，味道很嚴重，我從來都是刷好之後再去那裡漱口。我看了一眼門口小方桌上已做好的一大碗麵條。在擠好牙膏的牙刷放進嘴裡前，我不高興地說：又那麼多，吃不完，剛起來哪吃得了那麼多！

父親責備的語調中夾著愛：這才多少，吃吧！

父親的工作是白夜休休制，所以平均一周只有兩天不來這裡。平常會來，現在我在這裡隔離，更是要來了。疫情最嚴重的時候父親回不來，那時我也在老家。當形勢好轉之後，父親按照社區的要求辦理了出入證，所以現在父親出入自由。在這裡做最簡單的飯，比如麵條、烙餅、粥之類。

我只負責吃。

有時我會讓父親從學校打包我想吃的米飯和菜。父親隔三差五也會打包幾分肉菜，改善我的伙食。父親不僅讓我多吃，還會拉著我運動。以前是去圓明園前的廣場跑步、快走以及各種父親鑽研出來的養生之道。現在我出不了社區，便去已封了的另一個大門前。大門前的路很長很寬。門外不說車水馬龍，但也人來人往，門內則一片漆黑。社區裡的店在疫情之前就關了，因為拆遷工作已經展開，卻因疫情又暫停。社區內一半是廢墟，一半是樓房。挖掘機還在廢墟上佇立，它的爪沉默地叩問在大地上，彷彿是在質問疫情何時過去。

5

我喜歡從門縫裡向外望。

我飛到窗邊，隔著玻璃向裡望。

在母親離開後，羅大叔因職業習慣又進來看了一下，他把房間打掃乾淨，離開時順手把那唯一一扇對外的窗戶也關上了。裡面已沒有我生活過的痕跡，只剩床、桌、衣櫃靜靜地待在原地。就像什麼都沒有發生過一樣。

就像什麼都沒有發生過一樣。

正落寞之際，我注意到牆角處衣櫃上的「春夏秋冬」——被我用透明膠帶黏在一起的四張明信片。每張明信片上各有一幅植物圖和一首古詩，對應著春夏秋冬四個季節。

它看上去毫無用處，所以它還在那裡。

然而，它是我和一個女孩子戀愛時的見證。「春夏秋冬」是她送給我的愛。我們分開之後，我便把它掛在躺在床上睜眼便可看到的衣櫃上。

這麼多年過去了，現在我也死了，只剩「春夏秋冬」獨守空房，這實在令人感傷。再想想這房間不久後將被推倒……

無論我還能去哪裡，我對我說，我都要帶上我的「春夏秋冬」。

我要破窗而入。於是我便用嘴開始啄玻璃的一角，希望它能破碎。

6

他當然沒能拿走他的自行車。

疫情期間，學校是絕對禁止校外人員入內的。新聞上報導說疫情幾乎已被控制住了，比如京津冀地區人員來往已不需要隔離。所以來自河北的我在京隔離第十天的時候，按照要求辦理了社區出入證，便出入自由了。

就這樣，我像往常一樣，他也像往常一樣，父親也還是像往常一樣。不同的是，我們之間的交流多了起來，或許是上次父親帶他去學校拿自行車的緣故，雖然並沒有成功。

「因為這裡的陽光！」他想了想又說，「這也是我租這一間的原因！」

我問他為什麼總是搬個小板凳在自己門口坐著，他作上述回答。

他的門口上方是一個大約零點五平米的玻璃頂，是放陽光進來的天窗。我們居住在四層，樓頂也被人承包後改造成一間間小屋租了出去。我去過樓頂，這塊天窗正好處於正中央。只是它被樓頂居住者的盆栽和各種空調機近乎完全遮住。所以坐在四層門口前的他每天只能在固定的時間享有固定的一點點陽光。他說一般下午兩點多鐘的陽光會進來，是真的陽光，不是反射光，那時的感覺最好。他羨慕我霸占的那個有對外窗戶的房間。我得意的笑。

「你父親回去上班了？」一天正在門口削土豆的他問剛走出門口的我。

大概一個月前，因新發地批發市場出現了病毒感染者，全市又緊張起來。而我們樓的一層出現了一位密切接觸者，男性，因他在酒店工作的妻子與去新發地購物的同事有接觸，同事確診了，他妻子也確診了，他便成了危險人物。而他又來往於此，於是整個社區便又封了起來，所在街道也成了高風險地區。所有人做了核酸檢測，兩次。由於父親經常出入這個社區，便不能回學校工作了。父親在這裡隔離了半個月後，終於還是不能回到學校工作。前幾天街道降成了中風險，被困於此的父親心情極度焦慮再加上許久地牙疼折磨，便回老家了。

「回老家看牙了，這裡太貴！」我點燃一根菸，「又做啥好吃的呢？」

「紅燒琵琶腿！」

我咽了咽唾沫，很餓。父親離開後，我支灶做了兩天的麵條便斷火。一天只點一次外賣，當然選擇性價比最高的吃。

「聽你打電話說要搬走了？」我問。

「也回老家！」他把削好的土豆放入小瓷盆裡，開始削薑，「在這裡的事情，算是都結束了！」

「算是都結束了？」我重複了一句。

「我看你自己不做飯？」他轉移了話題。

我笑了笑，說我擅長吃。

「一起吃，喝點？」他說出了我最想聽到的話。

於是在他離開之前的最後幾天，我們搭伙過起了日子。

一起去超市買菜，買肉。他分配給我的任務永遠是盡可能多的剝蒜和把碗再洗一遍。

他的東西非常多。我們一起搬運他打包好的東西去郵寄回他的老家內蒙。其中幾箱子的書郵費最貴，選擇了最便宜的中鐵快運還花了近一千元。

「原來那些書是你的？」我突然想起有一次去天臺遛彎時看到地上攤開的一片書籍。

「像人一樣久不見陽光就會發霉，所以拿出來曬曬！」他這樣回答。

最後的晚餐，我們圍著小桌坐在樓道盡頭，我的房門前。吃著他拌的涼菜，喝著他的純糧食酒。今晚主菜是他獨家秘制的紅燒豬蹄，正躺在鍋裡被電磁爐小火慢燉著，香氣充滿整個樓道。

互相敬了酒，點了菸，短暫的沉默。

「那一箱子是留給你的！」

我點點頭。箱子裡是各種米麵調料。還有一袋未開封的瑪咖。

「我一個朋友給我的！」

「補腎壯陽！不是，我們現在需要這個嗎？是不是有點太早了？」我笑著，「你讓我喝這個幹嘛？用在哪裡？」

接著是一起大笑。

「給你爸喝也行！」

「我爸？我爸！」我想了想，「我爸好像用不著了吧！」

還是大笑。

我們聊了很多。

關於夢想、關於罪惡、關於公平、關於正義、關於文學、關於電影、關於未來、關於人類、關於活著。

以及所有人都繞不過去的政治話題，你喜歡臺灣嗎？

我感覺到他的異樣，便笑著說：怎麼啦，我的問題有問題？

他說我的問題讓他想起一些人與事。沉默片刻後，他說了一句：

「和我有什麼關係？」

「沒關係嗎？」

「有嗎？」

「我說的是『我』！」他重複了又重音強調了「我」這個字。

他與工作過的北京某大學法學院打官司，他沒有過多透露詳情。已經三年了，官司還在繼續，他說他累了，也欠了很多錢。他畢業於北方某警察學院，我看了他畢業照，相片中他青春的熱烈。後來他又進修了法學，是一個說話嚴謹、邏輯性極強，愛自由且思想獨立的人。他清楚地知道自己受到了非正義的對待，他用所學維護自身權益，便耗在這裡三年，成為了我的鄰居。

我隱隱約約明白了他強調的「我」字，似個體的無力。

我說我曾想拍關於他的一個紀錄片。他說他想看看我寫的詩。

我把我寫的最長的一首詩發給了他，他說有時間要仔細看看。

「你剛說在寫小說，在寫什麼？」

我說最近在寫一個算是幻想類的小說，開頭是假如我在今夜死去，那麼知道我死因的只有兩隻小燕子。說到這裡，我指了指上方。我們抬頭，看到停在網線上的兩隻小燕子。

他笑了起來，指了指我斜對門門口電錶上的燕窩說：「看那裡！」

「它們不知道這裡要拆了！」我平靜地說。

「然後呢？」

「嗯？」

「小說裡的然後！」

「然後……我爸來了，看到死去的我。而我能看到我死後發生的一切，但我只能看！我變成了小燕子。後面就是我媽來收拾遺物，父母，你知道的，他們很悲傷……」

我說剛寫了一點。他說變成燕子的設置令他想起卡夫卡的《變形記》。

他緊接著說：其實，我算是個孤兒。

我本想接著他上一句說：《變形記》我非常喜歡。但他的下一句使我突然失語。

「小說叫什麼名字？」幸好他岔開話題。

「混吃等死！」

「混吃等死？」

「你記得你隔壁那戶嗎？」我問。

「那個？」

「右邊那個！」

「那個美女？」他想起來。

「對，有一天中午在我半睡半醒之時，聽見她在電話裡大罵『你他媽還不如我這兒兩個混吃等死的傢伙！』」

「誰？」他大笑起來，「兩個？聽上去其中一個像我！」

「另一個估計是我！」

混吃等死，他一字一字地讀了出來，我們是嗎？他問我，更像是問自己。

「混吃等死是個貶義詞還是褒義詞？」

「混口飯吃，等待死亡！」

「像是一真相⁉」

「人生真相！」

大笑後是短暫的沉默。

「明天我去送你！」

「好啊！」

「之前我還以為你是廚師，在這兒天天做好吃的！」我啃著美味的豬蹄。

「一個人不想吃外面的飯，久了就什麼都會做了！」

「以後我也得自己做飯了！」

「混吃要好好吃，等死才有勁兒！」

還是大笑。

他回屋時，我說：你剛搬來時，我寫過關於你的一首詩。

「為什麼寫我？」

「因為你讓我很好奇，天天在那裡坐著！拍不了你的紀錄片，寫首詩還是可以的！」

他表示想看。我說得找找，明天送你時給你看。

他說好，你可以讀給我聽。

我說好，你起來了叫我。

他說好。

剛躺上床沒多久，他便敲響了我的門。

「車子是白色的，從西門進去，一直走，那裡有個路燈你知道嗎？」他把自行車相片發給了我。

「拐角那裡？」

「對！好久沒動了，可能需要補氣！」

「那裡有一堆自行車啊！」

「它就在路燈下！」

「其實我也用不著自行車！疫情一過，不到兩月這裡必拆，我還不知道搬到哪裡去，應該是去燕郊，那裡房租便宜！如果去那裡，自行車我也弄不過去啊！」

他許久沒有說話。

最終，他像是自語，他說：「她總是讓我騎車載她在學校裡逛，最後一次，她對我說，『算上這一次，你載我騎行校園共三百三十次！』」

短暫的沉默，他又說：自行車是我的，我當時要賣，她要買，我們就認識了。

她是臺北×大學的，當時來北京M大學做交換生。

7

我終究沒有把玻璃窗啄破。

輪到這棟樓了。工人首先開始拆窗，輕微地破壞，玻璃就碎了。

但對於我已沒有意義。因為其中一個人拿走了我的「春夏秋冬」。

我無能為力。

他是誰，為什麼拿走我的「春夏秋冬」？

樓塌了，懸在空中的我再無落腳之地。

8

等我醒來，又是中午了。

我猛地坐起，想起要送他去北京南站。他怎麼沒來叫我起床？

送我的東西被他整齊地擺列在我房門口，樓道也收拾乾淨。我向他房間走去。

難道他已經走了？

門沒鎖，有一條縫兒，我推開門。

他卻是死了。

他把自己吊在被自己架高了的長鐵衣架上，用的是我陪他一起去五金店買回的粗麻繩。當時我問為什麼用這種繩子，他說綁行李結實。
我沒有昏厥過去。眼淚第二次主動流了出來，第一次是奶奶去世時。
我打開手機找到那首詩，面對他的屍體，讀了起來：

消失的自己
（我的一個陌生鄰居）

沒有人在乎。他的名字
沒有人關心。他的過去
他只像雕像。耐心地
靜在深夜裡。等待
或許沒有等待。像極了
沒有明天的日子

夜更黑了
風兒也徹底睡去
來時就疲倦的月亮已躺進雲霧裡
他睜著的眼睛
始終不言語

天亮了
他存在的痕跡被光抹去
他因何來這裡
又去了哪裡

又一夜
又一座雕像
又等待

我在他房間前佇立許久，直到從天窗來的光射中我的腳。

那是直射光。

我拿走了掛在他脖子上異常顯眼的自行車鑰匙。

9

那天陽光正好，M大學還是只允許本校人員進入，我便飛了進去，從西門。在路燈下，我看到了他的自行車，飛鴿牌的。我落了上去，它渾身灰塵，上面必然會印下我的腳印。

「聽說了沒，上禮拜旁邊社區有兩個青年自殺了！」

「疫情鬧得失業了？」

「兩男的，是鄰居，長期無業！」

「難道是殉情？怎麼死的？」

「一個上吊，另一個死因不明！」

「既然是自殺，怎麼還會死因不明？」

經過我身旁的幾名學生議論紛紛。

那天晚上關於未來，我們是這樣說的。

我問：以後你就在內蒙老家發展了？

他答：疫情過後，想去福建！

我問：福建？

他說，這個世界會好的，我會繼續加油。

我說，是的，我也會努力。

過了一會兒，我便飛了起來。我知道與我一起的還有腳上沾的塵。

我們一起向南！

林黛嫚

「混吃要好好吃，等死才有勁兒」，作者文字精準，架構完整，從主題到敘事內容讓人想起胡遷的〈大裂〉，把中國那些看不到未來的青年生態寫得細膩深刻。一位為了文學藝術放棄一般社會價值，成為靠爸族、啃老族，另一位則是遭受不公義又申訴無門，於是在等待拆遷的住處結束生命。

本作中的父子關係也是一絕，當父親看見兒子死亡，「這是第二次見流淚的父親，第一次是奶奶去世時」，敘事者一生也流了兩次淚，看見鄰居自殺是第二次，第一次是奶奶去世時。全球疫情當前，作者對應的不只是疫病，更是社會制度中許多看不見的病毒。

二獎

林楷倫

一九八六年生，魚販，台中人，二〇二〇得過幾座文學獎。

●得獎感言

寫作時，選擇歌單是件超麻煩的事，感謝 Deca Joins、大象體操、UA、青葉市子讓我進入某個世界。

謝謝葉阿里、寺尾與想像朋友們、序陶敍瓷（你們最讚）。

最感謝的是聽我絮叨而後敷衍的林瑾瑜，就算是回個嗯，也都能安撫時常自信迷路的自己，找不到路也沒關係，繼續走下去吧。

讓鰲鬆口的雷聲，是悶是響？我好想知道

心中默數一枚、兩枚、直至五枚，五枚硬幣多送一張彩券。推耙不斷地推，推擠不到前方邊緣的硬幣。我必須投更多，讓推台上的物品一毫米一釐米地落下。落下的，都可以換成彩券，彩券換了什麼沒那麼重要。

兌幣機旁是我的幸運位置。我不玩釣魚機、不玩保齡球，我只玩推幣機。一天的工資一千，拿八百換成一籃代幣。八百有時可玩一下午；有時一個小時就結束。

「妹仔，錢就這樣投喔。」他說，邊說邊搖晃一旁的機台，機台發出警鈴聲。幾十枚硬幣掉落洞裡，洞知道掉了幾枚硬幣，出了幾張彩券。

這裡很吵，仍有聲音可以劃開。他笑，工作人員過來勸戒不要搖機台。他說：「啊就撞到啊。對不起喔。」工作人員打開了機台，關掉了警鈴聲。裡頭一疊疊的彩券，

每次看到都想問這麼多大概有幾張。

「裡頭有四五千張吧？」他問。工作人員笑著說：「投投看就知道呀。」

「借我十枚代幣。」他在玻璃側邊看，雙手用成照相姿勢瞄準，我借他了。他的第一枚代幣投在沒得推擠的地方，發出吱的聲響；第二枚也是；到了第十枚時，親了硬幣，以為這樣比較帥，噁心。投入唯一有可能讓最前方的錢幣要掉入深淵的硬幣孔。

什麼也沒。

「這就賭博啊。玩那麼久有什麼好玩。」我邊聽，連續投五枚，前方的錢幣掉落了不知幾枚，換成一張張彩券吐出，變成紛亂的膠捲，一直以為這些彩券會帶來一些快樂，喜悅什麼的都會印成一格格的，看記數這些彩券，將這一天玩推幣機得到的歡愉變成實質的數字。第一次拿彩券去換大娃娃時，覺得有趣。後來麻痺了。

「太強了吧妳。但玩這有什麼屁用。」他說，他叫順生，他走向了釣魚機。

玻璃內的銀幣閃閃發亮，等待前方的金幣掉入深深的暗。

我習慣遊藝場的電子音效聲，在我投幣時，聽不到任何的吵。

「大中大中了。」他的叫喊如同釣魚機按下電擊鍵的電子音效。釣魚機的燈箱閃出我從未看過的顏色。釣起一尾沒人釣過的魚，總躲在螢幕最側，不時跑出來吞食被收線的大魚，是一尾醜得要死的魚，很肥，深咖啡色不吸引最愛玩這種釣魚遊戲的孩子。

釣魚機不斷地吐出彩券，整齊地呈現一排一排上疊，就像是釣魚的滾輪收線，當我回到我的機台繼續投幣時，在釣魚機的工作人員補了兩次彩券仍吐個不停。他踢著疊起的彩券籃，「妳覺得有多少？要不要跟我一起玩釣魚機？」他說，我說不要。那天，我跟他走了，那堆彩券，一萬多張，大概可換成三千元。「我會釣真的魚喔。剛剛那尾是鱸鰻，石斑啦。」順生對我說話的方式，都像是對個少女說，我不是少女，沒有少女會在推幣機前浪費時間。

推幣機的推耙不停地推，但沒有投錢下去，推的都是空氣。順生問我還要玩多久，我舉起手上的代幣籃，直到投完。他跟我要一半的代幣，屬於我自己的時間只剩一半，多出來的時間要幹嘛？我還沒想到，見他一手投一台，不管一次投五枚送一張彩券的優惠。想要阻止，卻看著推幣機裡的寶石、金幣閃耀折射，迷惘了，直到彩券出完卡卡的齒輪聲，難聽得刺耳。

「妳看我中超多，我多懂玩。」「是啦。」我剩下的半籃代幣，我投幣，他在旁搖晃機器，一搖就多掉幾個代幣入黑坑裡，代幣一掉就變成彩券。順生把所有的彩券都給我，跟在我旁邊問我要換什麼？我選了一台兩人小電鍋，轉賣能賣一千多。「買了，就要煮喔。」他在我家門前說。

隔天又遇到順生，沒遇到昨日那尾大魚，拿了幾千元隨便亂玩，得了少少的彩券。

「要換什麼？妳欠什麼，我就選什麼。」順生說。我知道他會說我欠你之類的話。「我去你家吧，那些彩券給我。」我說。

「不要來我家，妳找一天陪我釣魚，好不好？」

投代幣，不斷地不斷地。沒多久就把手上的投完，他直說等一下我去換。推呀推。我前方所積累的銀幣與那些機台原有金幣、彩券、甚至兩顆寶石（寶石是一千張）都推過邊緣，掉入深淵，變成希望。

還繼續投。「都破台，沒有額外贈品。投也沒用了。」我說。

「投給妳啊。」我去了他的房間，只有床、枕頭、揉團的衛生紙，我們什麼都沒做。

順生約我去釣魚。「哪天不用上班？」我沒有回。順生真的想帶我去釣魚。

「你房間什麼都沒有耶。」將聲音放細，裝得熱情一點，這是我的策略。

「要不把小電鍋搬過來？」

「為什麼？」「妳還兩人小電鍋不就在暗示我。」這男人真以為自己聰明，聰明到無話可聊，他做起綁鉤的工作，將鉤插在保麗龍上，一排一排綁繩，我聞到他的味道，跟這房間潮濕的泥土味不同，是遊藝場幾千張彩券換取的男性香水，噴在我家廁所的味道。久了習慣這種味道，反而，房間的臭更加明顯，他的車有魚乾的腥味是後車廂乾掉的魚血。

那晚沒做什麼，我用鉗將鉤用得內彎，他綁鉤。

「明天有空吧，釣魚。」更多魚鉤插在孔洞多到近爛的保麗龍上。

將插滿魚鉤的保麗龍放在海釣場的土堤，拿起魚鉤，他兩指銜住菸盒大小的鱉，鱉的四肢在空中畫圓，我笑說很可愛耶。我雙手捧壓了臉，嘴向前嘟，鬥雞眼，「這樣像鱉嗎？可愛嗎？」

他邊說可愛，邊把魚鉤穿入鱉的殼與臟器之間。

「我等等試給妳看，這釣龍膽有多好用。」鱉頭伸了一點進去，又隨即突出，伸進去會痛吧。拿了隻小鱉給我穿，「好噁心喔，不敢啦。」我說。我的手拿起鉤來，他在一旁說像穿針，將鉤的前端插入，插入軟軟的皮肉，針過了兩個倒鉤，穿過殼與內臟間的膜。他帶我的手，將鉤的圓弧卡在鱉的身體中央，只是，我將魚鉤穿過了鱉頭，戳入內臟又出，從鱉的嘴出鉤。鱉手伸得好長好長，奮力揮舞。沒幾下，就不動了。

他笑得抖動，「你把牠搞死了。」他說要將這隻死鱉取下，卻拉不出來，穿入的傷口流出了鱉血與汙綠色的汁液，這麼小隻血只有一點點，我拿起一旁的剪刀，從鱉殼剪下，取出那隻鉤。

剪刀撥開那些臟器，心臟小得看不到。

再拿隻鱉，穿好的鱉頭伸得頗長，嘴張得很開，鉤好之後拿在那裡晃，順生用鱉的嘴咬我的手，細細的牙齒磨起來不痛很癢。「被鱉咬到，打雷才會鬆開。」他說，我便咬了他的手，齒痕很深，沒多久就消失。我沒去想何時打雷，何時他就會離開我。我們一起笑，我拿給他兩隻小鱉，「要活活穿過，不讓牠死，會動才有用。」

「知不知道？」他拿裝鱉的桶與鉤給我。我穿了第二隻鱉，這次穿得很好，垂在捆繩。穿鱉就變成我的工作，鱉手腳伸出縮入，頭卻只能伸長，進不去殼，鉤卡死死的，縮進去很痛吧。

「這些鱉好像鑰匙圈喔，你看。」我甩起鱉餌。他這一輩子不知鉤了多少的鱉，我想到鑰匙圈的玩笑，他不覺得好笑。本來想跟他說，我不想鉤這些鱉，很殘忍。

「鉤這些鱉，你不覺得殘忍喔？」他問。

「有什麼殘忍，看你釣魚，釣魚也很殘忍，沒在怕啦。」

「是沒什麼殘忍，一樣換一樣，鱉換龍膽，龍膽換錢，錢換……」

「錢換什麼？」我問。

「妳。」

順生的電捲很吵。錢能換到的東西太多，換得到代幣、換得到我，換得到沒日沒夜都得釣的魚。又鉤起一隻鱉，他叫我別鉤了，今天沒釣到魚。叫我將釣線用剪刀剪開，卡在鉤上的鱉丟入海釣池裡，沉在池裡的龍膽才開始騷動。「用釣的釣不到，用餵的你們就出來。當我來放生做功德。」他說。

又將一桶鱉倒在土堤上。

「你放生還真功德無量耶。」我說。

牠們爬在土提，往前推往前推，進入水中。龍膽就在水底等著。

我不知道來釣什麼，空氣吧。那些鱉就像是我的代幣，投入池內，能換取一些什麼，很短暫地，掉入深淵。

很悶，不想待在這裡，「去遊藝場吧。」來海釣場的錢不如換成代幣給我，我想但我沒有說。

推呀推呀，是什麼把我跟順生推成我們。

代幣掉入洞裡，他一旁發呆地看，看我沒代幣時就去換，沒去一旁的釣魚機台釣，還在煩惱為何沒釣到那些沉底等吃鱉的龍膽。

「釣龍膽有什麼好玩的？」我問。順生反問我這個有什麼好玩的。我看著前排一隻小熊慢慢前推，小熊是這機台的最大獎。

「釣起來可以換錢，你知不知道？」他說。

「玩這個可以換錢，你怎不陪我玩。」

「不一樣啦。」

「哪裡不一樣，你自己不多釣幾次，釣不到就氣得把鱉拿去放生。鱉賣給放生團體，也能賺錢。你要不要去做？」我說。

「拿五六十塊的鱉換一隻十公斤龍膽，十公斤龍膽能賣個兩三千，你懂什麼？」

投入代幣的速度更快了些，這種遊戲只要代幣夠多自然會中一些；釣龍膽就像賭博，換錢還得看魚的心情，我想到就覺得好笑。

他低頭看著手機，沒幫我投幣。

推幣機將那隻小熊推入邊緣，掉入。機台響起巨大的聲響，他仍在說，而我聽不到。

等到彩券出到一半，音樂停下。我才問你剛說了什麼？他說沒有。

他說沒有。「那只是賭氣罷了。」我回。

「我們去批鱉來賣。」他說。「賣誰？」他說放生團、釣客、海釣場啊。拿了一個佛教放生團的網頁，小鱉有一隻八十元的贖命金。他開始說他買釣龍膽的菸盒鱉多少錢；那裡的小鱉賣多少錢，一轉手就可賺幾倍。

「做生意又做功德，到時候又迴向到偏財。」他投入許多的代幣，投入已無任何獎勵的機台。獎勵鈴響起，「好運就是擋不住。連沒東西的機台都能中大獎。」

我蹲下將彩券收齊。

「幹嘛收，就讓它亂。」他說。直到螢幕上剩餘彩券還有一萬多張，兩疊彩券吐完，工作人員繼續補上。彩券纏繞在我腳踝，我邊笑邊想如何不被絆倒，將這些彩券收齊。

這樣的巧合，讓他覺得我是助他的人，讓這一切都變成轉機。在臭臭的車上，他說他要轉運了，說一句這類的話就轉過來看我一眼，他瘦凹的臉與突出的嘴，迷不了誰。

他輕捏我的手臂，癢得像小鱉的啃咬，是想吃掉獵物，仍無力吞食；他將我的手抓向他的下體，我緊緊抓著，「咬住就不放喔。」他笑。

「等打雷我才放開。」我說。

與他的性，無燈、無光，是縮殼的鱉，是怎樣都不想看清的互相。

「小小的鱉。」我彈他。「咬你喔。」他說

我們咬住互相不放，雷聲已來仍不放口。幾個月過去，我辭職了，靠遊藝場的兌換品上網販賣維生。他一個禮拜幾天工作，幾天跑去海釣，偶爾曠班陪我在遊藝場。對我們兩人而言，這樣的生活跟獨自過差不多。對他毫無依賴，只是齒嘴鉗住兩人的手腳。

想挪開嗎？不要。就算咬的力道很輕，連齒痕都沒有。

第一次來我家。他注意到整房都是遊藝場的兌換品。「你家是湯姆熊喔。」接著說：「我辭掉工作了。」本以為他要開始嘮叨說工作又怎麼了，沒說那些，「我們去載鱉吧。」這樣說話的順生，很可愛。

「光小電鍋就十幾台了。我送妳的那台呢？」往屏東的路上他問，其實我分不出哪一台是他送的那台。下交流道後，轉入山區，導航說著前方三百公尺要轉彎。「這導航有導對嗎？」我問，「就只能相信它，要不然你知道在哪喔。」他說完，我們就聽到目的地在您的左手邊，一間微光的小屋。

車停下來時，說要買上百公斤的鱉，賣鱉的大哥說我們這樣賺不到油錢，開始對順生說哪裡的釣具行買多少量、海釣也有用鱉在釣，順生直直點頭。大哥推銷起鱉蛋，說用燈光照過去裡頭有白點是受過精的，看鱉蛋有兩層顏色也是受精的。不斷地說受精不受精，不斷地問要不要賣，拿去賣給中藥行，或是泡酒拿去賣給周遭的男人。他們拿手電筒照鱉蛋，一直在說，說了很多。

「喝了會很硬喔。」這句話不知道是誰說的。當大哥將那幾桶鱉搬上車，掩上後車箱門，塑膠桶裡小鱉稚鱉分開來放，大小不同鱉爬行磨爪的聲音有輕有弱，很吵很像是推代幣機台，代幣掉落到下一層的聲音，或說是他夜裡睡好睡熟的磨牙。

在車上看他跟大哥聊天，聽不到對話，只聽得到大聲地笑，那種笑聲與在我身旁的笑、被我搔癢的笑完全不同。聊到最後，大哥送他一罐鱉蛋酒，兩人轉頭看我，他露出牙齦要啃咬我的笑。

「那罐是什麼？」我問。「酒，有受精的鱉蛋酒。」他把酒拿給我，用手電筒照瓶內的鱉蛋，我看到白點，我繼續裝做不懂。車燈照著他倆，辨認不出哪男人是好是壞。

「他有問你要買來幹嘛嗎？」我問。

「生意人哪會問那麼多，我說我賣給海釣場啦。」「喔。」我回。

「怎可能跟他說要賣給護生園區，他來搶我生意怎辦。」

「護生園區最好不會自己來找，這種事業沒有對手我才不信。」

「不會有人收鱉去放生啦，護生園區聯繫好了。護生園區的池，還養鱸鰻什麼的。我都跟他說我是在養鱉的，鱉場要清池沒地方放鱉，給他當飼料。」

「鱸鰻吃鱉，鱉被吃光了，又會跟我們買。」我回，他捏了我鼻子。

車回台中，「這放生等於放死耶。」我說。

「哪一種放生不是，將巴西龜丟到河裡、魟魚放到淺灘……」順生說了一堆。

「有罪惡感喔。」我說。「怎可能會有罪惡感。阿彌陀佛，跟著唸。」回程放起心經，是在催眠，我睡不著，後車廂的幼鱉稚鱉爬行或啃咬塑膠桶的聲音，越來越大；整車都是那些鱉的池藻味，類似土腥。這車依舊是順生的模樣，擋風玻璃前矖成白色的檳榔盒、名片、用過的衛生紙，車上的塑料都是菸油，摸起來跟他的臉相似，味道卻不一樣了，我喝了一口鱉蛋酒，咬破一顆酒熟的鱉蛋，有草腥水味加上雄性的味道，吞下。我沒有跟順生說鱉蛋酒的味道跟後來的嘔吐，因為我們是笑著的。

到了台中，他掀開那一桶桶的鱉，將一桶體型較大的稚鱉倒在幼鱉那邊，多添秤頭多賺一點錢也好。「不用打冰、不用水，甚至不用給食物，牠們餓個一天不會死。」他說。

「不知這些鱉歹命還好命。」我說。

「跟我們一樣，都是要賣的命啦。」他說。

我睡沒幾小時，澡不洗，躺在他床上睡意很深，卻在他的懷中淺眠。他的鼾聲磨牙與車內的那些鱉重合，是吃食咬合、是物與物的摩擦推擠。天一白這房間變成了淺藍，夢變成雜訊，「起來了，起來了。」我將他的腿推開。

一開後車門，我只見幼鱉的那桶，混入的稚鱉不知多少隻沒了頭沒了手腳。鱉的血是紅色的，不見的器官都跑入幼鱉的胃，流的血溶在尿液唾液。

「很多稚鱉被吃掉耶……」「沒差啦，反正都在幼鱉的肚子，還沒拉出屎，就算拉出屎都一起秤。」

被吃掉的稚鱉，只留下殼與內臟，說不定心還在跳；不仔細看他們像是活的，只是身體都縮進去。

賣給立菩薩雕像的護生園區，園區賣給信徒。鱉進了園區的池，不一定會活，這裡的池有大鱉、有鱸鰻。向我們買鱉的師兄（順生都叫他師兄）看了那幾桶比較大的鱉，「菸盒鱉要不要？」順生說，師兄說菸盒鱉太大，怕鱸鰻不好吞。師兄從幼鱉桶裡，拿起一隻稚鱉，說大隻的長得太醜，這種小小可愛的才好賣。順生發現那隻稚鱉，頭腳都沒了。直說阿彌陀佛澎肚短命。阿彌陀佛迴向給鱉，澎肚短命迴向給我們。

師兄問我們，那些賣給他們的稚鱉有沒有互相殘殺，打開每一箱檢查，檢查個一二十隻就當作全部都沒事了。鱉桶搬到護生池前，將鱉放在飼料販賣機下，旁邊寫著放生鱉一隻一百元，放生功德無量。那些稚鱉一隻踏著一隻，疊也疊不高，沒能逃出鱉桶，都等待著護生的客人帶他們到極樂世界。

順生拿起一隻無頭無手的鱉，丟入護生池，池水變得混濁。他覺得這是放生，雙手合十說阿彌陀佛。

途經上次釣龍膽的海釣場，門口寫「禁止放生。」

「就是在說你。」「我是餵龍膽吃飽耶，這樣比較難釣，他們更賺。」

順道進去問海釣場要不要鱉，順生吃鱉了。

一場一場的問。甚至停在海釣場外面，跟賣水果的一樣，上面寫著「龍膽利器：菸盒鱉！」我們賣一隻八十，有幾個人買，大多數人都沒有用過，我將鱉上鉤，裝在黑色不透光的塑膠袋裡送給沒用過的客人，「這麼殘忍喔。」客人看塑膠袋裡三隻鱉說。

「你用看看，沒用來找我。沒有釣到也可以當鑰匙圈喔。」順生拿出一隻勾好的鱉邊甩邊說。我們沒等到那些客人釣上龍膽換了錢，來跟我們說好不好用就北上了。

往北一點的巨大風扇下，停在沒人騎的自行車步道，有幾家會買鱉的海釣場，我們在那裡賣了幾十公斤的鱉，一公斤只賺二十元，虧都虧死了，「第一趟虧不是虧，下次載多一點來賣就好。」回程的路上，都是那些要訂貨的釣客。「唉唷，用鱉釣龍膽，很咬喔。」客人說。

「大哥，你都中幾公斤的？十公斤上的嗎？好厲害喔。」我裝嗲地說。那些客人又訂了許多，甚至原本不打算買的海釣場都打來訂，回程繞到護生園區，我細聲地問師父：「還要多少呢？師父。」「還要還要。」順生將那些鱉已護生，業已無鱉的空桶收回。

稚鱉活了多少隻，又賣了多少錢。如果可以，我想買一桶來放生，將鱉一隻隻排隊入池，在後方用掃把推入。

推、推、用力地推，直到濕土都有掃把的痕跡，掃過的痕跡蓋過稚鱉淺淺的腳印。

推、推、用力地推，代幣疊成層層，直到後方的推耙無法推動，堆滿的代幣崩塌掉入前方小小的洞，塞滿小小的洞，彩券出到無法出。

只是夢而已，我醒在夢裡彩券纏繞到我腰間時，順生的腿壓得緊緊，我動不了。晚上八點的手機震動，寫著載鱉喔。拍拍他，我輕輕咬他的手指，沒醒續睡。一聲雷響，窗戶震動，他嚇到把棉被蓋住頭、縮頸，在我嘴裡的手指，我咬緊不放。他喊痛，哪有雷響時鱉不收口的道理。

兩人生活過了幾個月，錢多了些，我笑他是稚鱉變成大鱉了；他笑說這樣才能養我這隻，養得肥肥的。鱉會吃同類，但我跟他是誰吃誰，誰餵食誰呢。我吃來吃去，餵養起肚裡有微小心跳的人，偶爾，我會用手電筒照照一兩個月的肚子，沒有白點。「變胖喔，這樣照不會縮小。又不是縮小燈。」他說，他不會發現，我不要他發現。

如果他不要，他會把我肚裡的稚鱉拿出來，醃或釀，或許不會；或許還能丟到護生園區的池內放生。

賣鰲可以賣一輩子嗎？我答不出來。賺的錢，我們存了一半，另一半換成代幣，兩三藍滿滿的代幣，又換成彩券，彩券換成獎品。我以前的家，變成倉庫。我喜歡一個人整理獎品，以前轉賣這些，從未算過成本與毛利。順生算過，玩什麼才是最賺的，他叫我不要再玩推幣機，而是挖礦機或是跟他釣史前巨鯊的遊戲。「你真的很自私耶，只帶我玩你想玩的。」我說，他冷眼看我，「推幣機有什麼好玩的，推來推去而已。」每種遊戲都可以說成只是什麼什麼而已，釣魚機也只是釣魚。

「這麼說還有什麼好玩。」

「為了玩，為了賺錢，為了我們。」他仔細地記起哪個遊戲效率最高。我只想無腦地玩推幣機，一枚一枚幾秒就過去，時間過去我沒有變，有沒有中彩券，不那麼重要了。賣鰲的錢夠我們生活，我不懂順生為何那麼在意彩券能換多少錢。

「把獎品便宜賣一賣，就能賺個五六萬吧。」我拿出以前的價格本，笑笑地看著順生。

「妳就照我的價格賣就好。」他說。偶爾他會碎嘴，叫我獨立一點，我每次都回有啊，我很獨立呀，要不然怎麼自己過到現在才遇到你。

「什麼都要我用。」他沒說的是妳獨立個屁。

我跟他說我可以自己去載鱉，他笑笑不回。「我可以的。不是說你要去享樂嗎？去釣魚呀。」我說。那晚，他問我去哪了，我回照一張南下的號誌牌。他才說：「要讓妳獨立，要不然妳沒有我怎麼辦。」

屏東收小鱉，前鎮、安平收小章魚，沿路幾個港口收上來，幾個港口沿路放。

「你男人咧？」養鱉場的大哥問。「沒來耶。」「是不是男人啦？還是喝太多鱉酒被妳操壞呀？」大哥笑的臉跟順生很像。

「只有我喝啦，順生哪敢喝那種東西，有個味道臭腥他哪敢喝。」我說。

「唉唷，敢喝的女人不容易喔，我的特別好喝，你要不要喝。」大哥說。

「吃屎啦。」我回，「你要喝我的，我還不一定要咧。」大哥拍了我的手臂一下。拿了一罐鱉蛋酒給我，我跟他要了幾顆鱉蛋，鱉蛋要拿回去煮。

「鱉蛋酒要多喝喔，滋陰補陽，對啦，我的不喝，喝順生的也行。」大哥繼續說，說多了就不好笑。「大哥，拜託，鱉啦，你是賣酒的喔。」將後車廂打開，幾桶鱉的重量讓車低了一些，車燈照著大哥他指揮那些外勞搬貨。他不時轉頭看我，就只是一般的笑，我放下手煞車，更催促搬貨快一些，鰲桶堆滿後車廂，後照鏡看不到後方。打N檔，踩油門。大哥嚇到後退。

「妳怎麼跟順生這種人搭上的？」大哥問。「怎樣也不會搭上你。」我心裡想的是怎麼會有人喜歡我這種人，便發動了車，往國道駛去。

順生問我在哪，屏東。他說話的地方很吵，我問他在哪？他說遊藝場。

「都不等我喔。」

「玩釣魚機是在工作。」他說。聽到投三枚代幣可以下竿喔的電子女聲，我就模仿起投代幣可以修竿喔。他回你煩喔。沒什麼好聊，電話擱在那，聽他笑、聽他拍打機台。

雨更大了，雨刷撥到最快，雨水與車窗上的油脂髒污，沒被撥開是抹散，只比模糊清楚一點。邊開車又撥了一次順生的電話，那頭的聲音像是打在車頂的雨滴，他只說蛤蛤，聽不清楚。我聽到了，換代幣、釣魚機中魚、太鼓達人、又或是順生還在電話另一頭蛤蛤說打來幹嘛，這些聲音在耳道中相互推擠，「打來幹嘛啦，好好開車啊。」「妳那邊下大雨喔，很吵耶。」往前推擠，推擠到滿，開始掉落。

順生沒有掛電話，沒有繼續講下去。後車箱的鱉搔爪著塑膠桶，想上爬。前方事故，所以回堵。「塞車很煩。」眼前的車燈都打成雙黃燈，每台車內都響起答答響聲。鱉疊羅漢式地爬，發出答答響聲。

「如果有幾隻鱉爬到桶子上方，會怎樣呀？」

「蛤？」他沒聽到，我沒問第二次。

「牠們爬不出來。」他說。緊急煞車，鱉桶側翻。

「喂，鱉灑出來了怎辦？」我問。「撿呀。」他說。

幾片高麗菜葉與一點點的水混尿，與鱉一同灑出來。悶久的車室，變成鱉生活的濕與土味，一開始以為只是下雨的氣味，更酸一點，更像順生的汗味一些。到家時，順生在家，他沒問那些灑出來的鱉怎樣。

「還順利嗎？」「嗯。」「生氣喔？」「沒有。沒有啦。」

叫我閉眼，他說有禮物要送我。不是生日禮物。當我睜開眼時，只是十多疊的彩券，一疊四千張，他說。「妳看妳去載貨，我換那麼多給妳。妳明天自己去載貨，我就換更多給妳。」他講話的方式就只是當成小孩哄騙我。「又我自己去喔？」說要獨立的是我自己。

「這些都是錢唷。」我裝成高興地說。他拿彩券繞住我的眼，彩券不是相片的膠卷，眼前什麼都看不到。頭扭轉拉扯，彩券斷裂；我報復，拿彩券勒起他的脖子，無法呼吸，我放掉，他掙脫。「要我死喔？」「爽嗎？」我說。「爽。」

「明天送完，想去釣魚嗎？」我問。他只是打開魚鉤的盒子，裡頭沒幾個魚鉤了。

「可以是可以，不過，我又釣不到，去幹嘛？」聽到他這句話，明天不用買魚鉤了。魚鉤鉤過鱉時，鱉的模樣很可怕。牠們的嘴總像是微笑，張得很大，本以為是痛才張大。當鉤好時，懸在空中，嘴就閉上了。懸在空中時，一定更痛吧。異物穿入，嘴巴學起人說不要嗎，還是對我們說釣不到啦，穿過我的身體幹嘛。

順生說他餓，我煎了鱉蛋，煎鍋中卵黃圓圓卵白少少像是鵪鶉蛋，熟了就見不到代表受精的小白點了。順生開了那罐他不會喝的鱉蛋酒，手指沾了些，便歪嘴笑起又打了呵欠，伸長脖子，閉上嘴的那刻跟嚙咬無異。他吃了所有的鱉蛋，捏我小腹腰邊的肉說：「這是懷孕還是胖？」我想睡了，長長的呵欠，脖子拉長、挺腰、乾嘔，拉起他的手撫起小腹，這裡有小小的鱉。順生笑起的嘴很歪。

早上還是下雨，暖車時我將雨刷打開，他坐在副駕駛座叫我載他去遊藝場，雨刷將窗戶刷得更髒了。我打開後車門，昨晚倒翻的鱉，不知去哪裡了，是不是躲在駕駛座下方呢？我沒有彎腰下去找，連彎腰都有點懶。「好好送，開車小心。」順生在遊藝場前對我說，下車後，他拍拍車窗。他將鞋底踩扁的鱉拿給我看。

「逃出來啦，還是要被我抓到。」他將扁掉的鱉丟在路旁。

我停在路旁，想說用手一把把抓起在副駕駛座、駕駛座的鱉。

幼鱉的頭伸長，咬起我的手，那已不是稚鱉的癢，是能感受到倒鉤的嘴喙，卡進沒什麼肉的指掌。

下意識甩開掉在後座的地上，牠又爬進去陰暗的凹槽間，打開手電筒看駕駛座底部的鱉們，牠們依舊想向上攀爬。副駕駛座的鱉們，就待在那。鱉的臟器那麼小，還是仍看到腸胃、血紅的肝。

被咬的地方好痛好痛。

被鱉咬到，得等雷響；鱉場大哥曾跟我賭過大鱉一次可以咬斷幾隻筷。

好險是小鱉。「咬住就不放喔。」咬住順生的我說。

「你不用打雷就會放開了啦，等你嘴酸還是等我變小啊？」他搔起我的癢，我反而咬得更緊，他痛了，搥打我的頭。分不清楚輕還是重，齒顎鬆了些，他舒服了些，不再搥打。後來，我頭痛得像是春雷悶雨不下衣服潮濕的體膚。

就算如此，我彈了他變成衰弱的小龜，我看過幾隻，但其實更像鱉一點。咬住不放的是我還是順生，到現在也沒差了。

那些在駕駛座的鱉，幾隻爬到駕駛座地墊上，我踢了回去。想想怎麼處理這些，邊送出後車廂那些活鱉，搬給護生園區的，隨口說聲阿彌陀佛，只聽到冷笑與池中的水幫浦打氣的聲音，邊想邊開，問問順生怎麼處理。

「掃出來啊，你怎麼這麼蠢開到鱉桶倒光光。」他投入代幣到我玩的推幣機，看著上方代幣掉落，推擠，下方代幣掉落。

「你幫我嘛，我還被牠咬耶。」小小的傷口，痂還鮮紅。「這誰沒被咬過，我們玩完再去處理。」我們一籃一籃地玩，換成一捆捆的彩券。「你知道我為什麼不釣魚了嗎？」順生在中大獎時對我說。

「蛤？為什麼？」

「釣魚又不是都能釣到，就像是賭博啊。你看這個，投多少沒中，你就投更多就會中了。」他說。

我們忘了待在座位底下的鱉。

等到又要去載鱉，整車發出腐臭，懷孕之後我不覺得這樣的味道噁心，卻不想清理座位下方的鱉。「生，你可以來幫我把死掉的鱉用走嗎？這樣臭到我不能去拿貨，求你嘛。」他只發出像是鱉死前的咿呀。戴了好幾層的手套與口罩，他挖呀挖，挖出來的鱉，互相殘食，無頭或無手無腳，幾隻已成乾，「乾了能不能當中藥材。」順生說了個只有自己笑的玩笑。

將死去的鱉放入垃圾袋。

「今晚別去收鱉了，我們去釣魚吧。」他說。我們去了釣具行，買了鉤。餌料呢？他甩甩那袋死鱉。

他沒下竿，將那些鱉放在龍膽池邊的土堤，像是活的，一腳一腳地撥入，烏黑色的水池中，那烏黑色的口中。

「會死，石斑吃這個會死。」他走得輕快。「走啦，遊藝場啦，明天再去載鱉。」他說。

海釣場很安靜，水幫浦的聲音與那池龍膽搶食的聲響，那兩種聲音沒人能分辨得出來。吞下的不代表能轉換成什麼。咬得緊緊的不代表捆住或是傷了什麼，咬久煩了就會對任何聲響敏感。我乾嘔，順生以為是車內的腐臭讓我不適，在路旁拍拍我的肩膀，我甩開他的手。「妳有了喔？」他說。鱉產卵時，會找尋蔭濕的沙坑，產下蘊久的卵，而我產卵的處所是他悶熱的房間。「大哥，鱉蛋酒有用喔。」他打電話給鱉場大哥說，但他沒喝，都我在喝。他會拿手電筒照我的肚子，透光的肥腹有無兩層色澤。春雨響雷，車上的兩人，他摸起我的肚子。

「打雷，鱉真的會鬆嘴喔。」我咬他的手說。

一人一台推幣機，我總算覺得這種機台無聊了。我跑去釣魚機，拋出虛擬的餌，晃動釣竿假裝魚在游，往那隻只有順生釣過（最近復活了）的魚去。身體與釣桿晃呀晃，順生走了過來，從後方不斷地頂住我的背，說這樣釣才對。我捏他，魚已跑遠。他拿了一大疊彩券說，這樣買妳夠嗎？「無聊。」我回。

我又拋了一次竿，換了虛擬的活餌。當那隻龍膽咬住時，釣竿不斷震動，順生跑過來不斷投幣、不斷地按下電擊鍵，想將魚電暈，電的聲音是雷聲，響呀響，直到魚鬆口，變成炭灰，一旁的人都笑，電太多次了。投了更多的代幣，釣起那池中所有的魚，投了更多的代幣，讓推幣變成沒東西可以推。他咬住了些什麼，就不會放吧。他將彩券能換成最沒有價值的玩偶，說要換給我孵在肚裡的小鱉。肚裡的小鱉黏著臍帶不放，何時會脫落，是少雷聲的冬天，或是這幾天的春雷，我不知道。明晚我又要一個人開車，我查了氣象預報，無風無雨不會有雷。能讓鱉鬆口的雷聲，是悶是響？我好想知道。

林黛嫚

滿街抓娃娃機，許多在其中消耗生命的世間男女，作者寫出了台灣社會某些畸零現象。如以遊戲為業的故事主角們，推推推，推物品入洞換取彩券，消耗時間，用菸盒鰲釣龍膽石斑，敘事者想像「將鰲一隻隻排隊入池，在後方用掃把推入」，鰲生也似人生。

作者寫作風格十分大膽，本作處處寫實逼真，從題目開始就突破許多常見的創作，而敘事腔調也尖銳到位，讀來雖偶感畫面血腥令人難受，卻也不得不佩服作者的才華。

佳作

蔡曉玲

一九八六年生，來自砂拉越古晉，定居於吉隆坡。現任馬來亞大學中文系高級講師、馬來西亞華文作家協會理事。寫小說與散文，曾獲花蹤文學獎散文首獎。

●得獎感言

古晉是貓城，地標是貓。有人說是因為貓很多，也有人說是因為鳥瞰圖呈現了貓的形狀。我也沒有去搜尋根源，畢竟世界是用來感受而不是用來理解的。

小說要獻給從小陪伴我的貓們。還要感謝主辦單位，感謝評審，感謝楊隸亞。

貓城

1

當我駕著車在路上等紅綠燈看到電線桿上一整排停棲著的麻雀時，我想起了那一整排蹲坐在木橋上看著我的貓們。其中有一隻是家裡正在懷孕的黑白色母貓，其他是附近的貓。

那已經是小學時候的事。我覺得故事要從這個時候開始說起。

每天傍晚從學校走回家，要抵達家門之前有兩條路可以走。一條是捷徑，先拐入一家教堂旁邊的小路。教堂後面有一塊草地，從草地到我家有一條大水溝，走過長長的木橋，就會抵達家裡的後門。雖然是捷徑，但我並不喜歡走。草地上有很多一不留意就會踩到的貓屎。貓屎很臭，鞋底要洗很久，曬過之後依然還有一股貓屎味。

另一條路卻有另一條路的問題。

沿著大路走到盡頭，從兩間排屋中間的走道鑽過去，就會走到家裡的大門。不過大嘴巴男生有時會趴在他們家陽台外的屋頂上，當我穿過排屋中間的巷子時，他就會用玩具槍射我。玩具槍的子彈是塑膠製作的，即使不會刺穿我，卻還是痛得不行。而且我怕他射中我的眼睛，我可不想變成一個瞎子。有一次他們家的老奶奶在院子澆花，我跟她告狀，但她說大嘴巴男生是弱智的，講道理根本講不通，只能沒收他的玩具。他沒有了玩具槍，卻改用口水瞄準我的頭頂大大口地吐下去。我只好放棄這條路。

家後面那條木橋我天天上下學都走，我發現這條橋變得越來越瘦。走過的時候我甚至可以想像自己就是走鋼索的女孩，用跑的跑過這條橋會覺得很有成就感。那天我就是跑得太快了，才會整個人踩進大水溝中。那些愛好熱鬧的貓全走到橋上看著我。躺在水面上軟軟的綿綿的，我看著天空橙紅色一片，非常漂亮，幾乎是美術課老師會貼在牆上的畫作。

貓們一開始是蹲著的，時間久了還全身坐下，不再瞪大眼睛看我，反而瞇著眼歇息或望向遠方。但一直都沒人發現我，橙紅色滲雜了越來越多的墨色，眼看天就要黑壓下來了。校工在校門口催促大家的口頭禪是：趕快回家趕快回家，天黑了很危險。

母親忙於照顧不斷出生的妹妹，她根本不會來救我。我努力站起身子，手緊抓著大水溝旁的草嘗試攀爬上去。我掉了兩次，全身泥巴濕答答的。我改換別的方式，雙手舉起猛力跳起來抱住木橋。貓們嚇得四散開來，我終於爬上木橋。

回到家裡，趁母親背著我炒菜時趕緊進入浴室洗澡，換上居家服。校服上的泥巴怎麼洗都洗不乾淨，我用黑色塑料袋包起來，悄悄丟到門外的大垃圾桶去。之後我只有一件校服，一定不可以再掉入大水溝了。母親說過，一件校服可以穿三年，我很快就要升上四年級了，四年級可以買新的校服，我只要多忍耐一些時間，很快就可以熬過去的。我把洗好的校鞋塗上增白液，鞋子倒是拯救回來了。

母親煮好菜後就要幫三個妹妹輪流洗澡。她從最小的小妹開始洗。

家裡面也有一條水溝，很小的一條，橫越在廚房與客廳之間。一旦有人洗澡，就會從浴室的水溝一路排出泡沫到外面來，兩個等待洗澡的妹妹就跟那些貓一樣蹲在水溝旁，用手指去戳破那些泡沫。她們倆是雙胞胎，好像任何時候都會做一樣的事。我在更小的時候其實也和她們做類似的事，可是一旦看到她們這樣做，我卻覺得很髒，而且很蠢。因為那條水溝除了會有看起來像彩虹一樣繽紛的泡沫，也會排出小妹的尿，有時坐在客廳吃飯也會聞到一股尿騷味。

家裡的母貓也蹲在水溝旁喝水，我看牠都會小心避過泡沫，不過就算牠食物中毒了，也沒有人會帶牠去看醫生的。幸好牠會自己去找草吃，我常看到牠在草叢中聞一聞挑草來吃，吃完了吐一吐就好了。牠已經活了那麼多年，還是這麼健康地活著。或許貓真的有九條命也說不定。

我一個人先吃飯，家裡的飯桌太小了，我們從來都不會一家人一起吃。不過週末的晚上，我們倒是會一家人一起看電視。電視裡的豆豆先生抱著一個像嬰孩一樣的泰迪熊走來走去，他小氣地跟女友計較金錢，卻浪費地一天換一顆燈泡，因為睡前他都直接用手槍射破燈泡睡覺，從來不起身熄燈。豆豆先生用肢體表情搭配不時發出的情緒語氣就可以讓所有人明白故事在說什麼，不諳英文的父母和還沒入學的妹妹們也看得懂，全家一起看得笑呵呵。

我想，客廳裡那台電視大概是這個家裡我最喜歡的物品吧。

2

一如既往，是粥的氣味把我喚醒的。母親在廚房煮粥，她會把昨夜的剩菜剩飯加水，再加上豬肉去熬煮。那是一種非常油膩充滿肉的氣味。

父親在浴室洗澡，我沒有浴室可用。我領著小塑料杯子蹲在外面的小水溝旁刷牙。我一邊刷牙一邊想吐，從內裡嘔出酸液。我吐出來的泡沫和浴室流出來的肥皂泡沫混雜在一起了。我胡亂刷過，用杯子內的水漱漱口就結束這每日早晨必須進行的儀式。

母親去叫雙胞胎妹妹起身，她們終於要上幼兒園了。

我坐到飯桌前，飯桌上放著母親已經幫我盛好了的一碗粥，粥的表面有一層亮亮的油光。我又開始想吐了。粥燙燙的在我的口腔，我趕緊吞下去，已經吞進去了又吐出來，我的嘴腔飽飽的扁扁的飽飽的扁扁的像魚鰓一開一合。一碗粥怎麼吃都吃不完。

母貓在我的腳下不時站起身用肉掌搭我的大腿，示意我。我在粥裡撈出豬肉塊丟給牠吃。

當母親回到廚房看見我還剩下一大碗吃不下的粥時總會說：「吃得比貓還少。」

她不知道，其實貓吃得比我還多。

天朦朦亮起來，母親遞給我一個便當盒，我便準備要走路出門去上學。輪到雙胞胎妹妹蹲在水溝旁刷牙，她們會逐漸加入我的行列的。而母貓吃完豬肉塊已經瞇起眼睡在家門前的擦腳墊上，我忍不住羨慕，蹲下搔一搔牠的下顎再出門。

不過，還是有好事發生的。我終於換上新的校服了，邁出家門時感覺鬆了一口氣。陽光照在我天藍色的校裙上，無論是真正的天色還是校裙的顏色都看起來天氣很好。舊的校裙穿了三年，買來的時候是一條過長的裙子，母親把裙腳折上幾圈縫起來。之後每年會拆線落下一兩圈，再縫上，裙子的長度又恰巧地落到膝蓋上了。即使裙子的長度是剛好的，校裙的藍色卻總是越來越泛白。我是膚色深的人，這樣的配色太強烈了，我很怕引人注目。

四年級正式進入需要衝刺全國考試的高年級，班級會被重新打散，根據成績再分班。我被分到全級最好的班上去。我好像是有點小聰明的人，沒有補習，考試成績還是不錯的。

級任老師直接點名每年全級考最高分的一個女生當班長。

她笑起來有漂亮的酒窩，馬尾綁得高高的。我懷疑全班男生都暗戀她，老師宣佈她是班長的時候，似乎打破了男生們長假後開學的鬱悶。我初次在一個班級裡聽到那麼熱烈的歡呼聲。

男生坐一排，女生坐一排，再根據身高排列前後順序。她坐在我的前面，我每天都面對她馬尾上綁著的吉蒂貓。她非常喜歡吉蒂貓，還給自己取了一個英文名字叫吉蒂。她的書包筆盒水壺上都印有吉蒂貓，甚至橡皮擦就是一張吉蒂貓的臉。她跟我說，父親每年都會帶她去日本旅行，這些都是日本買的。日本買的才是正版的，不是假貨。

午休時間吉蒂會召集班上幾位女同學聚在一起聊天，被邀約的人會感到受寵若驚，至少我是。吉蒂從不帶便當，我每天都幫她隔著學校籬笆曬太陽排隊買漢堡。一開始她對我從家裡帶來的便當很好奇，我打開的時候她會湊前來看。天天都是兩顆水煮雞蛋，她問我要不也買漢堡吧？我說不要，我不吃漢堡。其實我的零用錢根本不夠買漢堡，我只是樂意為她效勞而已。

我們熟絡了以後，她晚上經常打電話來找我。

她的父母離婚了，她跟母親和外婆住在一起，跟父親很少見面。她恨自己的母親，她說母親做保險賺很多錢，但經常帶不同的男人回家過夜，那些男人每次看見她都愛說她跟母親長得一模一樣，所以她連那些男人都一起恨。他們怎麼不去死一死，她說到激動的時候都會這樣下結論。

我其實只能簡短不帶內容的回應她，像「嗯嗯」、「哦哦哦」和「天啊」這一類，因為我的全家人都在客廳坐著。即使家人不知道我們談話的內容，但周遭的環境還是不斷干擾著我。父親看電視新聞播報的聲音，母親哄小妹的聲音，妹妹們打鬧的聲音，這些都讓我無法專心。父親有時還會大聲吼我掛電話，我佔線太久了，他要打電話去買彩票都不能。電話筒另一端的吉蒂像是聽而不聞，還是自顧自的說話，我常被逼打斷她，跟她說不如我們隔天去學校再聊好嗎，然後匆匆把電話掛上。可是有時當父親把話筒拿起來後又會再喊我一次，因為她根本沒有掛上，只是放著，也不回應父親的話。我只好接過話筒，拜託她，她才會一言不發地掛上。

不過隔天在學校看到她，她又一副若無其事的樣子，用快樂昂揚的聲音回應老師的問題，午休時間約我和幾位女同學聊天說笑。晚上隔著話筒她卻會變成另外一個人，像蜘蛛吐絲一樣不斷對我吐露祕密，越來越多的祕密，我甚至懷疑她只是把我當成一本日記簿，或長大後我學會的一個文藝的詞，樹洞。話筒就是她的樹洞。她一直對著話筒不斷不斷地傾吐。

3

吉蒂要生日了，其他女生私底下計劃著要送她什麼有關吉蒂貓的商品。我沒錢買這些東西給她，但我想也許我可以送她一隻真的貓。

家裡的母貓生了一窩小貓，其中一隻是混血暹羅，全身白，眼睛是藍色的。那真是一隻很美很美的小貓。我常將我的上衣作為一個搖籃，把牠放入我的懷抱裡睡。母貓在旁看見也不介意。小貓哭的時候我再趕緊把牠還給母貓就好。

我把這件事告訴吉蒂。她很開心，提議一起翹掉星期六學校的課外活動，跟我從學校走路回家領小貓。

我猶豫了片刻。

我不曾帶朋友回家，父母也從來不會在家裡招待別人。我們的家即使是農曆新年都是家門緊閉的。父親不用上班，他會買汽水回來，母親會炸雞翅膀。我們在家裡吃這些平時不常吃的食物，看電視節目，這就是我們的過年。

我們的房子原本是一家修車廠。父親是這家修車廠的員工，後來修車廠老闆因為上雲頂賭博欠高利貸要跑路去避風頭，他拜託父親幫他暫時保管這裡，之後卻一直都沒回來。失業一段時間的父親沒錢還房租，加上那時候我已經要出生了需要奶粉錢，他和母親便決定把這裡改建成我們的家。所以在法律上這裡並不屬於我們，如果被太多人知道，可能會遭遇預想不到的危險。

但我最終還是答應了吉蒂到我家。最主要的原因在於，我覺得她跟我說了那麼多的祕密，我似乎應該跟她交換一個，這樣才公平不是嗎？

我選擇帶她走大路，我們沿著大路一直走到排屋中間的巷子前。大嘴巴男生果然還是趴在屋頂，我本想大聲吼他、嚇退他，誰知他僅目瞪口呆地盯著吉蒂，完全沒有要作弄的意思。吉蒂已經習慣了男生見到她的目光。她對他露出燦爛的笑容，但依在我耳邊說：「真是白痴。」

我點點頭，對，他是白痴。沒想到白痴也懂得辨識美女。

我帶著吉蒂走入我家。一進大門先是廚房，我發現吉蒂一直盯著飯桌看，我懷疑她想知道我們家平時吃什麼。我慶幸有菜罩蓋著。

跨過水溝來到客廳，那時候母親正抱著小妹和雙胞胎妹妹一起坐在客廳看寶萊塢電影。吉蒂很大方地跟母親打招呼，直接坐在母親旁邊的塑膠椅子上逗小妹玩。雙胞胎妹妹很好奇地盯著她看，我感覺她讓我們闃暗的小房子變得熠熠發光。

我跟母親介紹她是我們班的班長，也是我們全級第一名的學生。我發現自己越說越起勁，簡直像是在炫耀我自己了。母親突然指著她衣袖上一塊藍色四方小布問說：「你家裡有白事嗎？」

吉蒂愣了一下，說對，是外婆去世。

她沒有事先跟我說這件事。母親問了以後，我們所有人都變得十分沉默，一起望向電視。寶萊塢劇中的男女又在樹林中穿梭跳舞了，我忽然好希望那些人不要唱歌。

小妹終於放聲大哭打破了沉默。

「奇怪，怎麼好端端會哭呢？」母親邊安撫小妹邊低喃自語。我懷疑母親有言外之意。

吉蒂馬上站起身說要告辭了。我才想起今天她來的用意，我們似乎都忘了貓。

我跑到家後面放廢棄汽車零件的角落去找貓。我挪開一兩件零件，果然看見小貓們。小貓喜歡睡成一座貓山，彼此的身體蹭來蹭去，我小心翼翼把小白貓從貓山中掏出來放入一個紙箱子中。紙箱子戳幾個洞讓小貓在裡面可以呼吸，我再用膠紙把紙箱子的封口封好。

小白貓在紙箱子中不斷往上爬，喵喵叫個不停，幸好母貓出去晃蕩了不在家。我抱著紙箱子陪吉蒂走路回去學校，她母親之後會來接她。我在校門口鄭重地把紙箱子交給她，我忘了自己有沒有跟她說「以後就讓小白貓陪你了」這種煽情的話。可是我記得小白貓叫得非常大聲，就像所有新生嬰兒的哭聲，讓我落荒想逃。

我回到家後，看見母貓正在屋後躺下餵小貓喝奶。貓數學不好，牠沒有發現小貓少了一隻。

母親在飯桌前跟我嘮叨說吉蒂家裡有白事，我怎麼可以帶她上我們家呢，不知道這樣會讓小孩招惹到髒東西晚上睡不好嗎？

我聽著聽著就委屈的流下眼淚。雙胞胎妹妹看我哭反而在旁嬉笑。我很想大喊母親，叫她別古板了，就是她這麼古板才會需要一直生，求神拜佛的一直生，但生來生去還不是生不出一個弟弟。

4

我懷疑吉蒂背叛我。

當我幫她買好漢堡回到教室的時候，她和那一群女生瞬間肅靜。我問她們在聊些什麼呢，吉蒂說在聊不重要的事情。

「那可以告訴我嗎？」我問她。

她說不行，因為講的是我的壞話。她說完後大家都笑得很開心，但依然沒有人告訴我她們到底聊了什麼。

我衝到廁所去吐，把早上吃的豬肉粥都吐出來了，整個嘴腔充滿肉的氣味。我一直待在廁所沒有出去，我不斷地嘔吐，再也吐不出任何內容卻還是想吐。我連書包都沒拿，便直接從學校籬笆破了一個洞的地方穿出去，走路回家了。

那天晚上吉蒂還是照常打電話來找我，我在房裡病懨懨地睡著，跟母親說我不要接聽。

在那以後班上女生看我的樣子就變了。

午休時間我不敢待在教室，我怕聽到我不想聽到的對話。我總是想吐，只好躲在廁所裡。但學校的廁所真的很臭，可能低年級的學生上廁所都不會對準馬桶，還有糞便沾在馬桶旁的踏腳瓷磚上，沒有沖洗乾淨。

天天這樣，好像我全身上下都散發出讓人作嘔的窮酸味。曾經還有人走過我的座位時直接問我，為何我身上總有一股屎味，頭髮那麼油膩早上都沒洗澡嗎。可是問這些話的人並沒有壓低聲量，周遭聽見的人都在笑。吉蒂即使背對著我，我也可以看見她側面深陷的酒窩，似乎也在笑。

我放學走過家裡附近的教堂時，忽然想進去看一看。

教堂內有一排一排長長的木椅子，我坐在其中一張長椅子的邊緣。椅子上放著一本聖經，我拿起來聞，有一股香氣。我不知道那是什麼味道。我曾經在電視上看到有人在教堂念誦玫瑰經，我那時認為這就是玫瑰經。

我坐了好長一段時間，後來有一個人坐到我面前。

我問他是不是神父。他說不是，他是牧師。

牧師跟神父有什麼分別？

「牧師可以結婚生小孩，神父不能。」他簡單地解釋，他說自己有兩個女生，年紀跟我差不多。

「那你會覺得一定要有兒子嗎？」我問他。

他說不會，女兒跟兒子都好。聽他這樣說，我就覺得他是好人。我跟他說好友背叛我的事。

他跟我說：每個人都有罪，我要試著原諒。

牧師送了那本聖經給我。回家後我把聖經藏到枕頭下，我希望我能夢見玫瑰花園。

吉蒂還是經常打電話到家裡來，不過我都請母親轉告她我不在家。

不用聽吉蒂講電話之後，我倒是聽見更多家裡的聲音。比如我聽見剛上幼兒園的雙胞胎妹妹跟母親提到學校同學都有卡通造型的橡皮擦，生日的時候還有彩虹顏色的棒棒糖，而且學校可以幫忙訂購朱古力牛奶和故事書。她們還沒來得及開口想要，母親就用曾經哄我的方式哄她們：「你們很乖的，不會像其他小孩子那樣什麼都想要。」

她們憋著眼淚點點頭。我發現我們真的都很乖。

還有母貓的叫聲，牠在屋內走來走去喵喵叫，找牠不見了的小貓們。

一旦小貓睜開眼會吃飯不用依賴母貓餵奶之後，父親就會把小貓送給馬來人同事帶到馬來甘榜去養。馬來人很愛貓，不像我父母輩的華人，覺得貓不吉利。我們家會養貓也是因為住進來的時候這裡老鼠太多，東西都被偷吃了，老鼠還猖狂到從天花板掉到我父親的臉上。父親就在附近抓了一隻小貓來養，一直養到現在，就是我們的母貓。沒有人帶母貓去結紮，牠就一直生一直生，生出來的小貓又拿去送人。唯有三花這種花色的貓，父母是情有獨鍾的。據說三花貓可以招財，我們家養了好幾回。但貓的性徵小時候不好分辨，等養大了才發現是母的，已經來不及送人領養了，母親就會把三花貓帶到遠一點的茶餐室去丟棄。

我想安慰雙胞胎妹妹，約她們一起玩躲貓貓。

我們一人在屋前、一人在屋內的客廳電視後面、一人在屋後汽車零件堆，一邊藏匿一邊模仿小貓的叫聲。母貓會從遙遠的地方跑過來找尋。牠聞聞我的嘴，沒有，然後再到妹妹藏匿的地方找尋。當牠離開後我又開始學小貓叫引牠回來，樂此不疲。

我那時還沒大到能意識這其實是非常殘忍的一種遊戲。

5

母親又懷孕了，她一直去廁所孕吐。我感覺母親就跟家裡的母貓沒有兩樣。我問母親如果這次生下的又是女的，她要不要考慮像丟掉三花一樣丟掉小孩。她用手指的四個關節用力敲了我的後腦勺，痛得我眼淚都快飆出來。

我記得牧師說，每個人都有罪。或許別人也該原諒我。

我決定跟級任老師告發吉蒂的罪。當然不是同學們霸凌我的事，我相信級任老師一定會說這都是朋友間的開開玩笑，叫我不要在意。但是，我知道吉蒂長期考試作弊。她曾經在電話中跟我說溜嘴，這是她能永遠保持第一名的原因，而我坐在她身後觀察，連她如何作弊都看得一清二楚。

考完又到了放年末假期的時候，鐘聲響起我們可以回家了，唯獨吉蒂被級任老師留下來問話。我站在教室大門回頭看她，正好她也在看著我。她對我露出一個燦爛的笑容，兩邊臉頰的酒窩很深很深，這個笑容就像她的招牌一樣。我想起自己竟從來沒有問她，為何喜歡吉蒂貓？吉蒂貓沒有嘴巴也不會笑。

校工像往常一樣在校門口催促大家：趕快回家趕快回家，天黑了很危險。

我去教堂找牧師懺悔我的罪，我說我告發了作弊的朋友。

牧師竟跟我說我沒有罪，錯的是作弊的人。

真的嗎？

不過吉蒂從那天開始就不再撥電話到我家了。

那年的假期似乎特別漫長，我會躲在睡房偷偷讀聖經。我喜歡聖經裡面的創世紀，一天造一樣東西，讀起來跟課本裡的女媧很像。如果我是上帝或女媧就好了，我要捏一間寬敞明亮的房子給父親，捏一個男孩送給母親，捏豆豆先生的泰迪熊送給小妹，捏兩根彩虹棒棒糖給雙胞胎妹妹，捏一整面完整魚肉的大魚給母貓。最後還要捏一座摩天輪給我自己。摩天輪一格一格地移動，可以升到很高，高到看所有事物都變得很小很小。別人的房子或我們的房子都同樣地很小很小。

我經常懷抱著那樣的夢想睡午覺。

一天下午，我在午睡中聽到外面大馬路有緊急剎車的聲音。我跑到巷子去看，趴在屋頂的白痴男生正用小石子丟一輛正在開走的車。我第一次聽見他講人話，他告訴我說是那輛車撞到了我們的母貓。車子走了，我看到母貓一咕溜地從馬路中央翻個身起來，緩緩地穿過巷子走回家。幸好貓有九條命。

母貓回到家後就躺在屋後一直睡，沒有再醒過來了。我本來是要倒晚飯給牠吃，卻發現牠身旁有一些吐物，而牠已經沒有氣息了。螞蟻開始在牠身邊繞，像圍了一個貓形。原來這次是第十次。

我不想把牠丟進垃圾桶跟腐臭物睡在一起。我拿了一個紙箱，把聖經放進去，讓母貓躺在聖經之上。

我抱著紙箱來到屋後的大水溝，天正在下著雨。我先對著紙箱中的母貓說話，我改一改母親拜祖先的台詞：請你投胎變成我的弟弟吧。不過雷聲很大，我不確定牠聽得到嗎。我把紙箱投下大水溝，水流很急，紙箱瞬間就漂遠了。

當天晚上我還是跟全家人一起坐在客廳看電視。有雨水落在屋頂鋅板上的清脆聲響，也有屋頂漏水而雨水落在水桶中的聲音，咚咚像敲門一樣。豆豆先生無聲地比劃著。

6

不出意料地，母親驗出懷上女孩。不過出乎意料地，父親中了彩票大獎，至少足夠讓他在小鎮開一家新的修車廠自己當老闆。我們將從古晉市搬到西連小鎮重新開始，也等於從一個廢棄修車廠搬到另一個新開張的修車廠去，這大概像是求東卻得到西的感覺。我第一個念頭是母貓顯靈。而母親則開心地拚命跟神佛祖先還願，連附近的土地公都去拜了，害我也不禁猶豫該不該去教堂感謝上帝或耶穌甚至牧師。

父親買了一台相機和一卷菲林，我們在古晉市中心那一隻白貓雕像前拍下全家福。大概是除了看豆豆先生以外，我們全家同時笑得最開心的時刻。

在搬家的那天，我在家門口重遇了混血暹羅小白貓。白貓已經長成一隻少年貓，眼睛的顏色不再那麼藍，轉成透著藍的綠色。混血就是這樣，眼睛的顏色會變。我驚喜地抱著牠一起離開。

那天我並沒有遇到來還貓的吉蒂，而且永遠都沒再遇到過。即使我曾到古晉市參加大型的比賽，我都不曾再遇到她。我想她後來一定不是第一名了，所以沒有代表學校參加任何比賽。

而那隻跟著我離開的白貓，我們在一起生活了十幾年，牠還是那麼健康地活著。我經常觀察牠的眼睛，似乎一直在變色，燈光下牠的眼睛又會從藍綠色變成橘褐色。

7

如今我和白貓住在吉隆坡一間公寓的高樓裡。我搭了一個貓架給白貓，讓牠可以遠眺吉隆坡塔。還很遠，我需要賺更多的錢才能住到那裡去，在這座城市最高的地方。

今天我打算去附近超市買貓罐頭，等紅綠燈時隨手打開手機刷新聞標題。

「獨居女性帶貓跳樓當場死 貓奇蹟無傷」

可能貓真的有九條命也說不定。我點開新聞細讀，是古晉的新聞，驚愕地發現輕生者的姓名正是吉蒂的本名。不過新聞貼的證件照我完全聯想不到是長大後她該有的模樣。房東透露她在疫情期間失業，欠了好幾個月的房租沒還，而且她所住的公寓單位都是吃完剩下渣汁的杯麵，垃圾桶還有蟑螂爬出來，可見生活條件非常差，她可能想帶著貓一死了之。報導也提到那是一隻藍眼睛的暹羅白貓，落地後竟毫髮無傷，目前被動物收容所收留著。新聞文末還不忘呼籲民眾若有經濟困難可掛白旗呼救，路過的民眾可捐助物資。

不過住在公寓的人要如何掛白旗呢？掛在陽台上嗎？

我的車停在紅綠燈前甚久，即使已經轉過好多次的綠燈，但因為疫情期間路上幾乎沒車，也沒有人鳴笛。我看著電線桿上一整排停棲著的麻雀，想起了那一整排蹲坐在木橋上看著我的貓們，其中有一隻是家裡正在懷孕的黑白色母貓。我不禁深思，如果吉蒂養著的是我給她的藍眼混血暹羅白貓，那我在家門口拾獲的綠眼混血暹羅白貓又是從哪裡來的呢？

我記得當我從大水溝一躍而起的那天，我沒有馬上走回家。可能是基於一種絕望的孤獨感，我坐在木橋上等待著水流變急，我就要重新跳下去。我哭了很久很久，直到母貓突然走到我的身邊用肉掌碰一碰我。

我轉頭看到母貓的眼睛。

胡金倫

新冠肺炎（COVID-19）在二〇二〇年初迅速擴散後，已變成一場全球性大瘟疫，嚴重影響了每一個人的生活方式。鎖國、封城、居家上班……死水般的生活看似平靜其實暗流洶湧，人心惶恐不安，無一倖免。尤其是在東南亞諸國，迅速蔓延、擴散，染疫人口甚鉅。在多元種族、政治、文化的國度裡，在潮濕多雨的熱帶雨林裡，疾病是一種隱喻，藏在人與動物的生命裡。一旦爆發，只能舉起白旗，掛在太陽底下。但是誰可以救他／她／牠們呢？

貓城古晉是東馬砂拉越的首都，砂拉越又是馬來西亞面積最大的州，位於婆羅洲西北，天然資源和礦藏豐富，但在政治權力、地位、經濟發展相較於西馬是弱勢的，被動的，陰性化的。〈貓城〉一文作者恰恰以疫情下的東馬古晉象徵了馬來西亞的種族、性別政治，父權社會下的男尊女卑地位，未能懷男胎的母親，弱小動物如貓（偏偏是生了很多小貓的母貓），彰顯了作者的企圖心。

佳作

汪鈞翌

一九九二年生於新北，實踐大學音樂系畢。現為劇場編劇。

●得獎感言

一直對於小說有著近乎偏心的喜愛，在寫作生涯迷惘的時期，這個肯定於我而言是個很大的鼓勵。面對寫作，沒有更多的話要說了，就是繼續寫下去。

感謝評審老師、感謝時報文學獎、以及寫作路上支持過我的人。

耳朵

1

老人家的喪禮如果講究一點的話，實在是太久了。幼慈坐在放有軟墊的椅子上，一邊在心裡抱怨，一邊想著誰還沒來，這可是劉大叔的告別式呢。劉大叔在這個地區算是意見領袖，也當過里長，但最知名的主要還是劉大叔開的大賣場，劉大叔的大賣場對當地人來說就是一個指標。

幼慈看著宏裕進進出出的，好像永遠都忙不完一樣。宏裕是劉大叔的兒子，也是幼慈的未婚夫，不太愛說話，就喜歡埋頭苦幹，所有的事都自己來，寧可自己來也不跟別人說話，就算說了也只是幾個單詞，惜字如金。但這樣的形象在別人看來是很老實的，特別討人喜歡，尤其是幾個歐巴桑，都喜歡逗宏裕，都問宏裕什麼時候要做她們的「女婿」，甚至開玩笑說是幼慈勾引宏裕，幼慈有的時候就想賞那幾個歐巴桑兩巴掌。

喪禮的大小事，宏裕都不准幼慈做，這就無聊了，一無聊，幼慈就想幫人家挖耳朵，幼慈是天生的好手，還很好學。平常沒事就去給專業的挖耳朵，把一些手法偷偷學起來，挖個幾次，幾乎就能出師了。除此之外，幼慈還會上網查耳朵內部構造的圖片，那些專有名詞都會背了，那圖上的耳朵就跟自己家一樣，幼慈比誰都要熟悉。不過技術、知識都還是需要實踐，宏裕的耳朵就成為那個白老鼠，幼慈在宏裕耳朵裡不斷試驗，創新，宏裕還是不說話，痛的時候身體才會抖那麼一下，幼慈把宏裕的耳朵挖得乾乾淨淨的，像他們的家一樣。

幼慈把注意力集中在耳朵上，每個人的耳朵長得都不一樣，劉大叔的喪禮瞬間就變成幼慈的耳朵博覽會。幼慈的目光四處看，真的像逛街了，幼慈朝門口一看，一隻耳朵小得不像話，幼慈知道是「老鼠」來了，在門口鬼鬼祟祟的樣子。

「老鼠」是這附近的老住戶，駝著背，做什麼事情看起來都像小偷一樣，看人的眼光都不完整，不是斜的就是瞄的，好像大家都要害他，真的把自己當過街「老鼠」了。老鼠每天照三餐燒香拜佛，虔誠到不可思議的地步，好幾次幼慈經過老鼠家，老鼠永遠都在那燒紙錢，遠遠一看那升起的煙，都以為失火了，幼慈有時都想勸他出家算了。有被害妄想症的人常常都特別強勢，不讓就是不讓，深怕自己被生活騙了。幼慈永遠記得劉大叔跟老鼠在社區大會上大吵的畫面。那社區是海砂屋，為了拆遷的事，劉大叔跟老鼠槓上了，吵到一半，劉大叔當場就中風，後來花了好幾個月才能自己走。老鼠怕別人怕得要死，害人倒是一流的。老鼠很想趕快拆了這海砂屋，但他太急了，好多人都在懷疑老鼠大概是有什麼意圖吧。

幼慈看了一下時間，又開始在心裡抱怨著劉大叔的喪禮，真的是太久了，幼慈都搞不清楚到底是第幾天了，幼慈認為喪禮就是應該短一點，就像「小小」的一樣。

五年前，幼慈當年才六歲的兒子「小小」，失蹤了。幼慈當時還在劉大叔的大賣場當打工小妹，一個老員工帶小小去公園玩，小小就這樣失蹤了，那老員工哭得要命，比幼慈還傷心，幼慈連哭都來不及，幾乎就快昏倒了，後來小小還是沒有消息，劉大叔就把那老員工給辭了。

雖然說是喪禮，但那是幼慈的爸媽私下辦的，他們也不明著說，但誰都看得出來，幼慈就是不懂，他們怎麼就覺得小小死了呢？小小就是失蹤了，誰也不能證明他死了。幼慈在小小的喪禮上，看著一群人翻著小小的照片，說小小有多麼可愛、聰明、貼心，幼慈就覺得他們在放屁，他們根本不認識小小。在幼慈心中，那場喪禮根本不是喪禮，幼慈一輩子都不會承認的，幼慈的爸媽只是想要趕快繼續他們的人生。幼慈跟他們可不同，幼慈只是覺得如果喪禮短一點，就不用難過這麼久了。

宏裕終於慢了下來，趁著空檔朝幼慈使了一個眼色，這表示幼慈可以先走。幼慈起身，下意識地摸著肚子，大搖大擺地走向門口，心裡想著：「孕婦就是有各種特權。」

2

劉大叔曾經住過的那棟海砂屋已經拆兩個禮拜了，噪音不是問題，問題是噪音呈現的方式，要嘛近乎無聲像是融入街道的聲音、要嘛就直接是大爆炸，只有零到一百，沒有中間值，幼慈就是知道也沒用，每次都還是被嚇得精神衰弱，永遠習慣不了。再說，幼慈還是個孕婦，嚇到的可不只是一個人，寶寶會聽的，這種胎教說得過去嗎？只要聲音變大，幼慈就會用雙手蓋住肚子，好像這樣就可以蓋住寶寶的耳朵。

作為劉大叔賣場的接班人，幼慈的管理能力早就是老闆的樣子了，雖然高中沒畢業，但管理這種事就是天分，沒天分你讀到博士還是什麼都管不了。幼慈對幾個大學實習生的態度很不滿，不是打混摸魚就是出包，補貨、上架、結帳、算錢，就是會錯，書都讀到哪去了？幼慈認定了讀大學就是個奢侈、做作的事，這些孩子把打工想成什麼了？沒辦法補考的，做不好就是滾蛋，打工你也要當命一樣在做，不然你什麼事可以做得好？

幾個大學生跟海砂屋的噪音毀了幼慈的早上，悶得很，一個店員跑進賣場的辦公室，說一個男的把車停在賣場大門口，貨車進不來，對方似乎很強硬的樣子，幼慈二話不說就走出辦公室，正愁沒人開刀呢。

幼慈慢慢的走，發飆也是需要醞釀的，不然就太假了，沒有氣勢。這段短短的路程就是幼慈的後台，燈光跟佈景都在那了，幼慈這個大演員已經準備好了。那男的是一個大漢，兩隻手臂上都有刺青，雙手插著腰繞著一台黑色的賓士來來回回地走，賓士的後面是貨車。旁邊的店員都不敢說話，一看到幼慈來了，所有人開出一條道，幼慈淡淡的說：「開走。」，那男的以為幼慈還沒說完，愣了一下，反而有點慌張的說：「這裡有紅線嗎？有規定不能停嗎？你家的嗎？」都像唸台詞了。這男的一看就不是這裡的人，就是閒來無事找麻煩而已，這裡的人誰不知道這大賣場的門口是一個禁區，光是站著都不行。附近的店家都出來看熱鬧了，幼慈就喜歡這樣的舞台，還刻意等著觀眾入場呢，人太少了會沒勁。所有的觀眾都在等待幼慈下一個動作，那男的不走了，不自然地靠在賓士上，他也在等。幼慈慢慢繞著貨車，慢慢地坐進貨車裡，準備要兜風一樣，說：「走不走？」最後通牒了，那男的說：「不走！」，幼慈直接往賓士的車屁股撞下去，那男的慌了，斷斷續續的說：「我要告你！我要告你！」，幼慈再撞第二下，這時旁邊的觀眾就笑了，那男的只好上車，逃走了。幼慈走下貨車，說：「還沒賠錢呢。」

幾個歐巴桑過來找幼慈，他們像戲迷一樣，把幼慈團團圍住，只差沒要簽名了。

幼慈回到辦公室，坐在扶手椅上，深深地呼了一口氣，終於，這股氣是找對地方了。放鬆下來，人舒服了，幼慈就開始回想剛才的事情，這樣一想，幼慈發現自己真的是個老闆了，這不只是賣場員工這樣認為，附近的人也一樣，這就更確認老闆已經不是劉大叔了。幼慈好不容易緩下來的情緒，現在又想念起劉大叔了。

由於宏裕在外面有自己的工作，對大賣場一點興趣也沒有，等到幼慈嫁進來，劉大叔就會把賣場交給幼慈，這件事已經決定好幾年了，幼慈一刻也沒有閒著，基本的工作也是做得滴水不漏，但私底下偶爾也跟劉大叔討論賣場的未來，幼慈的野心很大，想把賣場弄成複合式的，弄個咖啡店、小書店也不是不可能。不過幼慈心裡最感謝的還是劉大叔的信任，幼慈已經把劉大叔當成自己的爸爸了，也把自己當成一個親女兒，劉大叔老婆很早就過世了，當時中風的時候幾乎都是幼慈在照顧，劉大叔也復原得很快，誰知道劉大叔脾氣也很硬，復健之後，劉大叔常常自己一個人去散步，都不要人跟，就在附近的堤防摔死了，頭整個裂開來。中風根本沒什麼，散步才要了他的命。連孫子都還來不及看呢。

幼慈走出辦公室，在賣場的二樓晃，海砂屋的聲音終於沒了。幼慈注意到一個男孩，幼慈還沒看到臉，就覺得很熟悉，是耳朵，那男孩的耳朵很像小小的，耳垂長長的，很有福氣的樣子，不過小小不喜歡自己耳垂長長的。幼慈有點不知所措，隨手拿了架上的幾包糖果，走向那個男孩，幼慈蹲下，對著男孩說：「弟弟，這些給你，你怎麼一個人？爸爸媽媽呢？」

男孩轉過頭來，接過糖果，只是看著幼慈。幼慈說：「找不到爸爸媽媽嗎？」

男孩的手指向後面，幼慈朝著後方看過去，一名男人正在挑選毛巾，幼慈慢慢站起身，外面突然又傳來海砂屋的巨大聲響，不過幼慈像是聾了，一點反應也沒有，幼慈看著眼前的男人，是謝立誠，小小的生父。

3

每個月的第一個禮拜五，幼慈都要去參加互助會的聚會，說是聚會，但其實這幾年只有幼慈一個人，準時七點到社區活動中心。五年前除了小小，還有另外五個孩子也陸續失蹤了，整個地區變得緊張起來，許多家長都親自接送孩子，不能落單，一些家長會嚇唬更小的孩子，這地方有怪獸，會吃小孩，孩子都不敢出來玩了。幼慈跟另外五位家長們決定辦個互助會，他們可以在這邊一起想念孩子、聯絡一下新的線索。

不過這幾年，有的人不是搬走、就是太忙，有些還愛來不來的，有些還忙著辦喪禮呢，幼慈看不起這些人，跟那些大學生有什麼不同？做事做半套。

幼慈把辦桌用的紅色塑膠椅一個一個拆開，排成圓圈狀，看起來很喜氣。幼慈挑了一個面對門口的塑膠椅坐下，從包包裡拿出一根掏耳棒跟小鏡子，開始掏自己的耳朵。幼慈每次都會坐半個小時，想想小小以前的事，確定每一個細節都沒有忘記。

小小以前最喜歡被挖耳朵了，小小會把頭靠在幼慈的大腿上，幼慈在挖的時候，小小的腳就會開始亂動，然後亂笑，癢也笑、痛也笑，最後母子倆會笑成一團。小小很會裝，有時候就會裝痛，還會說他聽不到了，真是死小孩。最後小小會舒服地睡著，還會打呼。

有一次，幼慈挖到一半，小小突然抓住幼慈的手，手很小，只能抓住幼慈小手臂的一半，小小斜著眼說：「媽媽，換我幫你！」小小爬起來，學著幼慈的姿勢，幼慈只好把頭靠在小小的大腿上，幼慈一個步驟一個步驟的教，但小小早就熟門熟路了，幼慈漸漸的也就不說話了。幼慈感受到小小的心跳、熱熱的小手，小小很細心，會把幼慈的頭髮撥到耳朵後面，貼心的孩子。

幼慈每次都會回想一遍，幼慈的耳朵還有當時靠在小小大腿上的感覺，不過今天感覺卻差了一些，幼慈有點心不在焉的，腦中一直閃過謝立誠的臉。

幼慈跟謝立誠讀同一間高中，但是不同班，兩人的家住得很近，有時候回家路上常常一起走，平行的走，隔著一條馬路，整個樣子看起來都像青梅竹馬了。到了高二，兩人就在同一邊走了，青梅竹馬的遊戲結束了，戀愛了。

謝立誠很高大，功課不錯，運動也相當好，背包上滿是NBA球員的吊飾，但謝立誠並不是那種滿身汗臭，永遠穿著運動鞋上課的臭男生，不打球的時候，他就乖乖的穿上皮鞋，衣服濕了就換，這樣的細節就區分了其他同齡的男生，能讀書，也能玩，還很體面，看起來就更成熟了，氣質就跑出來了。謝立誠一上高中就是風雲人物，不過風雲人物除了基礎好，就是要裝，形象才出得來。私底下，幼慈就成為唯一看過謝立誠真身的人。謝立誠對幼慈完全就是另一個人，兩人的第一次就發生在女廁，一開始謝立誠還裝，是幼慈故意把他帶到女廁的，幼慈就喜歡看謝立誠不知所措的樣子，可愛。但沒想到，那次以後，謝立誠喜歡冒險了，主動的次數遠遠超過幼慈，無法自拔了。

高三上學期，幼慈發現自己懷孕了，也發現那個愛冒險的謝立誠，膽小的要命。謝立誠馬上就斷了幼慈跟自己的關係，過了一個馬路，又回到平行了，躲著幼慈避不見面，出來跟幼慈談的都是謝立誠的父母。兩家人的決定是把孩子墮掉，連考慮都沒有，這就讓幼慈有點為反而反了，她反得是謝立誠那張怕死的臉，還有大人怕丟臉的樣子，幼慈突然就對孩子有母愛了，她要保護孩子。幼慈相信由愛生恨，但沒想到反過來也是。

幼慈在咖啡廳的客人以及兩家人面前宣布：「我要生。」

孕婦就是有特權，幼慈的決定誰也攔不住，難道要殺了她嗎？這可是一屍兩命，不能開玩笑的。後來謝立誠真的逃跑了，被送到南部的親戚家唸書，從風雲人物變成一個傳奇，幼慈也從女高中生變成一個媽媽，正式休學了，在家裡專心照顧小小。但幼慈的爸媽怎麼樣就是不能接受，孩子生下來了，孕婦的特權結束了，一家人每天吵。終於在一天的晚上，幼慈整理好行李，帶著小小離開了家，去劉大叔的賣場應徵，過自己的生活。

今天下午，幼慈才知道謝立誠從南部搬回來住了，不過想到這裡，幼慈突然發現，自己回想不起來謝立誠現在的臉了，明明下午才看過的。幼慈滿腦子都是那個男孩，謝立誠說他叫小寶，是他的兒子。

幼慈發現自己的心不在焉了，根本不是因為謝立誠，而是小寶的耳朵，真是太像了。

幼慈想得入神了，直到一陣痛感幼慈才回到現實，幼慈把自己的耳道挖破皮了，一點血跡黏在掏耳棒上。幼慈看了一下時間，差不多了，今天還是只有幼慈一個人而已。幼慈把紅色塑膠椅一個一個疊起來，走出活動中心。

4

兩天後的下午，老鼠出現在賣場，幼慈遠遠的就看到老鼠在蔬果區那邊晃，晃完了又跑到生鮮食品區，再來是零食區，幼慈隔著一段距離觀察老鼠的行動，像是真的養了一隻老鼠一樣。自從跟劉大叔大吵之後，幼慈就再也沒看過老鼠出現在賣場了。最後老鼠終於在清潔用品區看到了幼慈，老鼠像是嚇了一跳，隨手抓了一包洗衣精就走去櫃檯，幼慈跟上去，老鼠馬上就把洗衣精丟著就往門口走了，一般來說，幼慈早就當場開罵了，但老鼠畢竟是大家公認的神經病，你只能包容他，不然你不就跟他一樣了？幼慈想了想，劉大叔跟老鼠以前也算是好朋友，起碼年紀差不多，老鼠大概也會有點寂寞吧？

幼慈走出賣場，看著老鼠走遠了，忽然，幼慈聽到附近小學下課的鐘聲，這讓幼慈想起了昨天那個小寶，他穿著附近小學的制服。幼慈回到賣場拿了幾包零食，走到附近的小學門口，有許多家長都等在外面，孩子陸陸續續走出校門。大概過了五分鐘左右，幼慈看見小寶了，帶著橘色小帽，穿白色制服，灰色短褲，一出校門就往左邊走，幼慈先往反方向走幾步，再轉回來跟著幾個孩子一起走，慢慢靠近小寶，小寶先看到幼慈的影子，比自己的大多了，小寶一回頭，停了下來，小寶認出了幼慈，幼慈壓低上身，雙手扶著膝蓋，說：「小寶？還記得我嗎？」小寶點了點頭，說：「爸爸的朋友。」朋友？謝立誠真是懶，連解釋都不解釋，幼慈說：「你怎麼自己回家？爸爸媽媽不來接你嗎？」小寶說：「爸爸說，媽媽不跟我們住了，她住在別的地方，爸爸晚上才會回來。」

幼慈想笑，但馬上就忍住了，幼慈覺得謝立誠就是個十足的廢物，小寶才三年級，回家的路這麼遠，他怎麼敢？幼慈挺起上身，說：「我陪你回家吧。」

兩人就這樣走著，經過一座公園，幼慈拿出零食給小寶，兩人就在涼亭裡聊起天了。幼慈完全沒想到，小寶是那種會問很多問題的小孩，大多數幼慈都回答不出來，只能一直用手機查，幼慈難得後悔自己沒多唸點書。快五點半的時候，幼慈陪著小寶走到家門口，幼慈看著小寶進門，小寶打開門後，轉了過來對幼慈揮手，幼慈也揮手。幼慈在走回賣場的路上，一邊吃著零食、一邊想，下次應該帶點玩的才對。

5

隔天早上，當幼慈還在適應海砂屋拆除的噪音時，謝立誠來賣場找幼慈，幼慈有點心虛，以為是昨天陪小寶走回家的事被發現了，沒想到謝立誠說：「你現在，有需要什麼幫助嗎？」幼慈一臉搞不清楚狀況的樣子，謝立誠繼續說：「我在想……我這邊有一筆錢，我想說，畢竟我也算是那孩子的爸爸……」謝立誠話還沒說完整，幼慈一巴掌就往謝立誠臉上打，幼慈馬上就知道了，謝立誠大概從附近的人聽到了小小的事，來這裡裝菩薩。

幼慈把罵大學實習生的嗓門拿出來，也不顧旁邊有沒有客人，對著謝立誠吼：

「你就算拿再多錢，你也不是小小的爸爸，他沒有爸爸，他只有我，給我出去。」幾個大學實習生圍了過來，以為自己又做錯了什麼，這時候謝立誠什麼話都沒說，走出賣場，幼慈朝謝立誠走的方向啐了一口，一口痰就掉落在地上，幼慈轉頭對那幾個大學實習生說：「看什麼看？要不要給你們一人一口？」

幼慈和小寶的放學小時光進行幾個禮拜了，幼慈天天去，一到六日，幼慈還很不習慣，有的時候時間一到，就走到小學門口，或是走到公園坐一下，幼慈才會覺得舒服一點。昨天，幼慈跟小寶坐在公園的涼亭裡，幼慈問：「多久沒挖耳朵了？」小寶看了一下幼慈，說：「耳朵可以挖嗎？」幼慈在心裡咒罵著小寶的媽媽，親生兒子竟然沒給他挖過耳朵，大概也不會吧？或是以後丟給小兒科醫生去挖，幼慈不信那些醫生，有些根本就是亂挖一通，都可以當醫生了，怎麼連挖個耳朵都不會？

幼慈說：「很舒服的。」幼慈讓小寶靠在自己的大腿上，從包包裡拿出掏耳棒，這時候幼慈覺得自己很像是預謀好了這一切，說出來誰也不會信的，就為了挖耳朵？

雖然小寶的耳朵跟小小的很像，不過在挖耳朵的時候，兩個不同的個性就跑出來了。小寶很冷靜，一副老成的模樣，有時候覺得痛，小寶會忍著，連聲音都不出一點。這樣的情況反而讓幼慈緊張了，每一下都戰戰兢兢的，明明宏裕也是這樣，幼慈覺得自己的緊張太小題大作了。幼慈發現自己手上的動作不像以前俐落，眼睛倒是緊緊盯著小寶的耳朵，真像，幼慈在心裡忍不住說出口，突然就感覺到肚子裡的寶寶動了一下，幼慈的感覺很強烈，這是孕婦自己才能感覺到的細微動態，別人不會知道的。幼慈懷孕已經快五個月了，但別人從外表上看不太出來，幼慈也不刻意說，平常出門反而會多穿幾件衣服，就好像幼慈在藏一樣，連幼慈自己也不知道為什麼。

肚子裡的動靜平息下來，幼慈看小寶沒有什麼反應，繼續把那些細小的耳屎掏出來，幼慈就在這時閃過一個念頭，如果小小知道自己懷孕了，不知道小小會說什麼，會不會小小不喜歡自己有個弟弟或妹妹呢？幼慈的緊張被放得更大了，好像幼慈做了什麼虧心事一樣。

幼慈把小寶的頭輕輕抬起，給他看挖出來的成果，小寶說：「好像在變魔術。」

兩人在走回家的路上，小寶突然牽起幼慈的左手，幼慈慌得不知道要怎麼反應，就讓小寶牽著。到家的時候，小寶堅持一定要幼慈先走再進去，幼慈只好假裝走一段距離，再回過頭來，確定小寶進去了，才走回賣場。

幼慈一回到賣場，就看到老鼠的兒子在門口抽菸，看起來很急的樣子，老鼠兒子一看到幼慈，馬上把菸丟在地上踩熄，往幼慈走過去，幼慈看著老鼠兒子的樣子，有點不明所以。老鼠兒子把幼慈拉到一邊，說：「我想請你幫個忙，看能不能讓我爸給劉大叔上個香。」幼慈說：「可以啊，他直接來就好了，不用問啦。」老鼠兒子還有話卡在嘴邊，幼慈等了一下，老鼠兒子才說：「你也知道，我爸就那樣，他想順便帶個老師來問一問劉大叔，這樣可以嗎？」幼慈不太懂老鼠兒子的意思，老鼠兒子接著說：「我爸從劉大叔過世之後，每天都瘋瘋的，他覺得劉大叔不會放過他。」幼慈覺得老鼠應該是在講為了海砂屋爭吵的事，就說：「劉大叔才不會在意，他只是很喜歡那房子而已，住那麼久了，本來也就是要拆啊，你爸只是讓這件事提早而已。」老鼠兒子說：「我也是這樣想啊，我爸根本講不聽，我想說就讓他來道個歉，過個儀式大家都舒服就沒事了。」幼慈跟老鼠兒子約了個時間，老鼠兒子才放鬆下來，點了第二根菸。

幼慈在走進賣場前，老鼠兒子突然說：「我爸說，在海砂屋拆掉前一個月吧，他看到劉大叔在一樓坐著，不知道在說什麼，就是以前那個花園中庭附近，劉大叔真的很喜歡那裡吼？」幼慈說：「我知道啊，那時候他還在復健，是我帶他去的，你爸大概是下午看到的吧？」老鼠兒子想了一下，說：「我爸說只有劉大叔一個人，他說是晚上看到的。」幼慈記得劉大叔不會在晚上散步，一定是老鼠看錯了，幼慈笑笑的說：「你快帶你爸來吧。」

幼慈走進賣場辦公室，宏裕站在辦公桌前，整個氛圍嚴肅了起來，宏裕像是嚇到一樣盯著幼慈看，宏裕說：「小小找到了。」

6

過了幾天，整個社區都看到了這則電視新聞：新北三重區一棟正在拆除的海砂屋工程，幾名工人在一樓做清理工程時，發現一處凹陷嚴重的區域，散落著幾件破碎的衣服，最後，經過挖掘，發現了六具孩童骨骼。目前已被確認為是五年前在此地區發生的兒童連續失蹤案受害者，兇手是最近剛過世的這棟海砂屋前主委劉耀福，身前一樓的店面都是在他的名下，而警方也在遺物中，找到了幾百張孩子們的照片以及作案工具……

幼慈把所有的情緒都發洩在賣場上，這些經過她規劃的商品，全部都被掃到地上，沒有一個大學實習生敢撿起來。

事情發生後，宏裕只對幼慈說了一句：「孩子生下來，其他怎麼樣都給你決定。」

幼慈沒有回答，恍恍惚惚地走到小學門口，一直等到放學時間，好像見到小寶就能解決所有問題一樣。小寶一走出來，幼慈馬上就跑過去，但沒有注意到謝立誠也走過來了。

謝立誠把小寶推到自己身後，對幼慈說：「這附近的人每天都看到你來等小寶，你是什麼意思？你他媽有什麼問題？」幼慈沒有說話，其他家長都在看著，但沒有人敢靠近，幼慈這個演員的妝都花了，演不下去了。謝立誠繼續說：「這附近的人都叫你什麼你知道嗎？他們都說你是瘋子，想小孩想瘋了，你兒子的事跟我沒有關係，你再靠近小寶我就報警。」幼慈看著謝立誠和小寶離開，小寶不時回過頭來看幼慈，幼慈感覺到肚子裡的動靜一陣一陣的。

禮拜五的互助會，是這幾年唯一到齊的一次，紅色塑膠椅排得好好的，一個長桌上擺了五個孩子的照片，唯獨沒有小小的。所有人看到幼慈走進來，都安靜了，幼慈沒有帶著小小的照片，也沒人敢問，幼慈選了一張塑膠椅坐下，看著那五個孩子的照片。一個女人拿著一杯水走了過來，說：「聽說你懷孕了，恭喜，知道是男生女生了嗎？名字取好了嗎？」幼慈抬頭看了女人一眼，轉頭就吐在其中一張紅色塑膠椅上。

7

隔天幼慈起了個大早，走到小學的門口等小寶，小寶進校門前看到了幼慈，馬上就跑過來抱住幼慈，幼慈說：「今天我們不上學了，我們去玩。」

幼慈把小寶帶回家裡，讓小寶坐在沙發上看電視，幼慈倒了一杯果汁給小寶喝。接下來幼慈把家裡全部的門窗都關起來，走到廁所，拿出從賣場拿的木炭、打火機，放在廁所的地板上燃燒。幼慈走回廚房，吞了幾顆安眠藥，劑量跟小寶果汁裡的差不多。

幼慈讓小寶靠在自己的大腿上，幫他挖最後一次耳朵，小寶的眼睛慢慢閉上，這時外面傳來海砂屋拆除的一聲巨響，小寶睜開眼睛，對幼慈笑了一下，抓住幼慈的小手臂，說：「阿姨，換我幫你。」

幼慈摸著小寶的頭，說：「沒關係。」

「阿姨。」

「嗯？」

「他在動喔。」

「什麼？」

「肚子裡的寶寶啊，他叫什麼名字？」

海砂屋拆除的聲音一陣一陣傳來。

「我不知道，可是，他有一個哥哥叫做小小。」

郝譽翔

〈耳朵〉是一篇好看的作品，情節張力十足，透過幾條敘事軸線的交叉，營造出強烈的懸疑性，很能夠吸引人想要閱讀下去，一窺故事的究竟。小說中人物的形象鮮明，躍於紙上，尤其是女主角幼慈敢愛又敢恨的強烈性格，更是令人印象深刻。故事的結尾雖有些誇張煽情，而命案也似乎成了一樁懸案，行兇的動機交代不清，但幸好作者打造出「耳朵」這一意象，成功貫穿起小說的首尾，也因此彌補了上述的缺憾，而留予讀者更多曖昧的想像空間。

決審會議紀錄

新詩類

陳義芝

須文蔚

羅智成

報導文學類

季季

楊渡

楊樹清

評審介紹

攝影／黃子明、鄧博仁

影視小說類

林黛嫚

郝譽翔

胡金倫

散文類

焦桐

簡媜

陳銘磻

報導像爸爸，文學像媽媽

李怡芸／記錄整理

第四十二屆時報文學獎報導文學獎的徵文共計收到七十四篇（包含中國大陸十篇、台灣五十八篇、港澳二篇、海外四篇），經初複審委員楊宗翰、汪詠黛、夏瑞紅評選，有十三篇進入決審。分別是〈冰山之下一個同志的怕與愛〉、〈心好小組的音樂田野〉、〈台灣唸歌三百冬　傳承轉型兩戇人〉、〈泣人記〉、〈抓蟲人朱清麟：上山以後的故事〉、〈花園城市的貧民窟〉、〈為他人的凝視而存在的難民〉、〈來去龍發堂〉、〈這世界的美杜沙〉、〈客從何處來──方言島中的金牛陣〉、〈曠野的聲音──台灣《客語聖經》開路者〉、〈溫柔靠岸〉、〈舞姬──跳舞姐姐鄭淑姬〉。

會議於十月六日下午二時卅分中國時報會議室舉行，由中國時報人間副刊主編盧美杏主持，首先由季季、楊渡、楊樹清三位決審委員推舉主席，主席由季季擔任，開始針對報導文學評選標準提出討論，並針對十三篇作品進行投票。

楊樹清：我最看重幾個要素，第一是田野調查，田野調查有一日採訪或兩年三年不等，看花在田野現場的深度；第二個是文章是否有很強的問題意識，否則就只是散文。今年入選決選的十三篇作品已是歷來時報文學獎報導文學類最多的一次。且時報文學獎自一九七八年到現在，是一個指標。希望選出的報導文學作品不要流於一般的鄉村書寫，要有大格局大視野。

楊　渡：「報導文學」可以說報導像爸爸、文學像媽媽，報導要有很扎實的現場採訪，至於採訪是來自於像關曉榮去住在蘭嶼的常駐採訪，或是田野調查，採訪都是很重要的一環；第二是文學，文學基本上是描述人性或故事性很強；第三是文筆，畢竟文學還是要有好的文筆。這三者就是我來看報導爸爸、文學媽媽會生下來報導文學這個小孩的重點。

季　季：此次進入決審的十三篇面向很廣，包括印度少年流亡、有新加坡租屋問題，也有台灣年輕人在疫情中回鄉的題材。我的標準是本位主義決定台灣作品以外只選一篇，再者是選比較少被報導的題材；再者是要有好文學，文字的敘述通順、標點符號用得好不好、分段是不是分得好、敘述的合理性等，這些都涉及到結構和邏輯，邏輯強、結構緊密，自然會使訴求的力量更強。讓被敘述的人的故事產生可讀性。

第一輪投票，由每位評審圈選四篇，再針對獲得票數的作品逐一討論。

■第一輪投票結果：

3票：〈心好小姐的音樂田野〉㊬㊭㊮

2票：〈花園城市的貧民窟〉㊭㊮

〈溫柔靠岸〉㊬㊭

1票：〈台灣唸歌三百冬 傳承轉型兩戇人〉㊬

〈為他人的凝視而存在的難民〉㊮

〈來去龍發堂〉㊭

〈這世界的美杜沙〉㊬

〈曠野的聲音——台灣《客語聖經》開路者〉㊮

■第一輪投票討論：

★三票的討論

〈心好小姐的音樂田野〉

楊樹清：〈心好小姐的音樂田野〉從中和一條緬甸街寫起，奏出緬華移民形成、發展，間及台灣、緬甸之間的政治、文化對照。惟情節剪輯、文字較缺精純性，讀來較清淡。

楊　渡：我選這篇從台灣延伸出去，到緬甸去學習他們的傳統藝術，又流亡到美國，流亡者最後有回頭去找他們過去的樂團共同演出，是通過台灣連結過去的故事，敘述緬甸的傳統藝術以及國家的歷史，從人物出發去描述一個國族的大課題，且故事寫得也不錯，脈絡清晰。

季　季：台灣題材以外的我只選一篇就是〈心好小姐的音樂田野〉，不只是涉及緬甸的音樂、流亡者、緬甸軍政府的變遷，這位心好小姐更是從民間走入學術的殿堂，然後他又從學術的殿堂回到民間，去做緬甸跟台灣的文化交流，交融的部分非常感人且溫馨。

★二票的討論

〈花園城市的貧民窟〉

楊樹清：寫國際題材的有幾篇，〈花園城市的貧民窟〉寫新加坡租賃住宅具國際性，也有社會現實的關懷性。

季　季：我沒有選這篇，主要是認為文章要能讓讀者能夠一下子看懂，但這篇一開始我看不懂，他說「二〇一九年秋天，一起女童燒屍命案震驚新加坡。兩歲半的女童被親生父母殺害」，又說「五年來，沒人發現這戶家庭少一個孩子」，時間點到底是哪一年？讓人覺得不合理。

楊　渡：這篇有扎實採訪，有很具體很實存的家庭故事，是我們一般所不了解的新加坡。

〈溫柔靠岸〉

楊樹清：這篇寫彰化、女性、討海人的生態，觸及了海洋生態的關係。寫生態環境還有另一篇〈抓蟲人朱清麟：上山以後的故事〉，串連人與生態的種種，具報導張力，惟敘述語言多歧，缺統整性。

楊　渡：〈溫柔靠岸〉文筆很好，雖然時而出現過於文青的句子，但這篇表現出人跟海洋的關係，透過撿野生蚵、挖赤嘴這些工作和收穫，講地方的經濟、地方的生存，同時也折射附近的污染並回到疫情中許多人都回去家鄉。從海岸養一方水土的家族，他們受到的污染威脅，到這些女性仍努力生存，疫情中碰到困難的家族也回到這一片海洋等，將海洋跟人的關係形成很動人的情感描述。

季　季：〈溫柔靠岸〉是我的第一名，它觸及了當下的疫情問題，疫情引起的試煉，造成的人口的流動都有被討論到，我覺得今年特別恢復的報導文學獎，至少要有一篇可以代表跟貼近當下疫情，我特別說明和拉票。

★一票的討論

〈來去龍發堂〉

楊　渡：過去寫龍發堂的也很多，但沒有人貼得這麼近。一方面文筆不錯，再者有很深度的問題觸發人們對於龍發堂這種民俗療法單位，用法律、公權力強拆散後，實則公權力也無法處理。這是個問題意識很清楚的作品，作者自己也介入很深，尤其特別的是寫到兩個精神病患，比較沒問題的一個去照顧另外一個，結尾時那種互相扶持的感情是很動人的，像是圍棋的「眼」，有精神困境的人還能夠互相扶持地走過去，作者有特別強調這一點，很打動我。

楊樹清：〈來去龍發堂〉作者化身記者進入現場，把眾生相報導出來，有可取處。

〈這世界的美杜沙〉

季　季：這是比較少被報導的題材，講罕見疾病「選擇性緘默症」，雖很少被報導但是我覺得也非常重要，可以看到父母是怎麼樣戰戰兢兢的陪著有病的女兒。

楊樹清：這篇語言動人，但寫罹患罕見疾病的女兒，流於僅為「一個人的田野」近身觀察。

楊　渡：〈這世界的美杜沙〉文字非常美，而且故事也很完整，可是它比較像是一篇散文而不是報導文學，去描述那孩子碰到的困境，所以我沒有選它。

〈曠野的聲音——台灣《客語聖經》開路者〉

楊樹清：這次寫語言文化如〈台灣唸歌三百冬　傳承轉型兩囍人〉記錄了從漳泉傳入的台灣唸歌歷史及現狀，惟報導者使用文獻比例過重；〈客從何處來：方言島上的金牛陣〉從語言走入族群記錄，文字清麗可讀，惟未能拉出一條報導主軸，流於散文化筆觸及鄉鎮書寫格局；〈曠野的聲音——台灣《客語聖經》開路者〉田野調查及圖像最扎實，拚出動人的翻譯地圖，具開創性且具田野調查經驗。

楊　渡：這篇旨在記錄聖經翻譯，比較少去寫到參與者的「人」的故事，雖然開頭寫到父親翻譯的困境，天冷洗冷水而暈倒等，但並沒有再多寫到其他的人物，全篇主要說翻譯《客語聖經》的艱難例子，但過程有點瑣碎。

〈為他人的凝視而存在的難民〉

楊樹清：這篇寫藏族自焚事件看藏人的生存處境，有開拓性，惟採訪樣本數不足，語言偏於個人情緒渲洩。

楊　渡：〈為他人的凝視而存在的難民〉寫難民的現象，但比較少觸及個別難民在那個處境下的人的生命故事，我原本很期待會進入人的生命故事，那個故事就會很動人。

第二輪投票，由每位評審各以4到1票再次投票。

■第二輪投票結果：

8票：〈溫柔靠岸〉（季④、渡④）

7票：〈心好小姐的音樂田野〉（季②、渡②、樹③）

4票：〈曠野的聲音——台灣《客語聖經》開路者〉（樹④）

3票：〈花園城市的貧民窟〉（渡①、樹②）、〈這世界的美杜沙〉（季③）、〈來去龍發堂〉（渡③）

2票：〈為他人的凝視而存在的難民〉（季①、樹①）

此輪產生首獎〈溫柔靠岸〉，二獎〈心好小姐的音樂田野〉，評審對於佳作作品仍有意見，繼續討論。

■第三輪投票討論：

楊樹清：我想為〈曠〉拉票，我認為報導文學要有一個高度，題材不分大小，但是田野現場要做得深，我的首選還是這篇，若說它只寫了幾個人物，我看過去我寫一百多人，那是廿幾年前的做法，但線索太開拓容易稀釋掉，這篇集中抓緊在幾個人身上。

關於報導文學的問題意識，這篇提出的是國家語言政策衝突，政府並沒有支持聖經公會，這些人的困境被描寫得很動人，在艱難中他們還繼續在做，作者的個人情感並沒有表露，就結構、田野調查、影像來看，這篇我覺得報導文學的一些嚴肅語彙比較豐富。〈來去龍發堂〉和描寫罕見疾病的〈這世界的美杜沙〉固然都有動人力量，但我自己還是更重結構，選擇有報導者角度，較冷靜角度，將個人情感隱藏在背後的作品。

楊　渡：以〈曠野的聲音——台灣《客語聖經》開路者〉和〈來去龍發堂〉比較，我會選後者，它能夠深度去觸及到別人所不能觸及的，這些人的內在精神所在。〈曠〉這篇比較流水帳，報導性好，但是故事性太低，沒有敘述在找資源做《聖經》的過程中這些人實際做了哪些事或多曲折。

〈來去龍發堂〉的特色在於至今沒有人這麼深度寫到這些人的內在世界，過去多著墨他們的民俗療法有問題，或政府將他們清散後就丟給社會局，但這些人被社會遺棄、被家人避之不及，卻在龍發堂被接納，甚至情況好的照顧情況嚴重的，雖同為精神病患者卻被互相依賴而產生安全感，故事敘述得很完整。

再者開豐師傅化為金身的故事也很傳奇，在這個故事裡作者親眼看到金身出缸時，針筒還可以注射進去，膚色呈淡灰色等，親眼目睹的這些過程幾乎沒有人描寫過，非常深入；另外從接收一個被人拋棄的孩子當徒弟，到發展出整個系統照顧了被社會所遺棄、排擠的一群人，甚至訓練到能彼此互相照顧，但他又被社會所不解，它是宗教？是解決方案？而我們過去僅依賴西方精神科醫生2分鐘做出的診斷結果。此篇問題意識很清楚，敘述的故事也很鮮明，每一個人的形象都很鮮活。

我個人特別推薦〈來去龍發堂〉的原因：深度性夠，進入內在精神世界，過去多觸及精神療法有問題，而今談到政府問題，被遺棄者如何被龍發堂接納，師父變金身等，故事性完整。

季　季：我仍想替〈這世界的美杜莎〉遊說，雖然楊渡說它比較像散文，只是相較下他的文字比較好，但是敘述的人物、發生的經過、發病原因的探討，小孩在學校裡面的遭遇，老師的反應、學生的反應、家長的反應等都敘述得很清楚。

我也希望我們可以讓社會更多人看見罕見病，引起更多人注意，而且這一篇沒有敘述邏輯的問題或交代不清的問題，所以我還是比較希望為這一篇拉票。

楊　渡：如果就報導文學而言，〈這世界的美杜沙〉會樹立一個很奇怪的範例，怎麼可能報導我自己的孩子而變成報導文學？如果我寫我自己的親人，那應是一篇散文，把寫自己的親人變成一個報導，會變成無所不可以報導。如果寫我的父親生病的過程，那是我的家族史，是散文，但不能說我寫父親得到老年痴呆症就是一篇報導文學，應該不能這樣子定義報導。

第三輪針對佳作作品投票，由評審各選2篇，最後由〈來去龍發堂〉、〈曠野的聲音——台灣《客語聖經》開路者〉出線，獲得佳作。

第四十二屆時報文學獎報導文學得獎作品出爐，分別是首獎〈溫柔靠岸〉、二獎〈心好小姐的音樂田野〉、佳作為〈來去龍發堂〉、〈曠野的聲音——台灣《客語聖經》開路者〉兩篇，恭喜所有得獎者。

新詩類決審會議紀錄

文質文情相稱，年輕前衛並重

白白／記錄整理

今年時報文學獎新詩類的徵文共計收件六百零四首（包含來自東南亞廿五首、港澳十七首、大陸八十八首、美加六首，其他地區五首），經初審委員李長青、林承謨、顏艾琳評選後，有八十首進入複審。複審委員為辛金順、許水富、凌性傑，複審結果有廿一首進入決審，分別是〈像樹一樣〉、〈永勝五號樟樹這麼說〉、〈健康長壽安全守則〉、〈繼承〉、〈疫情時期的抒情敘事〉、〈對鏡，遇見父親〉、〈莫比烏斯式悲傷〉、〈四洵之味〉、〈細讀病危的母親〉、〈老厝四點十九分〉、〈偽蒙學——致未來的孩子〉、〈失落的指環〉、〈夢的截圖〉、〈中華民國臺灣地區相片基本圖〉、〈他住在頂樓加蓋的雅房〉、〈家具〉、〈今日通訊〉、〈被偷走的孩子〉、〈肋骨〉、〈養動物〉、〈沒有墓碑的飛行員〉。

會議於九月卅日下午二時卅分中國時報會議室舉行，由中國時報人間副刊主編盧美杏主持，首先由陳義芝、須文蔚、羅智成等三位決審委員推舉主席，主席由羅智成擔任，開始各自陳述評審標準，並針對廿一首作品進行投票、討論。

陳義芝：首先，文學是看整體表現出來的感覺，細看構思是否奇特，奇特就會吸引人。第二點看語言是彆扭或清新，情境飽滿度，意象是否有感染力。最後思考這首詩表達了何種情境，給予什麼聯想。用以上的這些考慮來決定如何挑選。我選作品就憑自我經驗及美學標準來選擇，若有完美無缺的作品最好，若無，就看哪個作品影響的價值最高。

須文蔚：這次作品來源多重，展現出的主題多樣，提出許多當代議題，這些對我來講會有點興奮，可以挑出為這個時代發聲的作品。我相信現代詩能將這個時代的意涵透過作品呈現出來，不管是談台灣高齡化社會或是疫情衝擊影響，抑或是後現代主義的通訊、社會或科技的扭曲，這種種可以關注的議題都寫得很好。

我覺得一個作品還是不要太彆扭、雕琢，原本不關心國際議題，為了參賽而關心，或把老人寫得非常扭曲，裡頭不見情感，反而不打動人。有的作品語言非常清新，整體主題意涵很飽滿，我會放棄過於雕琢的作品而選擇打動我的。詩作為抒情的文類，情感飽滿是我的挑選標準。

羅智成：我的評審標準跟上面兩位相近。誠實地講，我們會有共同的、長期性的美學標準或是對詩的期待，就像跟作品對話一樣。不同的作品會激起我們特別想要刻意強調哪些美學標準。如遇到特別傳統保守的，就比較想要有原創性、個性化的東西；倒過來講，有時候看到非常勇敢的作品，就會想要能嚴謹一點等等。

最近幾年時報文學獎的作品都不錯，年輕感最強、前衛性強，前衛性強再加上對時代高度敏感。我覺得高度敏感跟得獎意識有關，這個時代每個人都很重視書寫策略，現代年輕人不像我們那時埋首書中找真理。對疫情、對社會問題的氛圍跟掌握上，他們是很敏感的。我希望能有文質、文情相稱的。最後我挑較願意幫背書的，是可信賴的敘述者。可信賴是透過態度、書寫方式等等來表達。

在三位評審陳述評選的標準後，開始進行第一階段的投票，每位圈選四首不分名次，之後再針對獲得票數的幾篇，逐一進行討論。

■第一輪投票：

1票：〈像樹一樣〉羅
〈疫情時期的抒情敘事〉陳
〈四洵之味〉須
〈他住在頂樓加蓋的雅房〉須

2票：〈繼承〉須羅
〈對鏡，遇見父親〉須陳
〈夢的截圖〉須陳

〈養動物〉㊣羅 ㊣陳

■第一輪投票討論：

★一票的討論

〈像樹一樣〉

羅智成：我建議這篇可再細讀，因我在初看時是刪掉的，後來看第二、三遍時就越喜歡它，因為它最差的幾句話就在最前面。它語言上簡單、生硬，就像樹一樣。可寫到後面，思想生動、書寫方式不溫不火，有非常細緻的節奏感跟韻律在裡頭。所以越到後面我越喜歡它。可以請評審委員多看一下這篇。

陳義芝：這篇我覺得讀起來非常平順優美，沒選它是覺得少掉了某個奇景的地方，能夠讓你頓挫或思索；它的抒情很美，但比較之後就沒選。

須文蔚：這類題材在四零年代鄭敏寫了很多，用樹的安靜跟人的行動做為一個對照的張力來去描述思維。相對於鄭敏的思維每次都可以說得很抒情，能夠創造出一些奇景或是生命的啟發，我覺得這詩說理就是說得很明白，反而沒有從隱喻或是轉喻帶出道理，這是比較可惜的。再來它有較不精緻之處，譬如說漫畫，它寫成化學的化，很明顯就是錯字。

〈疫情時期的抒情敘事〉

陳義芝：疫情寫得不俗，疫情時期的抒情敘事就是要寫很自然的生活。開筆不錯，在疫情被禁錮、隔離下，除了夢中能去到遠方，都不能去到別處。最後結束在「他知道我不敢離開」。從開頭說不能離開到最後不敢離開，這個禁錮封鎖已經深入到心裡了。

須文蔚：這次寫疫情的頗多，若只挑四首，我會把它跟其他寫疫情的詩做比較，因有太多不同題材可以挑選。和〈夢的截圖〉比較：〈夢的截圖〉敘事清晰，而這首是白描式的速寫，抒情的情這方面我沒有看到，這是它沒有被挑出來的原因。

羅智成：跟疫情有關我印象最深的是三篇，〈疫情時期的抒情敘事〉、〈繼承〉、〈夢的截圖〉，在前兩篇中我挑選了〈繼承〉，但兩篇我都喜歡。在技巧上及對意象的細致度來講，〈疫情時期的抒情敘事〉是最好的。細節處理有點賣弄式的表現，這讓我覺得它好。但整理書櫃那裡是不需要的motive，炫耀或具象化的感覺都不大，這是我不選它的原因。

〈四洵之味〉

須文蔚：這是我的第四名。我想挑一首不一樣的作品，應該是說每一首作品都寫得很龐大，它則用四首短作品來寫四個植物的烹飪。作者特別帶出了一種中年心境，每個食物在烹調時都回應了滄桑，又對於人世情愛有自己的體會。語言典雅，而這典雅不傷害想要表達的情感，這是他的好處。

陳義芝：這一篇將烹飪飲食賦予詩化的語言，卻沒有產生出其不意之感，所以我沒選。

羅智成：這篇語法不錯，但拿飲食來比擬人生，連結太牽強。第二，拿飲食來寫擬人生情境，簡單來講，到最後我還是看不出來梅汁釀番茄跟謊言的關係。

〈他住在頂樓加蓋的雅房〉

須文蔚：初看很有趣，很像楊牧〈有人問我公理和正義的問題〉的描述，特別是「他的意識在地平線上越野／如溪流直奔大海　遠遠沒有盡頭／因為太平洋的底部有一座排水孔　急流向下鑽入另一個世界／一道想像的漩渦」，這是他對文學的巨大熱誠以想像的方式去描述，有打動我。或許它在初讀時會覺得比較平鋪直敘，但它中間的情意非常的飽滿。

陳義芝：我覺得它不夠深切。動不動就搬出詩，有點文青的那種心思，我就覺得有隔閡。像剛剛文蔚念的「太平洋的底部有一座排水孔」，那個地方有鑽深進去，但其他地方就不那麼自然。

羅智成：一開始我跟義芝的感覺很像，我很怕拿詩來雕鑿。其實這篇整體來講我是喜歡的，我掙扎頗久。這篇寫得最好的是前面投幣式洗衣店的這個意象，現場感抓得非常好。從「雨越下越大，他默背起宮澤賢治」我覺得太過頭，前面的那種耐心跟鋪陳到此有點露出馬腳。它雖有敗筆，但我還沒有那麼討厭，所以它在我可以接受的八篇中。

〈繼承〉

須文蔚：寫的是疫情時代兩父子間對望的關係，老人遇到很多困頓，那使老人跟年輕人之間存在著巨大差異。他發現了父親在這樣的時代，因失去能力而認為自己變成失去身分的同時，看到父親的另外一種衰老。從這衰老裡，一方面強調老人家有一種故作的姿態，看到一個堅強的父親在這個時代的脆弱，那一段非常非常的感人。

而上一代的父親對於子女沒有這麼多的親暱或關愛，作為一個現在的父親，他從他父親身上拾取的，當然他賦予他的下一代。那到底是一種繼承還是一種反叛，我覺得他在詩裡的辯證跟張力，都很感人。這是一首既寫父親，又將疫情與高齡化社會兩個主題貫穿一起的詩。結尾段落收得極巧，所以給它很高的評價。

陳義芝：我沒有很喜歡它的表現方式，它沒有讓我覺得很自然。其次，語言上並不精練，使人感覺不到所要表達的意象。這整首詩的立意非常好，但表達不夠自然，稍嫌蕪雜，所以我沒選它。

羅智成：這一次四篇兩票的都與父親有關。我很榮幸的在〈對鏡，遇見父親〉這邊跟義芝共鳴，在〈繼承〉與文蔚共鳴，這兩篇我都很喜歡。所有的作者還是要寫跟自己比較熟的事情。當然這兩篇風格有很大不同；〈繼承〉比較重書寫策略，不僅把疫情扯進來，也把數位時代扯進來。〈對鏡，遇見父親〉就是他跟父親，但〈繼承〉是所有的人子跟所有的父親。所以父子角色的繼承也同時繼承了父親或任何一個成年男生的困境和窘迫，這是比較厲害之處。但的確在細節和表達上有如義芝所言的問題，年輕作者會用過重的詞語。

〈對鏡，遇見父親〉

陳義芝：他寫思念我認為有不同凡響的構色自然。我讀文學作品，一直覺得如何自然地在不經意之間打動、衝擊到你，是最高級的表現手法。這篇開頭場景很特別，理髮時在鏡子裡看到頭髮「鬢髮紛飛如坡上逆風的秋芒」，山崗、秋芒、磨傷，他沒有刻意的音韻，但是在意義的引導下，也產生了音樂性。從父親單身時一直對照，詩裡常透著滄桑，都是在對照時產生。倒數第二節「如果你從時間軸的巷尾走來，走到我這把年紀 兩把舊傘恰巧在街頭相遇」，我讀了很感動。什麼作品是好？能讓你感動的作品就是好。我覺得這位作者控制情感，文字表達能力相當不錯。

羅智成：這兩篇我都非常喜歡，甚至我對這篇有更喜歡一些。一篇是把影子接起來，這篇是把影子疊起來。〈對鏡，遇見父親〉簡單講是一個非常鮮明 identity 的認同。認同又有一個意思，就是相同把它疊在一起的一件事情。在形象上，對著鏡子的疊影，然後變成身分上的疊影，他這塊處理得很好。

〈對鏡，遇見父親〉在理髮店的情節處理得非常完整，這讓我覺得是個中年的、可信度很高的敘述。他對理髮店從頭到尾，意象很細緻的處理，等於是安排一個非常完整的電影鏡頭。這次有很多篇都已經讀到終點了，它還要繼續寫。像這篇只要寫到「那頭的你讀起來竟有些佝僂」就好了，後面可略。像〈繼承〉如果寫到「看上去是那人，是你，也是我」，其實也就很夠了。這二篇都有這樣的問題，但兩篇我都喜歡。

〈夢的截圖〉

陳義芝：外送人物角色的題材以前較少見，它把送餐者實際的辛苦以及心裡的那種鬱悶都表達了。開頭「頭盔裡已下起小雨」、「摩托車如鯽魚」等等，包括要送到不同的地區，他用雞腿飯、牛肉麵，就是用點狀、快速的把這個人的圖像勾勒出來。語意上的雙關，及矛盾掙扎的心思、語法也都不錯。是有用、有在表達的，所以就選了它。

須文蔚：它會讓我想起「生生皮鞋，請大家告訴大家」那個很特殊的庶民性。這樣的庶民性很不容易寫，因為它很容易寫成悲憤、抗議，或者說讀來只是讓你覺得很心酸。所以義芝老師剛剛特別提醒說，它閱讀的時候讓大家得到很大的趣味，就是不斷地透過幾個一語雙關，甚至更多義方式帶來閱讀時的趣味好笑，但笑完之後覺得很滄桑。幾乎沒有一段是浪費的。這首詩完整性跟飽滿度都是很高的。

羅智成：這篇我也算是很喜歡。特別是都市生活苦處的部分、貧富差距、介於無望跟絕望中間的感覺表達很生動，讀起來其實壓力頗大。這種風格的寫法最常也最容易遇到的問題就是鋪陳太多。若是讓詩的整體性再加強，就會收得很好。於我來講，「再送幾趟 Uber Eats，陽台的磚頭會多幾塊？」這邊就可以結束了，後面的很多就是重複前面的剝削感，內心苦楚的感覺。

〈養動物〉

陳義芝：我最喜歡的是這一篇，文學獎常看到用一點小的技巧來呈現詩意，或非常平滑的敘述，以贏得大眾的讚美。這首詩比較特別，他把快樂具象成一隻動物來養，這個構思十分出奇。呈現了一種生存境界，就是要我們逍遙、超脫。這個東西不容易，他確實把這樣一個思想表達出來。這首詩語言乾淨，沒有累贅的修飾詞，所以我就選了它。

須文蔚：我讀這首詩時，一直拿楊牧〈孤獨〉去做類比，我覺得很像是同樣題材的作品。就這樣的一個比較時，會覺得他點題點得太清楚，沒有把驚喜如楊牧先生將孤獨那樣的化用。通篇都在論述，一大堆代名詞讀起來繞口，重複出現這樣的節奏，讀起來並不這麼的喜歡。我知道它很有趣、生動，但就是會卡在某一些地方，我沒有辦法選擇它。

羅智成：我真的喜歡這篇。其實一開始我比較緊張的是他的語言比較舊，感覺上像是比較老的詩人的寫法。但先不管這塊，這篇有超出其他人很多的地方。最近我很重視寓體跟寓意。他是少數寓體跟寓意的可比性非常高，講得很徹底。像人跟快樂的辯證，人的一些特點他列出來，快樂的一些特點，他也列出來。這樣比下來還頗完備，這是頗難的一件事，代表此人其實對人生閱歷的思考是非常完整的。

在看起來不太用心的文字底下，他的思維是細心的。我也很喜歡他最後對於人生生命的本質那種苦澀的體悟。碰觸思想時，我們會很怕思想過度淺顯，但他在這塊有飽經閱歷之感。他也有缺點，「牠脫落了特定的形容和輪廓」這些東西，並不是說不好，其實是多餘。

我想到我的缺點，思維的周密造成的缺失，其實你寫快樂，每個面向都寫到是很不錯，但對於詩裡想的、對於快樂想得太多，就東擺一些西擺一些，只為思想完整性跟詩的某種緊湊感，這是我偶而會犯的錯誤。

須文蔚：他最後有點想帶一些禪或佛理進來，然後就講分別心，他忍不住不談。一談分別心又講怎麼談分別心，所以脫落了特定的形容跟輪廓，就法說起來了。

羅智成：這其實讓他的思想更完備，詩裡頭可以容忍這段沒有被帶到。但我還是非常喜歡這篇。

第二輪投票前，評審們自動放棄〈像樹一樣〉及〈四洵之味〉。

■第二輪投票：（採計票方式，最高以6票計，依次遞減）

14票：〈養動物〉（須②、陳⑥、羅⑥）
13票：〈對鏡，遇見父親〉（須③、陳⑤、羅⑤）
11票：〈夢的截圖〉（須⑥、陳④、羅①）
11票：〈繼承〉（須⑤、陳②、羅④）
7票：〈疫情時期的抒情敘事〉（須①、陳③、羅③）
7票：〈他住在頂樓加蓋的雅房〉（須④、陳①、羅②）

經過反覆的推敲琢磨，第四十二屆時報文學獎新詩組的得主終於誕生，首獎是〈養動物〉，二獎為〈對鏡，遇見父親〉，佳作為〈繼承〉、〈夢的截圖〉。恭喜所有得獎者。

散文類決審會議紀錄

有疫情有親情，有傳統有創新

李欣恬／記錄整理

第四十二屆時報文學獎散文類徵文共計收件四百四十三篇，包括台灣二百八十篇、中國大陸一百一十九篇、港澳九篇、東南亞十八篇、美加地區十二篇、日韓一篇，以及其他地方四篇，經初審委員彭樹君、張經宏、謝佩霓評選後，共有七十篇進入複審。複審委員為石曉楓、鄭如晴、王盛弘，複審結果有十九篇進入決審，分別是〈處女補鍋漫想〉、〈風之谷〉、〈第三世界並不能被簡化為黑夜〉、〈洪水之至〉、〈角色〉、〈被「剷」開的生活〉、〈愁城編年〉、〈間隔號青年軼事〉、〈一箱過去〉、〈老漁人的寫字桌〉、〈修馬桶實戰手冊〉、〈陌生人〉、〈負壓〉、〈人間生死場〉、〈二人之間的安全距離〉、〈那些有點機車的事〉、〈積雪的房間〉、〈五樓〉、〈弟弟的右鉤手〉。

會議於十月七日下午二時卅分中國時報會議室舉行，由中國時報人間副刊主編盧美杏主持，首先請焦桐、簡媜、陳銘磻三位決審委員推舉主席，主席由焦桐擔任，開始各自陳述評審標準，再針對十九篇作品進行投票、討論。

陳銘磻（以下簡稱陳）：很高興從這次十九篇作品裡看見多樣性，不再侷限我們過去的散文認知，不只有很單純的風花雪月而已，而是各類型都有，有很多情節書寫故事，以及對生命態度的描述，能夠在十九篇散文看見多樣性的寫作，是一大快樂，好的作品算起來蠻多的，在評審上有點掙扎，很難選出什麼是最喜歡的，但牽涉到文學獎評審，還是要「勉為其難」挑出最喜歡的。

簡媜（以下簡稱簡）：散文這種文體延展性開闊，可以描寫內在、私我的生命課題，也可以外放探測整個社會變動或是時局的樣貌。這次的十九篇入圍作品當中，很高興都看到了，有內在的個我生命課題的探討，也有放眼當代社會、國際困局的散文描寫，這樣的多樣性，讓我最為感動振奮的題材，在疫情的反映上，至少有兩篇，如：〈愁城編年〉和〈負壓〉，還有傳統的親情、父親角色有三篇，這是很特別的，過去散文對親情的描寫，會著眼在媽媽、阿嬷，母性的角色，這次在決審中沒看到寫母親的，卻有三篇書寫父親；跟我們過去認知傳統親情的寫法完全不一樣，這令人振奮。

換言之，我們新世代的散文寫手，既能承續傳統，用新世代的體驗和閱讀，有了不一樣的表現形式，另外就是社會關懷，如書寫女性邊緣人、天災、旅行、飲食、同志、親情、自我省察、人際、唯物等作品，在短短十九篇當中，開展出一個題材上的分類，在大型文學獎中，放諸任何文學獎，都是一個了不起的觀察重點和成就。

回到我如何從這精彩的十九篇挑選較前面的？確實比較困難，但回到寫作上，有一些好作品的準則要求，仍是不可或缺的，如結構布局、情節合理性、文學修辭的鍛鍊，這對我來說都是不能偏廢的。

焦桐（以下簡稱焦）：這次參賽的作品裡面主題相當多元，有疫情、親情、愛情、水災、遊記等，我不是很重視主題寫什麼，比較看重作者的意圖。剛剛阿璠提到的情節，我看散文時，如果看到比較明顯的故事情節描述，都會不自覺提高警覺，覺得會不會是在寫小說？

我一直思索散文應該要有那些美學？首先我認為散文選手應該和詩的選手一樣，對文字要有潔癖，散文一直被認為是一種非虛構的文類，我覺得作者駕馭文字的功力應該要夠成熟、夠精準，散文一定要言之有物，我實在是看了太多言之無物的散文，寫手要如何把自己的思想、情感、意見，解構出一個有效的形式出來。

我相當重視文采，散文不能缺乏的是描寫，而不是流水帳。如何流暢地描寫，通常會讓我們看到感染力，動容的是一種細節的描繪，流水帳就不會有這些東西。一般而言，我在判斷一篇散文，我的喜好不出這幾個要點。

在三位評審陳述評選的標準後，開始進行第一輪的投票，每位圈選四篇，之後再針對獲得票數的幾篇，逐一討論。

■第一輪投票結果：

3票：〈負壓〉陳 簡 焦
2票：〈積雪的房間〉簡 焦
1票：〈處女補鍋漫想〉陳
〈風之谷〉簡
〈洪水之至〉簡
〈一箱過去〉焦
〈老漁人的寫字桌〉陳
〈修馬桶實戰手冊〉焦
〈五樓〉陳

■第一輪投票討論：

★一票的討論

〈處女補鍋漫想〉

陳：這篇從尋找一個鍋蓋配合鍋子，中間談到許多人生的態度，我喜歡作者的文采，能一氣呵成，從頭讀到尾，很快知道是什麼，這是我喜歡這篇的原因。

簡：這篇以「補」為題旨，恣意輻射而出，涵蓋各種「補」，極盡所能地做唯物的描寫，是生動繁複之處，所有的「處女」指的是處女座，在題目上有點聳動，處女座在他的描寫中是追求完美且執著的，並寫到缺陷之美是成功之處，缺點是過於漫遊和鬆散，開展時營造出一個執著的人，在電腦前一定要幫他的鍋蓋，找到相配的鍋子的執著，確實能讓我們閱讀時想像出生活的面貌，有時文字的修辭欠缺精實，參加比賽四千字文字也要像上過健身房，做過重訓，有時修辭的「恩阿」、「是阿」，口語直白，欠缺雅味，和選定的題材比較無法做密合，這是我沒選這篇的原因。

焦：首先處女座不等於處女，所以「處女補鍋」是很奇怪的。我認為作者的文字不夠精練，也缺乏敘事上的邏輯。例如：「處女座的我」，我不喜歡看到人家寫散文寫「什麼什麼的我」，文字修辭不通順，舉了很多例子形容處女座的人怎麼樣，也難以成立。就像我女兒有時候會笑我：「實在難以想像，這是處女座的桌子。」有些隱喻，如文章裡提到閒置的鍋具，像是身上用不上的器官。鍋具和器官？我想用不上的器官，好像只有盲腸；「幸好還沒有粉碎，化成骨灰」，什麼地方有骨？而且對星座的評語，都不是很恰當，忽然之間，一句「人間失語，金基德的《聖殤》不聖，愛如何完全？」實在太突兀，這就是我說缺乏敘事邏輯的地方。這種跳來跳去的敘事，會產生一種失序的斷裂，所以我並不支持這一篇。

〈風之谷〉

簡：這是一篇關於旅行的寫作，描寫的地方是巴基斯坦，讓我們比較會提高警覺的國家。前半段寫得像報導文學，比較是資料式或客觀的描述，到後半段才有散文的涉入。散文和報導文學有時候不同是在這個邊界上，報導文學給人感覺寫作者是客觀的，散文是很大量的涉入，有主觀的感受視角，在散文當中是被鼓勵允許的，但這篇似乎是到後面才把這部分加了進來，是稍嫌不足的地方，以及斷句稍嫌破碎，文句在描寫上有生動之處，有它的富麗斑斕之處，寫景寫人有動人的地方，可是對於巴基斯坦這個國家，地緣政治和國際局勢特殊性的描寫，比較欠缺，讓我稍微期待有落空，雖然我把它選入珍貴的四票中。

陳：這篇寫得也很棒。至少對峽谷居民樂天知命的生活狀態，用很簡潔有力的方式描寫出來，吸引人想要認識世外桃源。我跟簡媜都有同感，它到底是報導文學，還是散文？這次有好幾篇，我覺得也可以歸類在報導文學，只是有點可惜，我一開始看就發現它是我心目中的報導文學作品，就先擱置，沒在我前面的分數。

焦：其實我不太在乎文類。文類可以模糊沒關係，就像波赫士寫的小說，很像考據的論文，他的散文都很像詩，我覺得無所謂，是為了討論方便，才會做這樣的區分。〈風之谷〉這篇我也不在乎它寫的是什麼，我覺得它在修辭上過度依賴成語、形容詞、成俗套語，例如講到罕薩峽谷，「果樹環繞，綠意盎然，恬靜簡樸的世外桃源」，這個修辭太懶了，講到「日本的年輕背包客，拎著樂器，老遠的飄盪前來」，如何飄盪？怎麼會是「飄盪」？講到「國內紛爭不斷，衝突連連」，講到那邊的山水，「聽天由命」、「極目遠眺氣是雄峻的延綿雪峰，壯麗河山」，這麼依賴成語和成俗套語。我認為是一篇拖泥帶水的遊記。

〈洪水之至〉

簡：這篇第一次看時覺得平淡無奇，再看第二遍，深深打動我。面對這種不可逆的洪災、天災，有一種淡定之風，有不可思議的悠閒，這是不是假裝出來要刻意的營造？可能跟作者個性有關，在描述時這種氛圍就自然湧現。如：寫橋上喝啤酒的陌生人、寫水果商，一路寫來，稀鬆平常，像一個見慣天災的人，像一個背包客到淹水小鎮一日遊，平易近人，文字行進中有一種悠閒，也有看破的命定之感，老天要對你做什麼凌虐、霸凌，小老百姓無法抵抗，被破壞了就重新建設，呈現出來一種像小草般堅韌的小老百姓的性格，有段寫到「在牆角有一堆已經燒過的蜂窩煤，整整齊齊地碼成等邊三角形，雜草幾個圓孔裡鑽出來」，小老百姓面對天災的堅韌，像是竄長出來的雜草，雖然寫的是一個呼天搶地的大災難，難得看到用這麼節制、平和的文字，來描寫出來這樣的一個洪災，到後來結尾的地方，又碰到上次的陌生人，這次不是喝啤酒，是喝可樂，結尾也蠻好的，說到各有各的方向，各有該忙的生活要去整頓，彼此之間也沒有道別，也沒有在對方視線範圍內回頭，暗喻無法抵抗災難，也無法回頭。

陳：文字描寫洪水帶來的城鎮不勘的景象，描繪天災所帶來的殘敗，各種樣貌慘狀，敘述得很吸引人，那種描述非常明晰而清楚，那種殘破的樣子，透過他的文筆敘述出來，覺得如臨悲慘局面，看完覺得無奈又無助，至少做到把一個天災產生的不勘後果描述得很清楚，很能夠有一種心有戚戚焉的感覺。比較起其他各篇，這只是很正常的描述，規規矩矩的寫作，應該要讓它更突顯，我無法選它。

焦：這篇最大的特點是一篇集中型的敘述。有六頁，前面五頁都是集中在洪水漫灌的時候，第六頁才講到回到家裡，時間才拉開。不知道有沒有受到希臘悲劇的啟示，這篇散文我對它充滿期待，但是不免後面略微失望，例如它的對話是不成功的對話，帶有一種文藝腔，缺乏生活感、現實感。一般來說，對話應該是能夠產生某一種失衡狀態，再回歸到平衡狀態，這樣的對話比較能推動敘事的進行，這篇很可惜，沒有想到這一點。看到中間第四頁的部分，有一段文字眼睛一亮，「洪水是對人類的格式化，一次性刪除各種各樣的數據，等它退去會留下近乎空白的儲存容量」，我覺得如果從這個地方展開，會是一篇很精采的散文，可惜就這樣帶過去了。

〈一箱過去〉

焦：剛剛講到集中型的敘述，希臘悲劇提到三一律，發生在一天同一地點裡面的單一事件，這篇〈一箱過去〉也是單一事件，非常集中，時間空間都壓縮得很短，空間很狹窄的地方，一邊在儲藏室懷念舊情人，一邊傾聽太太整理衣服的聲音，他不斷有一些祕密洩漏出來，有一些敘事的張力，我很欣賞作者的內省能力，他的內省是很冷靜的敘事，文字很準確，我說文字很準確，是因為我看這次的參賽作品，有很多篇文字很不準確，我說敘事流暢，是因為我看到很多部作品敘事不流暢，要怎樣敘事流暢，和結構息息相關，例如黑澤明電影敘事很流暢，如：《蜘蛛巢城》，衛兵、哨兵幾公里外發現敵軍，跑回來報告將軍，全部都是一鏡到底，當然是先把軌道鋪好，跟著軌道走，《羅生門》裡那對夫妻，也是沒有剪斷，那樣的流暢，才會吸引我們不斷地看下去。

以文學作品來說，像海明威的《老人與海》，一開始第一段很長的敘事，只有一個形容詞，一個副詞，用名詞和動詞作為修辭的核心，一開始看就吸引進去了，這個就是流暢，這篇厲害的地方，在於那種流暢，語言的清淡，也是一種高難度的動作，不是輕舉妄動的輕，有一些很沉重的東西，寫得很自然，讓感情很節制，敘事適度地走出路徑出來。

剛剛講到前兩篇對話不好；這篇說傾聽，偷聽太太的動靜，會讓人緊張，等待可能會有的衝突，馬上又回來，還好，太太繼續在整理東西。講到這些要回收的東西，他說回憶可以回收，可以擷取，美好或不美好的片段，但永遠不會送去焚化爐徹底銷毀，「清掉那件信紙，我看到手作燈籠」，就開始講燈籠的故事，那段深刻的情感。我覺得這篇〈一箱過去〉是我覺得這次參賽者數一數二，很棒的一篇作品。

陳：這篇也是我看十九篇裡面最折磨我的。有一點很成功，透過整理舊物，很成功的把畫面透過文字顯現出來，看到他描述跟妻子間相處的，很有那種古老場景的描述，那種情節，一幕幕在閱讀的過程中呈現出來。

我喜歡這篇的另外一個原因，就像是有一種老時代人，講話的方式欲語還休、含蓄的感覺，看到的是想要說、但又沒有說得很清楚，可是我們都知道，很誠懇地描述出來。但會不會是這種含蓄地描述，使得這篇文章會不會過於平淡，這就是我掙扎的地方？也是讓我很膠著的地方。

簡：我的看法跟兩位男士不太一樣，尤其這是一個關於感情的事情，我女性的警覺都會出現。這個作品，姑且相信作者是一名男性，應該是一個男性從男性的角度書寫，依隨舊物回憶舊情，是特殊之處。這當中提到很特別的，講到感情的耐性，從前面來看，文字上的結實、精準，無庸置疑，對於翻查舊物、回憶舊情，在寫作上沒有太多特殊之處，特殊的是這些舊物連結到什麼樣的舊情？也就是前女友。

對我女性來看，讓我感動的不是一個有囤物癖的痴情男子，在箱子裡很多東西捨不得丟，讓我感動、警覺的，不是一個男子在婚後背著太太在隔壁房間，整理舊物回憶舊情，會讓我警覺和期待的是，那是一段什麼樣的舊情？經營了多久？如何經營？最後如何分手？以及情感相互之間的對待，是我作為一名女性所好奇的，這個部分它讓我失望。為什麼？當中提到情感的耐性，提到「我到現在還是感到愧疚，這分耐心把我最精華的時光都浪費掉」，差不多跟女友是十年前分手，分手的時候是交往了十年，顯然是從很年輕跨越到大學畢業，時間並不短，到後來彼此之間都有點累了，「我們有必要這樣每天晚上講電話嗎」，愛情有了慣性，就會開始扁平化，感情中最吸引人的就是激情，沒有那個東西，就是日常，任何情感落入日常，就是要步向荒原、廢墟的時候，就分手了，因為他感情的耐性拖得這麼長，耐得住變淡、變冷的感情，這十年中對她的情感是漸漸淡掉，對於這種例行的每晚通電話，有點不耐煩。可是為何忽然不耐？這一點沒有書寫完全。

相較於這種不耐；女友寫給他的大量的信，有附照片，有貼紙，一個女孩子會為了這封信作裝飾，代表這個女生很愛他，裡面是有很澎湃的情感，這個女生很愛她的男友，但在愛他的過程中，怎麼沒有發現他的情感變淡了？我看見沉浸在想像中的激情的女孩子，越讀越覺得心寒，這箱對我而言像是呈堂證供，裡面的男生到底為愛做了什麼？這點是超越了散文的文字與結構要

父親之間相處的模式，這是我個人比較喜歡的探討方式。

馬桶修理雖然很平淡，但也可以看到作者真的是笨手笨腳，在笨手笨腳裡回顧跟父親相處的真情，一個依賴性很強的兒子凡事都要先問父親，依賴父親，在依賴中也讓我們看到期許自己可以茁壯。

簡：這篇從馬桶角度下手，別出心裁，獨具慧眼。寫父子之情，為寫作親情另闢蹊徑，是高段的地方，這個父親本身從事的是垃圾回收，就像馬桶是每天都需要的，從馬桶下手，我認為他在內心深處也做了一些連結，父親是在社會底層，他不認為這有什麼不光彩的地方，父親還講了一句有哲理的話，「垃圾是人類製造出來的」，我欣賞作者對於馬桶、對於沒有說出口的父親的底層位階，以親情灌注，親情有時寫得出，有時是沒寫出的。這裡是沒寫出來的部分讓我感動。

這篇也有他的毛病，出在他的文字，有些地方欠精準，有贅字，「哪來了流水聲，好像是馬桶水箱漏水了嗎？」「好像」和「嗎」一起，念起來有點怪。第二頁的「我一個人傻在了浴室」，他通篇「了」太多了，是一個喜歡用「了」的寫作者；第三頁寫和弟弟在爭論老舊遙控器壞掉了，我覺得這個部分的情節是多出來的，因為他前面已經告訴我們，他對於生活中的實務比較是生活白痴的人。結尾很棒，他從父親的某種教導身教中，他也面對了他的生活，很動人。

〈五樓〉

陳：這篇透過一位神祕家庭教師簡樸的生活，講到生活的逃避，有什麼往事不想讓人家知道，講出逃避的枝枝節節，很簡單但又會吸引人，對於五樓住的家庭教師，到底裡面藏了多少使人疑惑、迷惑的事件？

這個家庭教師是很使人不解的人物，他到底是什麼樣的人，因為他成為他的家庭教師，才有更多機會接觸他，整個模式有一點小說的模式，一直到最後才知道，原來這個家庭教師是女同志，同時也產生了這個家庭教師對人生的眼光、對生和死的描繪，好像類似拍張愛玲電影一樣，慢慢敘事，最後使我驚嚇的地方，是女教師不見了，回頭張望五樓的房子，而產生了對自己的迷惑，他是不是也是一個同志？他可能也是一個同志，最後一幕沒有說出來，從他眼光的描述，回頭看消失了的女教師，那個五樓原來是一個充滿迷惑和故事的地方。這樣做結尾，好像在看小說故事，裡面有很多滋味，這種滋味很吸引人。

簡：這篇用懸疑手法寫一個在社會被壓抑的一群人或一個人，很緩慢且沉悶的紀錄片，窺探同性戀、一名年輕女老師的困境，顯然這篇不是在台灣社會發生的，不是在新加坡就是在馬來西亞，在那樣的社會裡面，仍然有說不出口的、不能表明的真實身分，這位年輕的女老師就在社會的夾縫中過活，不應該是這樣的年輕女性該過的生活，連開展自己的勇氣和機會都沒有。

一個人住的房間那樣空蕩，隨時可以準備搬走，像個流浪漢，這是氛圍的營造上成功的地方，也會讓我在閱讀的時候產生一些思考，這個題材比較適合往小說發展，用散文的方式來寫，有時候，受限散文的尺寸和規模，所以有些地方沒辦法推衍出去，只敢說在隱晦中。其實一個開放自由多元的社會，一個人表明自己不需要勇敢，只要誠實就好，顯然它這個社會到處會碰到一個隱形的牆壁，最後這個敘述者，也只敢在夢裡，從三樓看五樓，我會不會跟老師一樣？要用夢的簾幕來遮掩，看了心裡會觸動，最後一段這樣自我吐露的性向，跟文章中看了比較情色的影片，比較有落差，散文無法交代這其中的跳躍式，如果在小說裡就可以鋪排，散文做不到，題材上適合小說。

焦：這當然是一篇為同性戀發聲的散文，顯然是在新加坡，我覺得是比較平，裡面有兩句話，他第一次看到老師，「整個人很平面，但她的眼睛很幽邃，裡頭沉澱著一些柔和的事物」，我多麼希望他從這裡發展他的書寫，但他在表面上轉，很可惜。這老師在台灣沒有任何問題，在相對保守的社會東躲西藏，最後寫得像一個騙子一樣，故意不交房租，悄無聲息地逃走了，最後有點可惜。

★二票的討論

〈積雪的房間〉

簡：這篇我很喜歡，寫出台灣社會高學歷的迷惘，〈陌生人〉、〈角色〉、〈積雪的房間〉等都是，在作品中不經意流露出對未來前途的迷惘，〈積雪的房間〉尤其是把這樣的迷惘，把年輕世代對前途的茫然感，淋漓盡致地表達出來，這是過去參賽作品比較沒有強烈感受到的。用棕色小蟲譬喻內在深沉的無望感，文章中有幾句話飽含弦外之音，例如：我等的車怎麼還沒來，也許你等的那班車根本不存在，我該搭上哪班車才能抵達那裡。這種寓言式的自問，更加強那種無望感。顯然他是在很龐雜的學術機構擔任助理工作，沒有成就感，這種工作活著活著就變成一隻蟲，結尾文筆很好，在絕望中看見微光般的出口，還是留了一線微光，不至於把茫然感推向深淵，雖然小幅製作，但是深刻挖掘，是成功的地方。

陳：少見地用灰塵和小蟲子來描述工作，看到許多不平靜的心情描述，用小品文的格式敘述，一開始我有點疑惑，他用積雪形容灰塵、小蟲子，用那麼漂亮的雪作為形容，後來發現這樣的解讀有點錯誤，就像日本作家谷崎潤一郎的《細雪》，從頭到尾沒有寫到雪，他的細雪就是很柔很輕盈的心情。後來我理解他用積雪來形容心情。

焦：敘述者敘述上班族行政助理的困境和生活上的苦悶，顯然很不喜歡他的工作，整篇看起來就是一篇寫得很好的散文，內斂、含蓄、冷靜的敘事方法，可以在裡面看到優美的文采，最後的描寫很多，很精采，對於細節的觀察、描繪，這才是文學，假如文學缺少細節那要看什麼？我很支持這篇。

★三票的討論

〈負壓〉

簡：這篇像個穩健可靠的老船長，用精簡的文字航行疫病年代的醫院第一現場，這次有兩篇寫疫情，〈負壓〉和〈愁城編年〉；〈愁城編年〉雖然沒有獲得票數，但寫得也不錯，從一個老百姓的生活面來描寫疫情。

這篇本身是醫院的醫護人員，這兩年全世界都因疫情封鎖，我對於堅守崗位的人有一種尊敬，他們處在最高風險的位置，沒有選擇逃跑，要離開高風險有九十九個理由，留下來只有一個理由，就是我必須在這裡，這篇讓我看到留在現場的氣魄，疫病年代，活生生、血淋淋，寫透了負壓無所不在，沒有出口，這是最令人恐懼的，在作者的描述中，給予了層次感，所謂的負壓，最難以忍受的就是隔離，也從一個醫護人員的角度，看到在負壓病房的醫護人員和患者的實況，透過節制、冷靜、理智的文筆描述出來，這篇幾乎可說是無懈可擊。

陳：疫情中類似的報導，在電視上看到的報導都很片段，沒辦法知道疫情間最危險的地方，到底是如何？這篇文章精準而確切說明了身在病房隔離室的作業，面面俱到，清楚地透過文字，讓我們認識了解負壓病房到底發生了什麼樣的事情，如何面對猖狂、生死交關的艱難工作，用的文字也不會刻意挑釁、灑狗血，而是誠懇地記錄所看到的工作壓力，不慍不火，用字精準，對事件的描述也很精準，所有敘述集中在同一件事情，沒有過多不必要的技巧。一氣呵成地讀完，覺得心有戚戚焉的好文章。

焦：敘述者是一個負壓病房的醫護人員，整篇都在寫負壓病房。這篇文章，負壓不僅僅是一種特有病房的名稱，甚至是一種隱喻，隱喻到形而上的地方，他說負壓能夠隨身攜帶，隨時打開，這是這篇文章精彩的地方，他也說「靜」是一種負壓。在文字方面沒有像〈一箱過去〉文字那麼漂亮，不像〈積雪的房間〉那麼漂亮，也算是一篇很好的散文。

討論完各篇後，評審各自放棄〈風之谷〉、〈處女補鍋漫想〉、〈修馬桶實戰手冊〉後開始第二輪投票，採計票方式，⑥票依次遞減，得票分別是：

17票：〈負壓〉（陳⑥、焦⑤、簡⑥）
14票：〈積雪的房間〉（陳⑤、焦④、簡⑤）
10票：〈一箱過去〉（陳②、焦⑥、簡②）
10票：〈老漁人的寫字桌〉（陳④、焦③、簡③）
8票：〈洪水之至〉（陳③、焦①、簡④）
4票：〈五樓〉（陳①、焦②、簡①）

第四十二屆時報文學獎散文類分別由〈負壓〉獲首獎、〈積雪的房間〉獲二獎，佳作為〈一箱過去〉、〈老漁人的寫字桌〉，恭喜所有得獎者。

影視小說類決審會議紀錄

愉悅的閱讀，與國際接軌

白白／記錄整理

第四十二屆時報文學獎影視小說類的徵文共計收件五百二十二篇（包含來自東南亞十一篇、港澳十八篇、中國大陸九十二篇、美加十七篇，其他地區十二篇），經初審委員石芳瑜、凌明玉、陳栢青、盧美杏、顧蕙倩評選後，有六十六篇進入複審。複審委員為吳鈞堯、周昭翡、楊明，複審結果有十六篇進入決審，分別是〈混吃等死〉、〈真相〉、〈雪崩之時〉、〈貓城〉、〈讓鱉鬆口的雷聲，是悶是響？我好想知道〉、〈神醫〉、〈模範母親〉、〈耳朵〉、〈無垠蒼穹〉、〈家族遺書〉、〈留神〉、〈流沙〉、〈觸手〉、〈清涼里〉、〈塗鴉〉、〈笛卡兒神話〉。

會議於十月五日下午二時卅分於中國時報會議室舉行，由中國時報人間副刊主編盧美杏主持，首先由林黛嫚、胡金倫、郝譽翔等三位決審委員推舉主席，主席由林黛嫚擔任，開始各自陳述評審標準，再針對十六篇作品進行投票、討論。

胡金倫（以下簡稱胡）：因為評審的是「影視小說」，我會比較疑惑或考慮到底是以小說的文學性為主？還是具有影視改編的預期效果？又或者小說整個呈現有戲劇的畫面？整體而言，前幾名水準非常高。

郝譽翔（以下簡稱郝）：影視小說到底要偏重哪一點？一些改編成影劇的作品，如《俗女養成記》、《花甲男孩》，原作都不像是能被拍成電視電影。所以後來就覺得它是要有創意的、可以引發人想像空間，這就會是個成功的影視小說作品。這是我第一次評這樣的文類，這與我評其他文學獎的時候是很不一樣，整個評審經驗是愉悅的。所以我跟金倫想法一樣，這次水準其實蠻好蠻平均的，或許真的可以提供這些臺灣的影視創作者很多靈感。

林黛嫚（以下簡稱林）：我跟兩位想法很一致，首先判斷如何看待它影視小說組？此外，這是時報文學獎，不能完全只考慮到能不能改編成影視，它是需要有文學素質。所以我的評審標準在文學素質與是否有影像畫面這兩邊尋找一個平衡。確實這批作品在這幾年評審作品中，是有特殊表現的一批。初、複審委員也相當盡責，他們提供不同類型的作品進入決審，有很多作品能讓我們的影視作品跟國際接軌，所以我對創作者賦予高度的期待。

在三位評審陳述評選的標準後，開始進行第一階段的投票，每位圈選四篇不分名次，之後再針對獲得票數的幾篇，逐一進行討論。

■第一輪投票結果：

2票：〈貓城〉林 胡

〈耳朵〉胡 郝

〈家族遺書〉胡 郝

〈留神〉胡 郝

1票：〈混吃等死〉林

〈讓鱉鬆口的雷聲，是悶是響？我好想知道〉（林）

〈模範母親〉郝

〈塗鴉〉林

■第一輪投票討論：

★一票的討論

〈混吃等死〉

林：這篇寫出大疫後的狀態，雖然書寫時間較早。這次有兩篇寫大疫是我喜歡的，有些能夠寫出時代的變化，這篇是寫疫情狀態。他不只寫疫情是最後一根稻草，他寫的是大陸的青年沒有未來。這個青年範圍是蠻廣的，不只是二十幾歲像胡遷，是已經快要邁入中年，但在這個社會仍看不到未來、希望，寫出了時代的、中國大陸這代人的命運，而且他的寫作技巧很好，也寫出了時代感；他的文字、結構設計非常巧妙，很多都是前後有呼應的，具現實感也有文學性。

這篇是大陸的作者，裡面有滿多胡遷的影子，我覺得這一代大陸作品都是這樣子，寫法、觀感，或者描述的生活狀態很接近，這也是無可厚非的，我強烈向兩位推薦。

郝：我可以支持這篇。我覺得這篇就是一個大陸的文青，引用卡夫卡跟西班牙詩人羅卡的典故。這是篇在決審作品中，對於文學的技巧跟概念其實成熟掌握的作品，雖然有設計，但設計是很巧妙的，也呼應了疫情時代，以及人跟人之間疏離的狀況。他運用了很多後設的概念在裡面，我覺得這是一篇層次豐富的作品。我沒有把它推到非常前面，是因為裡面很多痕跡是可以被辨認出來的，可是就作品而言，確實是一篇很成熟完整的作品。

胡：我通常會把同類型作品放在一起比較。這次決審中描寫當下疫情作品有三篇，剛好來自不同地方，一個是來自馬來西亞的古晉東馬婆羅洲，一個是臺灣，就寫防疫戰，負責篩檢工作。如郝譽翔所說，有很多卡夫卡的影子，後來我把我這一票投給〈貓城〉，主要是出生地的關係吧。這次決審作品很多在討論父子關係，〈混吃等死〉也在討論父親跟孩子的關係，以所謂的大膽實驗性、跳脫的文字來看，〈混吃等死〉比〈貓城〉更大膽嘗試、試驗，〈貓城〉是比較成熟，穩穩地說著故事。

就會很有感覺。

★二票的討論

〈貓城〉

胡：它描寫馬來西亞古晉，也就是李永平出生的地方，在疫情之下，生活在一個重男輕女的家庭下的女生的故事。裡面角色幾乎都沒有男生，父親就是一個虛虛實實的存在。裡面一直強調和白貓的關係，他將自己和那隻白貓類比。裡頭使用很多隱喻，我自己的解讀是有一點政治隱喻，這是有一點馬來西亞的隱喻：掛白旗，這個在馬來西亞才會發生，你凡是有需要幫忙、焦慮、撐不下去，你就掛白旗，這也是這篇小說不斷地提到。黑與白，正跟負，還有華人跟馬來人之間一點的政治隱喻。還有疫情之下，封城、不能出門，面對焦慮、精神分裂的人，最後見到這種人跟貓一樣，就是生命不重要。他題材很好，但這個篇名完全沒有反映小說裡面的重要性。

林：這篇其實是一個很好的題材，比較可惜的是文字敘事方式有點隨意，沒有經過設計，但他掌握了一個很好的題材。貓的母性意象是很強烈的，作者主要也是由此去書寫。裡面很多異鄉的感覺，因為我未到過古晉，對該地不太了解，他描寫的卻能讓我很有幻滅感，知道這樣一個特別的地方。雖說文字沒有很講究，但仍有其架構，結構有所著力。用「作弊得來的領袖地位」這樣的一個隱喻來說社會裡的選擇，他寫出了這個時代，這樣的女性，到底是要怎樣決定人生中間的那種抉擇、中間掙扎。

胡：稍微補充一下，貓城是指古晉，就是東馬。東馬跟西馬長期處於非常敵對狀態。因東馬所有資源、經濟全被輸入到西馬中央政府。所以東馬它其實是最有錢、富有的，但它的經濟命脈全都被西馬拿去。那當然個人解讀就是貓，他講的這個城市就有點像母貓，他是附屬城市不具主流地位。古代母親代表陰性，也有點像是附屬、不重要的東西，但這是我自己的解讀。

林：那也是因為你才會看到這個歷史淵源。

郝：我其實很喜歡這篇小說，就是關於貓的描寫以及隱喻他們母女關係。他在處理「吉蒂」，是花很多篇幅去描述學校霸凌，但我覺得這部分處理得太簡單。這個軸線拉得不好，因為他一方面想要拉家庭這個親情軸線，一方面要拉學校霸凌的軸線，吉蒂的那個背叛，我覺得他下得太快了。但他寫那種沒來由對生存的一種厭惡的部分寫得是很好。

胡：這個吉蒂到底是不是同一個族群的女生？因為我是馬來西亞人，所以會隱約覺得吉蒂到底是印度人還是華人？交代不清楚，產生敗筆。

〈耳朵〉

郝：這篇也是做了反轉，裡面設計了很多線軸，當然也有灑狗血的地方，譬如高中懷孕，從此扭轉了人生。她一定要生的那個部分太戲劇性，似要營造戲劇衝擊強烈、張力的作品，才作如此安排。不然這很難說服我為何會決絕地下此決定。但它的好處是，作者設計、安排了一些伏筆很好，譬如說耳朵這個意象設計得相當好。它是一篇能成為影視取材的作品。

胡：耳朵本來就是個意象。耳朵就是個漩渦，漩渦裡是越挖越深，往下挖有探索祕密的意象。而耳朵藏汙納垢，裡面藏了很多祕密、很多髒東西，到底要挖多深才會把這些髒東西挖出來，把它變得乾淨。這其實隱喻她埋了那個小小的屍體在裡面。但中間有些情節無法理解，產生錯亂。

林：我覺得耳朵這個意象其實是他的創意，可以窺探別人，交代一些事情。但他有點俗氣，如敘事手法，包括主角取名、用詞，好像故意要貼近我們生活空間，可是又浪費了耳朵這個創意，中間很多串連處交代不清，說服力還是差了一點。

〈家族遺書〉

胡：這篇使用大量台語來書寫，作者故意以漫不經心的方式去寫他的老爸，就是台語說「沒路用」的一個老爸。我覺得他的創意是在過春節時，以每天不同的事情發生，把家族裡的一個傳統，來描述那個傳統社會下父權關係。這篇像是家族小說，女人出頭天就是靠女性來養家，小說的老爸完全失去尊嚴，在決審作品中是較有創意的。

郝：其實我還蠻喜歡這篇的，因為它真的很像現在臺灣蠻受歡迎的一些戲劇，《孤味》或《俗女養成記》。唯一的缺點就是，語言上沒有統一。他真正寫活了臺灣當代尤其是六、七十歲那一批更年期的男性，年輕時總是異想天開，然後叫老婆來收拾爛攤子。到老了就一直在鬧情緒，全家都被他搞得團團轉。這一部分寫得很生動，讓我聯想到我身邊好多類似這樣子的男性，覺得很接地氣。

林：我沒有選它是因為，他用了一個看來很有創意的東西，以臺灣的俗諺來鋪陳設計，但又完全沒有情節去對應，這樣的設計不但不能加分反而扣分。再者，作為一篇完整的小說，這篇我覺得是有一點點大綱式的，對於人物的心理刻畫還少了一點。

〈留神〉

胡：這是描寫臺灣民間信仰「起乩」。題目非常好，〈留神〉其實就是有沒有專心；還有就是請神上身有沒有再留下來。這裡面描寫兩層父子關係，一個裡面無父無子；一個有父有子但非常疏離。他沒有詳細說明阿國是不是老頭的兒子，但作者故意描寫老頭把阿國當作一個兒子來看待，希望他能繼承他的事業，最後沒有如願。所以少年去回想父親及其關係，而且用乩童請神上身來描寫生死的關係，對我來說是滿有創意，它有《父後七日》的影子，但文章裡的老頭對阿國的存在，作者故意做兩種不同的對照。

郝：這篇整個氛圍是營造很成功的。但是它有一個很沒有辦法說服我的地方，就是有一點刻意。少年遇到老頭，其實是無意間遇到，這個老人就跟他講了這個故事。這個設計跟鍾孟宏的《停車》一模一樣。這個連結點很弱，而且很不自然。

林：這個題目取得很好。但後來我沒選，文章欠缺合理性，包括說一個人闖進去，留下聽老人講故事，並幫他繼承。

第二次投票前，評審們自動放棄〈模範母親〉及〈塗鴉〉。

■第二輪投票結果：

（採計票方式，最高以⑥票計，依次遞減）

14票：〈混吃等死〉（林⑤、胡④、郝⑤）

11票：〈讓鶩鬆口的雷聲，是悶是響？我好想知道〉（林⑥、胡①、郝④）

10票：〈貓城〉（林④、胡③、郝③）

10票：〈耳朵〉（林③、胡⑤、郝②）

9票：〈家族遺書〉（林①、胡②、郝⑥）

9票：〈留神〉（林②、胡⑥、郝①）

經過反覆的推敲琢磨，第四十二屆時報文學獎影視小說組的得主終於誕生，首獎是〈混吃等死〉，二獎為〈讓鶩鬆口的雷聲，是悶是響？我好想知道〉，佳作為〈貓城〉、〈耳朵〉。恭喜所有得獎者。

時報文學獎歷屆得獎名單（第一屆至第四十一屆）

★第一屆（一九七八年）

小說推薦獎：廖偉竣（筆名宋澤萊）《打牛湳村》

小說甄選獎：

首獎／詹明儒〈進香〉

優等獎／洪醒夫〈吾土〉、楊宏義（筆名小赫）〈風箏〉、張大春〈雞翎圖〉、李捷鑫（筆名李捷金）〈窄巷〉、朱天心〈愛情〉

佳作獎／張貴興〈俠影錄〉、盧非易〈日光男孩〉、江慶富（筆名江彤晞）〈小俠藍領巾〉、鄭紅綢〈美麗與毀滅〉、馬叔禮〈露水師生〉、鄭寶娟〈巫山雲〉、胡台麗〈媳婦入門〉

小說推薦特別獎：林也牧〈出診〉

報導文學推薦獎：林日揚（筆名古蒙仁）〈黑色的部落〉

報導文學甄選獎：

首獎（二人合得）／邱坤良〈西皮福路的故事——近代台灣東北部民間戲曲的分類對抗〉、曾月娥〈阿美族的生活習俗〉

優等獎／王鎮華〈台灣現存的書院建築〉、陳銘磻〈最後一把番刀〉、朱雲漢、丁庭宇〈杜鵑窩下的陰影〉、翁台生〈痲瘋病院的世界〉、馬以工〈陽光照耀的地方〉

佳作／張曉風〈新燈舊燈——林安泰古厝拆除一日記實〉、李利國〈我在淡水河兩岸做歷史狩獵〉

★第二屆（一九七九年）

小說推薦獎：林日揚（筆名古蒙仁）〈雨季中的鳳凰花〉

小說甄選獎：

首獎／黃孝忠（筆名黃凡）〈賴索〉

優等獎／姜保真（筆名保真）〈兩代之間〉、江慶富（筆名江彤晞）〈清水海岸的冬天〉、張貴興〈伏虎〉、胡台麗〈困境〉、鄭文山〈信〉

佳作／朱天心〈昨日當我年輕時〉、陳彥希〈真是抱歉哦！老弟〉、馮菊枝（筆名千青）〈屋後的野薑花〉、鍾延豪〈高潭村人物誌〉、吳錦發〈烤乳豬的方法〉、張清發〈絕招〉

小說推薦特別獎：香港北斗學社冬冬、江一帆等十四名作者合著〈反修樓〉

散文推薦獎：張曉風〈許士林的獨白〉

散文甄選獎：

首獎／高大鵬〈大雄寶殿下的沉思〉

優等獎／舒國治〈村人遇難記〉、黃慶綺（筆名童大龍）〈蕾一樣的禁錮著花〉、李豐楙〈小巷之歌〉、林文義〈千手觀音〉、童若雯〈夢稿〉

佳作獎／陳輝煌（筆名陳煌）〈淡水五帖〉、林清玄〈過火〉、王湘琦〈長春巷〉、許家石〈夏至篇〉、吳翰書〈東海散記〉、賴顯邦〈懶人的日記〉

散文紀念獎：邱楠（筆名言曦）

報導文學推薦獎：漢聲雜誌社《國民旅遊專輯》

報導文學甄選獎：

首獎／林元輝〈蘭陽平原上的雙龍演義〉

優等獎／馬以工〈幾番踏出阡陌路〉、林日揚（筆名古蒙仁）〈失去的水平線〉、楊定燮〈病兒求醫記〉、梁憲初〈春劫〉

報導文學特別獎：魏京生〈廿世紀的巴斯底獄〉

敘事詩推薦獎：王靖獻（筆名楊牧）〈吳鳳〉

敘事詩甄選獎：

首獎／莊祖煌（筆名白靈）〈黑洞〉

優等獎／鄭文山〈噍吧哖的英靈〉、鍾明德（筆名黎父）〈到眾神之路〉、羅智成〈一九七九〉、施善繼〈小耕入學〉、林淇瀁（筆名向陽）〈霧社〉、楊憲卿（筆名楊澤）〈蔗田間的旅程〉

佳作／周安托〈悲涼之旅〉、邱文雄〈鐘聲〉、管中閔（筆名管懷情）〈日月不淹春秋序〉、陳家帶〈不知名的航行〉、陳膺文（筆名陳黎）〈后羿之歌〉、江雪英〈歷史的烙痕〉、何光明（筆名荀孫）〈莫那魯道的悲歌〉

★第三屆（一九八〇年）

小說推薦獎：王禎和〈香格里拉〉

小說甄選獎：

首獎／吳信雄〈一九七四〉

優等獎／陳偉明〈二度潮水〉、辜輝龍〈尪仔春〉、吳永毅〈新來的獅子〉

佳作／嚴曼麗〈招弟的兒子〉、童若雯〈高地〉、黃孝忠（筆名黃凡）〈歸鄉〉、許惠碧（筆名言無）〈人間戰事〉、李赫〈芒果〉、張貴興〈出嫁〉、陳彥希〈據說我殺了李維德〉、高大鵬〈夜奔〉、謝材俊〈只有來福槍馬和我〉、王定國〈獎品〉

散文推薦獎：高大鵬〈感性文化的哀歌〉

散文甄選獎：

首獎／陳瑞麟（筆名陳列）〈無怨〉

優等獎／張曉風〈再生緣〉、顏崑陽〈結婚日記〉、謝武彰〈燈火〉

佳作／陳宜靜（筆名沈因）〈我寫我母親〉、吳承明〈烽火的訊息〉、林清玄（筆名秦情）〈刺花〉、林薪傳（筆名狄峰）〈石頭義父〉、廖枝春（筆名羊牧）〈煉〉

敘事詩推薦獎：楊憲卿（筆名楊澤）〈桂林題壁〉

敘事詩甄選獎：

首獎／陳膺文（筆名陳黎）〈最後的王木七〉

優等獎／楊炤濃（筆名楊渡）〈刺客吟〉、李豐楙（筆名李弦）〈大地之歌〉、葉振富（筆名焦桐）〈懷孕的阿順仔嫂〉

佳作／鄭文山〈漂鳥〉、管運龍（筆名管管）〈村頭井邊桃花〉、高大鵬〈天問〉、羅智成〈問聃〉、劉克襄（筆名李鹽冰）〈快樂的森林〉

報導文學推薦獎：李利國〈我在人類文明的生死分水線上〉

報導文學甄選獎：

首獎／李碧慧（筆名心岱）〈大地反撲〉

優等獎／林洲民〈望安記事〉、李敬〈回憶北大荒〉、周陽山〈煙山一日談〉

佳作／林清玄〈不敢回頭看牽牛〉、林昭〈蘭嶼今昔〉、楊明顯〈無根草〉

★第四屆（一九八一年）

小說推薦獎：陳順賢（筆名東年）〈海鷗〉、梁文洲（筆名李衡）〈阿娜罕〉

小說甄選獎：

首獎／呂學海（筆名呂岸）〈屋頂上的魚〉

優等獎／蘇進強（筆名履彊）〈曬穀埕春秋誌〉、吳永毅〈聖人再世〉、魏良玉〈最後二十九日〉

佳作／施淑端（筆名李昂）〈誤解〉、雷驤〈友善的景象〉、韓鐘麟〈卞家老頭〉、張國立〈王二的天空〉、羅振昌〈巨椰〉、羅芙榮〈兩代情〉、傅豐琪〈禁忌遊戲〉、邱貴芬〈柴可夫斯

基 OP.43 弦樂〉

散文推薦獎：黃武雄〈糟蹋〉

散文甄選獎：

首獎／陳瑞麟（筆名陳列）〈地上歲月〉

優等獎／洪文慶〈出巢〉、林清玄〈鴛鴦香爐〉、凌俊嫻（筆名凌拂）〈孩子和我〉

佳作／馮輝岳（筆名馮嶽）〈橫崗背之夢〉、彭明輝（筆名吳鳴）〈教堂之外〉、呂志宏（筆名呂念雪）〈沈睡已久的幸福〉、黃人和（筆名杜十三）〈室內〉、呂欣蒼〈二十號病房散記〉

散文特別獎：王潤華〈天天流血的橡膠樹〉

敘事詩推薦獎：徐訏〈無題的問句〉

敘事詩甄選獎：

敘事詩獎／趙衛民〈夸父傳〉、鄭文山〈哭泣的精靈〉、陳克華〈星球紀事〉、汪啟疆〈染血的天空〉

佳作／蘇紹連〈小丑之死〉、陳啟佑（筆名渡也）〈王維的石油化學工業〉

報導文學推薦獎：尤增輝〈鹿港三百年〉

報導文學甄選獎（四人合得）：簡文飛（筆名孔康）〈捕蟲者〉、李碧慧（筆名心岱）〈美麗新世界〉、洪月裡（筆名阮小晨）〈花嶼記實〉、施淑端（筆名李昂）〈別可憐我，請教育我〉

佳作／張曉風〈夜診〉、陳玄宗〈信義路五十六巷〉、王義雄〈史懷哲在台灣的一個朋友〉

★第五屆（一九八二年）

小說推薦獎：黃瑞田〈爐主〉

小說甄選獎：

首獎／廖輝英〈油麻菜籽〉

優等獎／朱天文〈伊甸不再〉、陳春秀（筆名陳燁）〈夜戲〉、余綺芳〈謝〉

佳作／黃慶綺（筆名童大龍）〈懼高症〉、張小鳳〈觸電〉、王偉強〈深於淚水〉、呂家衛〈窮鄉〉

小說紀念獎：洪醒夫

散文推薦獎：洪素麗〈「傻子」等篇〉

散文甄選獎：

首獎／彭明輝（筆名吳鳴）〈湖邊的沉思〉

優等獎／林清玄〈籮筐〉、郭明福〈父親大人〉、王裕仁（筆名苦苓）〈嶺土〉

佳作／蘇浩志〈祭牲〉、許金枝〈撿骨〉、林柏燕〈兩三燈火〉、陳輝煌（筆名陳煌）〈登陸記事〉、張貴興〈血雨〉

報導文學推薦獎：郭衣洞（筆名柏楊）〈金三角．邊區．荒城〉

報導文學甄選獎（二人合得）：吳英明（筆名安溪）〈泰北行記〉、葉輝明（筆名葉菲）〈被遺忘的一群〉

敘事詩推薦獎：莫洛夫（筆名洛夫）〈血的再版〉

敘事詩甄選獎：

首獎／張振翱（筆名張錯）〈浮遊地獄篇〉

優等獎／蘇紹連〈雨中的廟〉、吳德亮〈國四英雄傳〉、侯吉諒〈風塵中的俠骨〉

佳作／褚文杰〈成長〉、趙衛民〈后羿傳〉、溫德生（筆名林野）〈邊緣城市〉、陳正達〈冷去的詩〉、陳克華〈水〉

敘事詩特別獎：蔣勳〈母親〉

★第六屆（一九八三年）

小說推薦獎：陳永善（筆名陳映真）〈山路〉

小說甄選獎：李渝〈江行初雪〉

散文推薦獎：陳冠學〈田園之秋〉

散文甄選獎：

首獎／溫德生（筆名林野）〈藥理實驗室〉

評審獎／林清玄〈紅心番薯〉

新詩推薦獎（二人合得）：林鈺錫（筆名林彧）〈都市系列〉、羅智成〈離騷〉

新詩甄選獎：首獎從缺

評審獎／蔡文華〈候鳥悲歌〉、陳克華〈建築〉、蘇紹連〈深巷〉、王福東〈旅人之歌〉

優秀作家獎：葉文可

★第七屆（一九八四年）

小說推薦獎：蕭慶餘（筆名蕭颯）〈「小葉」等四篇〉

小說甄選獎：

首獎／袁瓊瓊〈滄桑〉

評審獎／張國立〈小鎮上發生的罪行〉、彭小妍〈圓房〉、嚴大為〈沒有嗅覺的人〉

散文推薦獎：熊秉明〈關於羅丹〉

散文甄選獎：

首獎／林清玄〈迷路的雲〉

評審獎／徐植蔚〈剃眉記〉

新詩推薦獎：劉克襄〈「美麗小世界」等十首〉

新詩甄選獎：

首獎／陳輝煌（筆名陳煌）〈煙灰缸及其它〉

評審獎／蘇紹連〈三代〉、宋建德〈車站的阿拉伯人〉

科幻小說獎（二人合得）：范盛泓〈問〉、張大春〈傷逝者〉

佳作／林耀德（筆名林燿德）〈雙星浮沉錄〉、黃孝忠（筆名黃凡）〈戰爭最高指導原則〉、何復辰〈桃子的滋味〉

★第八屆（一九八五年）

小說推薦獎：劉武雄（筆名七等生）〈「哭泣的鑿丁門」等四篇〉

小說甄選獎：

首獎／周腓力〈一週大事〉

評審獎／盧非易〈人生〉、藍博洲〈喪逝〉

散文推薦獎：蔣勳〈萍水相逢〉

散文甄選獎：

首獎（二人合得）／詹西玉〈竹之情〉、銀正雄〈沉痛的感覺〉

新詩推薦獎：余光中〈「十年看山」等十首〉

新詩甄選獎：

首獎／汪仁玠（筆名沙笛）〈蛻之後〉

評審獎／陳克華〈病室詩抄〉

科幻小說獎（二人合得）：葉言都〈我愛溫諾娜〉、駱伯迪〈文明毀滅計劃〉

佳作／高正奕〈感謝小兄弟〉、許順鏜〈渾沌之死〉、何復辰〈夕沈〉

★第九屆（一九八六年）

小說推薦獎：李永平〈吉陵春秋〉

小說甄選獎：

首獎／張大春〈將軍碑〉

優等獎／張國立〈老金的護照〉、郭麗華〈他是阿誰〉

散文推薦獎：林文月〈午後書房〉

散文甄選獎：

首獎／陳奐廷（筆名陳金）〈在曠野中獵日〉

評審獎／李金蓮〈在碧寮村渡過的耶誕夜〉

優等獎／劉魏銘（筆名劉還月）〈最後的信天翁〉

新詩推薦獎（二人合得）：羅智成〈「說書人柳敬亭」系列作品〉、林耀德（筆名林燿德）〈銀碗盛雪〉

新詩甄選獎：首獎從缺

評審獎／王添源〈我不會悸動的心〉

優等獎／陳克華〈室內設計〉

佳作／楊濟平（筆名楊平）〈坐看雲起時〉、游志誠（筆名游喚）〈帝出記〉

童話創作推薦獎：陳玉珠〈「魔術雲」等十四篇〉

童話創作甄選獎：

首獎／孫晴峰〈小紅〉

評審獎／張如鈞〈奇奇鎮的怪事〉

優等獎／李淑真〈柚子花〉

文學特別貢獻獎：梁實秋

★第十屆（一九八七年）

小說推薦獎：雷驤〈矢之志〉

小說甄選獎：首獎從缺

評審獎／賴西安（筆名李潼）〈恭喜發財〉

優等獎／吳泰清（筆名苔青）〈在獸醫的桌旁〉

佳作／林柏燕〈江建亞〉、李富美（筆名于桑）〈觀貓者〉、朱天心〈十日談〉、吳淑美（筆名吳晉）〈侏儒馬秋〉

散文推薦獎：王靖獻（筆名楊牧）〈山風海雨〉

散文甄選獎：首獎從缺

評審獎／王家祥〈文明荒野〉

優等獎／陳幸蕙〈向日葵〉

佳作／江仁安〈病房感思〉、黃慧鶯〈起居注〉、路平（筆名平路）〈恐怖電影〉

新詩推薦獎：鄭文韜（筆名鄭愁予）〈「黃土地」等十首〉

新詩甄選獎：

首獎／陳志文（筆名李瘦蝶）〈昆蟲紀事〉

評審獎／黃智溶〈今夜妳莫要踏入我的夢境〉

優等獎／劉滌凡〈永恆的鄉愁〉

中篇小說甄選獎：張貴興〈柯珊的兒女〉、張靄珠〈小男人〉

文學特別貢獻獎：葉石濤《台灣文學史綱》

★第十一屆（一九八八年）

短篇小說推薦獎（二人合得）：胡幸雄（筆名沙究）〈「黃昏過客」等七篇〉、張彥（筆名西西）〈手卷〉

短篇小說甄選獎：

首獎／陳慧瓊（筆名洪祖瓊）〈美麗〉

評審獎／賴西安（筆名李潼）〈屏東姑丈〉

優等獎／江慧君〈開了一朵小白花〉

散文推薦獎：王鼎鈞《左心房漩渦》

散文甄選獎：首獎從缺

評審獎／陳少聰〈春茶〉

優等獎／柯翠芬〈酒與補品的故事〉、劉文斌（筆名柳邊生）〈山野的呼喚〉

佳作／張紫蘭〈祖母之死〉、陳秋見（筆名逸竹）〈魂夢駝鈴〉

新詩推薦獎：韓仁存（筆名羅門）〈整個世界停止呼吸在起跑線上〉

新詩甄選獎：

首獎／蘇紹連〈童話的遊行〉

評審獎／李啟源（筆名李渡予）〈錄鬼簿〉

優等獎／羅英〈請牢記你置身的場景〉

推理小說獎：

首獎／葉言都〈一六四九〉

評審獎／孫金凌（筆名徐凌）〈目擊者〉

優等獎／羅元信〈隱藏的毒念〉

★第十二屆（一九八八九年）

推薦獎：國內：臺靜農《龍坡雜文》、海外：李銳《厚土》

短篇小說甄選獎：黃嵐（筆名楚狂人）〈語錄狂〉

新詩甄選獎：羅巴〈物質的深度〉
散文甄選獎（二人合得）：陳輝煌（筆名陳煌）〈鴿子托里〉、林幸謙〈赤道線上〉

★第十三屆（一九九〇年）

推薦獎：國內：陳膺文（筆名陳黎）《小丑畢費的戀歌》、海外：劉大任《晚風習習》
短篇小說甄選獎：賀景濱〈速度的故事〉
散文甄選獎：蔡深江〈漫步經心〉
新詩甄選獎：李啟源（筆名李渡予）〈我們明日的廣告辭大展〉

★第十四屆（一九九一年）

推薦獎：陳瑞麟（筆名陳列）《永遠的山》
短篇小說甄選獎（二人合得）：駱以軍〈手槍王〉、陳培豐〈歐多桑的時代〉
散文甄選獎：涂惠屏（筆名伊說）〈堂屋的事〉
新詩甄選獎（三人合得）：王浩威（筆名譚石）〈我和自己去旅行〉、李宗榮〈「幻愛」詩組曲〉、侯吉諒〈不連續主題變奏：時代瑣事〉
文化評論甄選獎：鄧宗德〈斷了臍帶的形式語言——評八〇年代台北的都市地景〉
報導文學甄選獎：

首獎／胡平〈井岡山，沉思的哲人〉
優等獎／李昂〈鹿窟紀事〉

★第十五屆（一九九二年）

推薦獎：廖嘉展《月亮的小孩》、朱天心《想我眷村的兄弟們》
短篇小說甄選獎：
首獎／王立德（筆名遠人）〈異鄉人〉
評審獎／馬奎元〈拚圖〉、師瓊瑜〈秋天的婚禮〉
散文甄選獎：
首獎／簡敏媜（筆名簡媜）〈母者〉
評審獎／徐慧〈看電影記〉
新詩甄選獎：
首獎／孫維民〈三株盆栽和它們的主人〉
評審獎／侯吉諒〈如畫〉、陳大為〈治洪前書〉
報導文學甄選獎：
首獎／楊南郡〈斯卡羅遺事〉
評審獎／沈振中〈叉翅、白斑與浪先生——記基隆的一群老鷹〉

★第十六屆（一九九三年）

推薦獎（兩人合得）：鄭清文《相思子花》、陳義芝《遙遠之歌》

短篇小說甄選獎：

首獎／裴洵言（筆名裴在美）〈耶穌喜愛的小孩〉

評審獎／林靖傑（筆名江邊）〈傾斜之地〉、屠佳〈新店鶉鴣〉

散文甄選獎：

首獎／林燿德〈銅夢〉

評審獎／廖鴻基〈丁挽〉

新詩甄選獎：

首獎／閻鴻亞（筆名鴻鴻）〈一滴果汁滴落〉

評審獎／彭譽之〈存在的重量〉、馮傑〈書法的中國〉

報導文學甄選獎：

首獎／鄧相揚〈霧重雲深——一個泰雅家族的故事〉

評審獎／瓦歷斯・諾幹〈Mihuo——土地記事〉

★第十七屆（一九九四年）

短篇小說獎：

首獎／袁哲生〈送行〉

評審獎／畢淑敏〈翻漿〉、嚴歌苓〈紅羅裙〉

散文獎：

首獎／林靖傑（筆名江邊）〈流浪者之歌〉

評審獎／林幸謙〈繁華的圖騰〉

新詩獎：

首獎／陳黎〈秋風吹下——給李可染〉

評審獎／戴寶珠（筆名戴瀅）〈台灣苦楝——白色的年代〉、林燿德〈女低音狂想曲〉

報導文學獎：

首獎／瓦歷斯．諾幹〈Losin．Wadan——殖民、族群與個人〉

評審獎／鄭禮忠〈逐夢的人〉

特別成就獎：張愛玲

★第十八屆（一九九五年）

推薦獎：邱妙津《鱷魚手記》

短篇小說甄選獎：
首獎／黃錦樹〈魚骸〉
評審獎／許銘義〈追獵〉、陳豐偉〈好男好女〉
散文甄選獎：
首獎／張啟疆〈導盲者〉
評審獎／廖鴻基〈鐵魚〉
新詩甄選獎：
首獎／張善穎〈晚禱詞〉
評審獎／羅元輔（筆名羅葉）〈尋屋〉、林燿德〈人人都想向我索討食譜〉
報導文學甄選獎：
首獎／林雲閣〈八十萬年奇蹟身世換不來一世尊榮——台灣鮭魚族群的命運〉
評審獎／凌俊嫻（筆名凌拂）〈兒童教育與人文思考——荒遠深山教學手記〉

★第十九屆（一九九六年）
推薦獎：楊南郡《台灣百年前的足跡》、施叔青《遍山洋紫荊》
短篇小說甄選獎：
首獎／張啟疆〈如廁者〉

評審獎／陳建志〈穿過你的氣息的我的回憶〉、翁紹凱〈夜集〉

散文甄選獎：

首獎／張啟疆〈失聰者〉

評審獎／王威智〈遺址通知〉

新詩甄選獎：

首獎／簡清淵（筆名簡捷）〈狩獵〉

評審獎／李進文〈一枚西班牙錢幣的自助旅行〉、瓦歷斯·諾幹〈伊能再踏查〉

報導文學甄選獎：

首獎／林雲閣〈山鬼的震怒〉

評審獎／楊樹清、張焕宇、曾吉賢〈消逝的漁民國特〉

★第二十屆（一九九七年）

推薦獎：陳國城（筆名舞鶴）《思索阿邦·卡露斯》

短篇小說甄選獎：

首獎／陳淑瑤〈女兒井〉

評審獎／陳俊欽〈被觀看的人〉、柯裕棻〈一個作家死了〉

散文甄選獎：

首獎／鍾怡雯〈垂釣睡眠〉

評審獎／簡清淵（筆名簡捷）〈一天中的印象〉

新詩甄選獎：

首獎／簡清淵（筆名簡捷）〈一首詩的誕生〉

評審獎／王英生（筆名大蒙）〈綠色的一個早晨〉、劉正忠（筆名唐捐）〈遊仙〉

報導文學甄選獎：

首獎／王誠之〈迷濛的松雀鷹之眼〉

評審獎／凌俊嫻（筆名凌拂）〈那一天我們要去看米羅〉

★第二十一屆（一九九八年）

推薦獎（兩人合得）：朱天心《古都》、蘇曉康《離魂歷劫自序》

短篇小說甄選獎：首獎／從缺

評審獎／閻鴻亞（筆名鴻鴻）〈木馬〉、張啟疆〈得手〉

佳作／陳建志〈鏡子裡的祕密〉、鍾文音〈微醺的高原〉

散文甄選獎：

首獎／郝譽翔〈午後電話〉

評審獎／呂政達〈長夜暗羅〉、嚴立楷〈虛構海洋〉

新詩甄選獎：

首獎／盧兆琦（筆名離畢華）〈普普坦之猜想〉

評審獎／劉正忠（筆名唐捐）〈我的詩和父親的痰〉、李進文〈大寂靜〉

報導文學甄選獎：從缺

★第二十二屆（一九九九年）

推薦獎：林文月《飲膳札記》

短篇小說甄選獎：

首獎／袁哲生〈秀才的手錶〉

評審獎／張惠菁〈蛾〉、吳鈞堯〈表〉

散文甄選獎：

首獎／張瀛太〈豎琴海域〉

評審獎／陳大為〈從鬼〉、鍾怡雯〈芝麻開門〉

新詩甄選獎：

首獎／廖偉棠〈一個無名氏的愛與死之歌〉

評審獎／陳克華〈當時間之風吹起〉、謝春福（筆名謝昭華）〈狙擊〉

報導文學甄選獎：

首獎／陳姿羽〈聽他的歌，記他的名字〉
評審獎／楊樹清〈消失的衛星孩子〉

★第二十三屆（二〇〇〇年）

推薦獎：黃春明《放生》

短篇小說甄選獎：
首獎／張瀛太〈鄂倫春之獵〉
第二名／鍾文音〈前往祕密基地〉
第三名／許榮哲〈迷藏〉

散文甄選獎：
首獎／呂政達〈最慢板〉
第二名／徐國能〈刀工〉
第三名／李欣倫〈城〉

新詩甄選獎：
首獎／楊永勤（筆名楊邪）〈悼詩〉
第二名／陳宛茜〈無法靜止的房間〉
第三名／呂育陶〈只是穿了一雙黃襪子〉

報導文學甄選獎：

首獎／楊艾俐〈華夏哀歌〉

評審獎／葉怡君〈風簷之左〉

★第二十四屆（二〇〇一年）

推薦獎：張貴興《猴杯》

短篇小說甄選獎：首獎從缺

第二名／傅天余〈清潔的戀愛〉

第三名／高翊峰〈班哥〉

散文甄選獎：

首獎／呂政達〈皆造〉

第二名／簡隆全〈以重複來考驗這可笑的本質〉

第三名／李欣倫〈一葉情〉

新詩甄選獎：

首獎／林康民（筆名遲鈍）〈有人偷走了我的時光命題〉

第二名／紀明宗（筆名紀小樣）〈家族演進史〉

第三名／孫維民〈文字校對的憂鬱〉

★第二十五屆（二〇〇二年）

推薦獎：朱西甯《華太平家傳》、夏曼・藍波安《海浪的記憶》

短篇小說甄選獎：

首獎／陳南宗〈鴉片少年〉

評審獎／賀淑芳〈別再提起〉

散文甄選獎：

首獎／吳文超〈解釋〉

評審獎／孫維民〈紅蟳〉

新詩甄選獎：

首獎／陳雋弘〈面對〉

評審獎／林于弘（筆名方群）〈航行，在詩的海域〉

鄉鎮書寫甄選獎：

陳健瑜〈大茅埔的新娘〉、白棟樑〈石蚵的故鄉〉、許正平〈超時空小鎮漫遊〉、卓玫君〈獻給諸神的詠嘆調〉、瓦歷斯・諾幹〈走過裂島的痕跡〉

★第二十六屆（二〇〇三年）

短篇小說獎：

首獎／張耀升〈縫〉

評審獎／許正平〈假期生活〉、林庚厚〈拚圖〉

散文獎：

首獎／呂璨君〈不在〉

評審獎／張輝誠〈蝸角〉、吳億偉〈軟磚頭〉

新詩獎：

首獎／凌性傑〈螢火蟲之夢〉

評審獎／林婉瑜〈說話術〉、黃明德〈某 SARS 報告「漁港篇」〉

鄉鎮書寫獎：

賴舒亞〈挖記憶的礦〉、劉如玲〈我那凌亂的三重記憶〉、吳心宇〈我的康樂街〉、楊美紅〈風雨之後，島國以西〉、林嫣肴〈穿越鐵蒺藜與軌條砦〉

★第二十七屆（二〇〇四年）

短篇小說獎：

首獎／楊孟珠〈因〉

評審獎／陳士鳳（筆名葉夏生）〈女人與一枚香精標籤〉、許琇禎〈我只是借停一下〉

散文獎：

首獎／胡淑雯〈界線〉

評審獎／吳永馨〈18〉、陳栢青〈武俠片編年史〉

新詩獎：

首獎／吳岱穎〈C'est La Vie——在島上〉

評審獎／紀明宗（筆名紀小樣）〈飛魚海岬〉、嚴忠政〈前往故事的途中〉

鄉鎮書寫獎：（不分名次）

賴鈺婷〈來去蚵鄉〉、王美慧〈她，住在風鄉沙城的麥寮〉、王怡文（筆名鏡如）〈鄉〉、王美玉〈台灣情〉、李崇建〈漂流巴士〉

★第二十八屆（二〇〇五年）

短篇小說獎：

首獎／徐嘉澤〈三人餐桌〉

評審獎／林寶玲（筆名黎紫書）〈我們一起看飯島愛〉、黃麗群〈入夢者〉

佳作／陳昇群〈蜻蜓決定〉、呂明（筆名黎誕）〈何老賢〉

散文獎：首獎從缺

評審獎／王盛弘〈瘤〉、劉維茵〈過度的居所〉

新詩獎：

首獎／甘子建〈島〉

評審獎／馮傑〈牆裏的聲音〉、周若濤〈在噩運隨行的國度〉

報導文學獎：

首獎／顧玉玲〈逃〉

評審獎／屠佳、林德龍〈車城歌聲〉、郭碧容〈長路〉

★第二十九屆（二〇〇六年）

短篇小說獎：

首獎／丁允恭〈擺〉

評審獎／施伊粧〈荒月〉、林芳妃（筆名安石榴）〈那壓垮枝子的寂寞〉

散文獎：

首獎／黃以淮〈變奏獨舞（或獨奏變舞）〉

評審獎／凌性傑〈濕樂園〉、薛好薰〈魚缸〉

新詩獎：

首獎／辛金順〈注音〉

評審獎／曾琮琇〈現代〉、劉江濤（筆名木葉）〈春風斬〉

鄉鎮書寫獎：

首獎／黃信恩〈空白海岸〉

評審獎／陳榮昌〈痲瘋島〉

★第三十屆（二〇〇七年）

短篇小說獎：

首獎（二人合得）／李儀婷〈走電人〉、陳栢青〈手機小説〉

評審獎／吳億偉〈撿神〉、張家魯〈恐怖份子Terrorist〉

散文獎：

首獎／廖偉棠〈達摩山下，寫給達摩流浪者們〉

評審獎／吳億偉〈花蓮的戀人〉、李瑞平（筆名阿貝爾）〈零度水〉

新詩獎：

首獎／李盈儀（筆名磊兒）〈我喜歡坐在你的位置看海的樣子〉

評審獎／林達陽〈赴宴〉、嚴忠政〈海外的一堂中文課〉

鄉鎮書寫獎：首獎從缺

評審獎／石芳瑜〈重回社子島〉、顏嘉琪〈酸菜故鄉〉

★第三十一屆（二〇〇八年）

短篇小說獎：首獎從缺

評審獎／陳育萱〈蒂蒂〉、謝文賢〈真神〉、張經宏（筆名壹通）〈賣貓記〉、陳淑敏（筆名米果）〈月光宅急便〉

散文獎：

首獎／潘如玲（筆名如靈不語）〈王爺公、阿嬤與我〉

評審獎／謝明成〈脫身術〉、江凌青〈自助餐式書寫〉

新詩獎：首獎從缺

評審獎／吳佳蕙〈時光〉、許嘉瑋〈我與我所知的微型飢餓史〉、董秉哲（筆名達瑞）〈樂園〉

報導文學獎：

首獎／陳俊志〈人間・失格──高樹少年之死〉

評審獎／屠佳〈河邊遺夢〉、徐麗雯〈米殤〉

★第三十二屆（二〇〇九年）

短篇小說獎：

首獎／張經宏（筆名壹通）〈壁虎〉

評審獎／李振弘〈失格〉、李天葆（筆名宋宣影）〈指環巷九號電話情事〉

散文獎：首獎從缺

評審獎／馮傑〈器皿記〉、謝韻茹〈有畔〉、許俐葳（筆名神小風）〈親愛的林宥嘉〉

新詩獎：

首獎／沈政男〈演化〉

評審獎／王振聲〈等到我們的眼睛長出了樹〉、吳文超〈跟你一起去旅行〉

書簡獎：

優選／李鴻基（筆名小玉西瓜）〈佐藤達廣先生您好〉、何俊穆〈長大吧〉、沈信呈（筆名沈眠）〈求道者——寫給跳舞中的小次郎〉、林力敏〈黑白的弟弟〉、林則堯〈木津同學〉、尚豫翎〈給我中學時代的初戀〉、李淑娟（筆名美少女歐巴桑）〈寫給莉香〉、姚竹音〈親愛的譚寶蓮〉、陳秀惠（筆名秀逗）〈打勾勾的約定〉、黃美文〈給烏魯基歐拉〉、彭浩翔〈回宜靜小姐〉、裴學儒〈致阿修羅男爵〉、蔡文騫〈天啊，阿尼復活了——致南方四賤客阿尼〉、劉韋利〈因為你是天才〉、劉紅卿（筆名劉息壤）〈賜給我力量吧，希瑞姐姐〉

評審獎／王伊凡（筆名丘小花）〈給乖乖的一封信〉

★第三十三屆（二〇一〇年）

短篇小說獎：

首獎／葉揚〈阿媽的事〉

評審獎／謝文賢〈椅子〉、黃淑真（筆名擬雀）〈接送〉

散文獎：

首獎／楊德祥（筆名楊邦尼）〈毒藥〉

評審獎／張怡微〈大自鳴鐘之味〉、曹疏影〈錦繡，或蒙古人在翁布里亞〉

新詩獎：

首獎（二人合得）／楊書軒〈桃花源・2010〉、許裕全〈Fistula〉

評審獎／李成友（筆名方路）〈父親的晚年像一尾遠方蛇〉

書簡獎：

優選／丘愛霖〈親愛的克勞薩大人〉、蘇培英（筆名安耀潛）〈給章魚哥的信〉、陸怡臻（筆名年華）〈親愛的飆〉、江欣樺〈關於呼吸的意義〉、李榮森（筆名李小克）〈涼宮，借給我妳的憂鬱〉、林力敏〈形變的身，不變的愛〉、張俐璇〈永遠的小叮噹〉、陳栢青〈此致金牛座〉、黃彥瑄〈拯救世界如此容易〉、賴以威〈宮城良田〉

小品文獎：

優選／方秋停〈兩面海洋〉、石尚清〈花崗山寫悠閒〉、劉志宏（筆名伍季）〈憂鬱的深度〉、洪梓源（筆名洪七公）〈狗眼〉、洪素萱〈禮物〉、洪碩鴻〈肥料〉、張英珉〈鳥啄梨〉、黃裕文〈飛去來〉、廖梅旋〈風中東埔〉、鄭麗卿〈午後的存在〉

★第三十四屆（二〇一一年）

短篇小說獎：

首獎／黃正宇〈土匪〉

評審獎／廖梅璇〈咕咕〉、錢佳楠〈一顆死牙〉

散文獎：

首獎／吳妮民〈週間旅行〉

評審獎／紀方肯（筆名方肯）〈修書記〉、陳葦珊〈麥麥群島〉

新詩獎：

首獎／陳宗暉〈地圖作業〉

評審獎／林禹瑄〈對坐〉、陳昌遠〈試著變得矯情〉

書簡獎：

優選／李振弘〈致雛田——那個溫柔的孩子已離去〉、李振豪〈請教他說話〉、林筱薇〈MADAO的生活態度〉、周紘立〈丸時間〉、蘇園雅（筆名袁亞）〈與小新話家常〉、張玉儒〈來自二十一世紀〉、甘炤文（筆名勒虎）〈為了你的純情和果敢——致美環〉、盛浩偉〈生命的減法與活著的加法——給西爾爾克〉、游常山〈寫給寶馬王子〉、裴學儒〈Hello, Kitty〉

小品文獎：

優選／方秋停〈拾蚵〉、沈政男〈百龍之島〉、沈信呈（筆名沈眠）〈玻璃〉、李時雍〈背海的海——給南方澳〉、李振豪〈形同於土地的事物〉、黃信恩（筆名Ian）〈雨後暴發戶〉、陳宗暉〈海浪依舊是海浪〉、陳維鸚〈快速的風景〉、陳樹金（筆名陳玖）〈在眾神的花園歌唱〉、謝瑞珍〈涸劫〉

★第三十五屆（二〇一二年）

短篇小說獎：

首獎／連明偉〈苔生〉

評審獎／黃淑真（筆名黃淑假）〈金花〉、羅士庭〈淺色的那條〉

散文獎：

首獎／盛浩偉〈沒有疼痛〉

評審獎／曾翎龍〈井〉、游善鈞〈開始寫這篇文章〉

新詩獎：

首獎／王勝男（筆名波戈拉）〈造字的人——「文明，始於兩人之間的細節。」〉

評審獎／劉峻豪（筆名阿布）〈致死者〉、陳利成（筆名陳胤）〈我的詩跟著賴和的前進前進〉、張英珉〈與達爾文對談〉

書簡獎：

優選／李安婷〈給龍貓先生的一封信〉、吳佳韋〈致漫無止盡八月的長門有希〉、吳建興〈遙遠思念——致麵包超人〉、陳怡萱（筆名牽心）〈唐老鴨式語〉、沈宗霖（筆名神神）〈無語觀世音〉、陳欣怡〈無臉男〉、黃文俊〈事情的真相，永遠只有一個〉、黃蘭新〈妮可．羅賓……海賊王〉、廖啟廷〈罪人的挑戰書——致奇樂〉、劉威廷〈給我心中的男孩——碇真嗣〉

小品文獎：

優選／林筱薇〈友人在家〉、吳星瑩〈飛行的城市街道〉、吳建興〈悠舞山路〉、劉峻豪（筆名阿布）〈最後的普通車之旅——給J〉、陳新添（筆名陳林）〈屏東鎮安小站〉、陳慧潔〈鄉村青〉、王碧珠（筆名番紅花）〈山中筍〉、許雅婷〈採種田一景〉、游書珣〈廚房裡的雙人舞〉、潘貞仁〈喧囂夏夜〉

★第三十六屆（二〇一三年）

短篇小說獎：

首獎／張怡微〈哀眠〉

評審獎／張婉雯〈明叔的一天〉、楊莎〈魚汛〉

散文獎：

首獎／林巧棠〈錯位〉

評審獎／高自芬〈夜航〉、黃克全〈迷溪記〉

新詩獎：

首獎／張繼琳〈舊石器時代〉

評審獎／涂宇安〈機心宇宙〉、蕭皓瑋（筆名童安）〈青春自述〉

書簡獎：

優選／黃美曦〈致帕．拉格維斯特先生〉、蘇園雅〈因為你，我在路上〉、趙文豪〈一位青年藝術家的畫像—致七等生〉、段以苓〈森茉莉女士芳鑒〉、黎衡〈給里爾克的一封信〉、蔡琳森（筆名姚秀山）〈我與班雅明的一場夢〉、李安婷〈好好活著〉、鄭若珣〈再見，玉波師！〉、林巧棠〈牠們的眼睛——致艾莉絲．沃克〉、鄭宜芬〈驚世畏友張愛玲〉

小品文獎：

優選／李彥瑩〈家栽時光〉、鄭楣潔〈慣行農法〉、鄧力豪〈秀才窩〉、林力敏〈戰嶺小草〉、蘇梓欽〈河堤〉、邱淑娟〈木泣〉、董秉哲（筆名達瑞）〈很難找到的路〉、李凱珺〈晚安，阿里山〉、賴舒亞〈向山舉目〉、沈信呈（筆名沈眠）〈他人的天使〉

★第三十七屆（二〇一四年）

短篇小說獎：

首獎／陳又津〈跨界通訊〉

評審獎／邱靖巧（筆名尚靖）〈不沾鍋上的魚〉、盧慧心〈一天的收穫〉

散文獎：

首獎／陳栢青〈內褲，旅行中〉

評審獎／陳逸如（筆名包子逸）〈以跳水的姿勢騰空〉、楊婕〈曬衣情事〉

新詩獎：首獎從缺

評審獎／陳顥仁〈頹廢禪〉、王聖豪〈不惑之年〉、吳鑒益〈今夜，讓我陪你讀一本書〉、張春炎〈一位年老社會學家的詩〉

書簡獎：

優選／葉衽榤〈致頭城獨行者李榮春〉、魏振恩〈詹姆斯萊特〉、王晨翔〈阿爸與老房子——致宋澤萊〉、林力敏〈張礙〉、徐震宇〈敬致史蒂芬·褚威格先生〉、董秉哲〈說不完的故事〉、詹卉翎〈看不見——致太宰治〉、曾谷涵〈日子這樣就可以了〉、黃文俊〈靜止在——最初與最終〉、李振豪〈第二封信〉

小品文獎：

優選／張日錦〈燕子〉、蔡文騫〈滯留時光〉、徐惠隆〈鵝鳴呷叫〉、郭品宏〈找一株鼠鞠草〉、莊樹諄（筆名瑟烈思）〈遇見翠鳥〉、林芳騰〈觀霧觀自在〉、陳曜裕〈小間裡的收藏〉、張英珉〈滅蚊燈〉、劉冠顯〈山旅〉、葉士瑜〈記憶中的綠寶石〉

★第三十八屆（二〇一五年）

短篇小說獎：

首獎／黃瀚嶢〈搖樹〉

評審獎／李芙萱〈影子情人〉、林志豪〈饗宴〉

散文獎：

首獎／楊莉敏〈世界是野獸的〉

評審獎／黃芝雲（筆名黃岡）〈死亡是一朵苦楝花開〉、謝子凡〈住院〉

新詩獎：

首獎／何亭慧〈她的名字〉

評審獎／房靖荃〈節序帖〉、劉禕家（筆名砂丁）〈超越的事情〉

書簡獎：

優選／李璐〈夏天的回聲〉、蘇其華〈新的一天〉、梁家麟（筆名長井代助）〈夏目漱石的火車〉、蔡文騫〈變形記〉、林佳樺（筆名端木華）〈您離去的腳步，是點點微光〉、李映柔（筆名璞茗）〈特寫〉、劉雯詩（筆名真一）〈疊韻與輪迴〉、陳春妙〈竟成藩溷之花——致蒲松齡〉、余志挺〈奔跑吧！你這無賴——寫信給太宰治〉、吳金龍〈不及遲來〉

小品文獎：

優選／蔡宜勳（筆名蔡澤民）〈消失的海灘〉、蔡文騫〈介殼蟲〉、潘貞仁〈島頭白雪〉、陳書伶〈被經過的地方〉、張廷碩〈你騎，Ubike〉、劉彥辰〈山越〉、許宸碩〈內埤海灣〉、黃文俊〈往更靠海的地方而去〉、洪春峰〈自然，田〉、陳衍帆（筆名知暖）〈夏日寒溪〉

★第三十九屆（二〇一八年）

影視小說獎：

首獎／張英珉〈雪線〉

二獎／周桂音〈迷漾時光〉

三獎／周新天〈彩蝶何處〉

散文獎：

首獎／白樵〈當我成為靜物並且永遠〉

二獎／林徹俐〈廚房〉

三獎／林佳樺〈吹笛人〉

新詩獎：

首獎／袁紹珊〈快照亭〉

二獎／陳育律〈杜布羅夫尼克〉

三獎／洪秀貞〈愛情戒斷症〉

★第四十屆（二〇一九年）

影視小說獎：

首獎／洪昊賢〈之後〉
優選獎／張今兒〈玫瑰彌撒〉
佳作／王鵬飛（筆名錘子）〈腎〉、黃家祥〈幻肢〉

散文獎：
首獎／陳榮顯〈一部紀錄片的完成〉
優選獎／陳宛萱〈Monster〉
佳作／賴俊儒（筆名MBKBN）〈謎語練習〉、林佳樺〈守宮〉

新詩獎：
首獎／Yu Xiu Wang（筆名宇秀）〈下午有這樣一件旗袍〉
優選獎／陳怡芬〈走失〉
佳作／沈信呈（筆名沈眠）〈憂鬱史〉、楊書軒〈蛛蝶〉

★四十一屆（二〇二〇年）
影視小說獎：
首獎／江洽榮〈孫悟空〉
優選獎／魏執揚〈老魏〉
佳作／王若虛〈床上無小事〉、高翔〈落山夕陽〉

散文獎：

首獎／林佑軒〈在巴黎，我亞洲的身體〉

優選獎／崔舜華〈遊當記〉

佳作／何曼莊〈今年煙花特別多〉、黃庭鈺〈衣戀〉

新詩獎：

首獎／蔡凱文〈作文課〉

優選獎／張繼琳〈孕期〉

佳作／丁威仁〈他的媽媽〉、劉金雄〈最後的黑色部落〉

溫柔靠岸：第四十二屆時報文學獎得獎作品集 / 盧美杏 主編 . -- 一版 . -- 臺北市：時報文化出版企業股份有限公司 , 2021.12

面；　　公分 . -- (新人間 ; 339)

ISBN 978-957-13-9697-2 (平裝)

1. 華文創作 2. 文學獎作品集

830.86　　110018886

ISBN 978-957-13-9697-2
Printed in Taiwan

新人間 339

溫柔靠岸：第四十二屆時報文學獎得獎作品集

主編　盧美杏｜**編輯**　謝翠鈺｜**企劃主任**　賴彥綾｜**封面設計**　楊艷萍｜**美術編輯**　SHRTING WU｜**董事長**　趙政岷｜**出版者**　時報文化出版企業股份有限公司　108019 台北市和平西路三段 240 號 7 樓　**發行專線**—(02)2306-6842　**讀者服務專線**—0800-231-705．(02)2304-7103　**讀者服務傳真**—(02)2304-6858　**郵撥**—19344724 時報文化出版公司　**信箱**—10899 台北華江橋郵局第九九信箱　**時報悅讀網**—http://www.readingtimes.com.tw｜**法律顧問**　理律法律事務所　陳長文律師、李念祖律師｜**印刷**　勁達印刷有限公司｜**一版一刷**　2021 年 12 月 10 日｜**定價**　新台幣 480 元｜缺頁或破損的書，請寄回更換

時報文化出版公司成立於 1975 年，並於 1999 年股票上櫃公開發行，
於 2008 年脫離中時集團非屬旺中，以「尊重智慧與創意的文化事業」為信念。